GUBENKO

IN
MEINEM
BLUT

ISABELL GUBENKO

Herausgeber: Gubenko Verlag

Autor: Isabell Gubenko

Lektorat: Wasilij Gubenko

Korrektorat: Dominique Daniel, Korrektorat Rechtschreibretter

Covergestaltung: semnitz™ (semnitz@gmail.com)

Illustrationen im Buch: Wasilij Gubenko

ISBN 978-3-9826315-1-6

INHALT

DIE VERDÄCHTIGEN

»Ist das Wunschdenken,
weil es dann spannender wäre?«

Name: Joshua Benton
Alter: 21 Jahre
Größe: 1,76 m
Sternzeichen: Krebs
Studienfach: Informatik

»Welch verbotenes
Wissen erstrebt
dein Herz?«

Name: Amy Carpendale
Alter: 19 Jahre
Größe: 1,67 m
Sternzeichen: Steinbock
Studienfach: Literatur

I

»Wollen wir was unternehmen?«

Name:	Ben Hagen
Alter:	21 Jahre
Größe:	1,85 m
Sternzeichen:	Wassermann
Studienfach:	Informatik

»Wir haben kein Problem
mit Selbstjustiz.«

Name: Leandra Wald
Alter: 20 Jahre
Größe: 1,72 m
Sternzeichen: Löwe
Studienfach: BWL

»Glaubt nicht,
ich würde zögern,
meine *P8* zu nutzen.«

Name: Timothy Morris
Alter: 42 Jahre
Größe: 1,91 m
Sternzeichen: Schütze
Beruf: Butler

»Zeichnen lenkt mich immer ab.«

Name: Liam Merengues
Alter: 19 Jahre
Größe: 1,74 m
Sternzeichen: Fische
Studienfach: Kunst

»Ich kann die meisten
Menschen nicht ausstehen.«

Name: Tom Heid
Alter: 24 Jahre
Größe: 1,82 m
Sternzeichen: Skorpion
Studienfach: Philosophie

PROLOG

Gier ist der Güte Tod …

Worte, die sein Vater ihm von klein auf
eingebläut hatte.

Aber er hatte sie nie negativ aufgefasst. Güte
und Gnade waren nichts als Schwächen, die den
eigenen Zielen im Weg standen. Nur
Schwächlinge verwechselten Ambitionen mit
Gier.

Seine Finger glitten über das Messer in seiner
Tasche, Vorfreude erfüllte ihn. Er war der
lauernde Tod. Als die Lichter in dem Haus,
welches er tagelang beobachtet hatte, erloschen,
setzte er sich in Bewegung.

Vielleicht würde er heute endlich erlangen,
was ihm zustand. Nur ein paar weitere Tote.

Sein Ziel war zum Greifen nah.

EISCREME, LIEBE UND GLASSCHERBEN

Josh

F luchend schnappte ich mir mein Handy und
rannte in die Küche. Früh aufzustehen, funktionierte für mich nicht. Mit einem kalten Toast
im Mund hastete ich aus der Tür meiner Einzimmer-
wohnung. Was brauchte ich für mich allein schon?
Couch, Spielekonsole, Bettnische und Küchenzeile waren mehr als genug.

Meine Arbeitsstelle war zu Fuß zu erreichen, ein
Vorteil davon, mitten in der Innenstadt von Celle zu
wohnen. Und gewiss der einzige Grund, warum ich
nicht ständig zu spät kam.

Die Eisdiele war nur wenige Meter von meiner Haus-
tür entfernt. Auf dem Weg betrachtete ich jedes Mal die
bunten Fassaden der Fachwerkhäuser, die nicht gerade,
sondern gestuft gebaut worden waren. *Wie hält das überhaupt?*, durchfuhr es mich.

Ich sah das große Klamottengeschäft vor mir, schräg links daneben befand sich mein Ziel. Hastig schloss ich die rustikale Flügeltür auf, schob die Glasschiebetür dahinter zur Seite und betrat meine Arbeitsstelle. Hinter mir verriegelte ich den Eingang wieder. Die nötigen Vorbereitungen vor dem Eröffnen der Eisdiele gingen mir nach einem Jahr wie von selbst von der Hand. Ich wischte den Tresen ab, ebenso die Tische, verteilte Menükarten und füllte die Eistheke auf. Zum Schluss wurde die Radioanlage noch angeschaltet. Leise Musik sollte dafür sorgen, dass die Menschen sich wohlfühlten.

Nachdem alles bereit war und ich den Laden geöffnet hatte, wartete ich auf Kundschaft. Der Musik lauschend, schloss ich die Augen. Es lief ein langsames Lied, das aktuell im Radio rauf und runter gespielt wurde. Doch der Moment der Ruhe währte nicht lange.

Nur etwa fünf Minuten nachdem ich die Türen geöffnet hatte, kamen ältere Eheleute herein, sie winkten mir zu und setzten sich an einen Tisch nahe den Fenstern. Vermutlich, um das bunte Treiben in der Stadt zu beobachten. Kurz darauf stürmten weitere Kunden heran. Und meine zwei Kollegen stießen zu mir. Allein wäre der Andrang in der Eisdiele im Sommer auch nicht zu stemmen.

Plötzlich brach die Musik ab und die Nachrichten wurden angekündigt. »Alex, kannst du den Sender wechseln?«, fragte ich meinen Kollegen, weil ich gerade einen Eisbecher fertig machte. Er nickte und verschwand im Hinterzimmer.

Die Stimme des Moderators erklang.

»Der Blutlinien-Killer mordet weiter. Die Polizei steht vor einem Rätsel. Sechs Menschen sind bereits gestorben. Die

Der Sender wechselte ein paarmal, bis wieder Musik ertönte. Ich seufzte. Es war unwirklich, dass hier in Celle ein Serienkiller am Werk war. Obwohl die Radiosender in letzter Zeit immer wieder von seinen Taten berichteten. Ich verteilte Eis, bediente Tische und wie immer verging der Tag wie im Flug.

Gegen Nachmittag kam *sie*. Eine junge Frau, ich wusste, dass sie 19 war, weil sie einmal zu ihrem Geburtstag mit einer Freundin hier gewesen war, und diese Freundin recht laut geredet hatte. Dass ich mitgehört hatte, hatte sicher nicht an meinem Interesse und der Tatsache gelegen, dass ich so oft wie möglich an ihrem Tisch vorbeigeschlendert war.

Sie war nur zwei Jahre jünger als ich, hieß Amy und liebte Erdbeereis. Ihre rötlichen Locken, die Sommersprossen und die blauen Augen, die hinter den Brillengläsern größer wirkten, waren unglaublich süß. Jedes Mal nahm ich mir vor, sie nach einem Date zu fragen. Aber sie wirkte so schüchtern, ich wusste nicht, wie ich vorgehen sollte. Amy betrachtete die Eistheke und sah dann zu mir. Ich lächelte, und noch bevor sie ihre Bestellung aufgeben konnte, sagte ich: »Einmal Erdbeer in der Waffel, richtig?«

Ihre Augen weiteten sich, dann nickte sie.

Ich tat ihr das Eis auf, eine extragroße Kugel, und reichte ihr die Nascherei mit einem Zwinkern.

»Danke«, sagte sie trocken.

Sie legte ein paar Münzen auf den Tresen, leckte einmal an ihrem Eis und wandte sich dann um. Wie immer ging Amy ohne weitere Worte. Ich seufzte, packte das Geld in die Kasse und strich mir mit den Fingern durch mein wuscheliges hellbraunes Haar. Aus dem Augenwinkel sah ich dabei das Tattoo an mileinem linken Unterarm, die Konturen von Mario und den charakteristischen Blöcken, über die er hüpfte. Jedes Mal wenn ich es sah, stahl sich ein Grinsen auf mein Gesicht, auch wenn meine Mutter gern sagte, ich würde die Entscheidung zu dieser Körperverunzierung, wie sie es nannte, irgendwann als Jugendsünde betrachten. Das bezweifelte ich. Aber erst mal musste ich weiterarbeiten.

Gegen 18 Uhr gingen endlich die letzten Kunden. Normalerweise arbeitete ich nur halbtags, wegen meines Informatik-Studiums, aber um etwas mehr zu verdienen, machte ich am Wochenende manchmal Ganztagsschichten.

»Bye, Josh!«, rief mein Kollege Alex, der bereits Feierabend machte, Sandra ging ebenfalls. Wir hatten abgesprochen, dass ich heute die Kasse zählte und abschloss. Also begann ich mit der monotonen Aufgabe, zählte Münzen und Scheine und bildete Stapel, um nicht durcheinanderzukommen.

Ich rümpfte die Nase, da mir ein unangenehm saurer Geruch auffiel. Waren das die Münzen?

»Was haben die Kunden da vorher bloß angefasst?«, murmelte ich angewidert.

Die Kasse war zur Hälfte gezählt, als es klirrend schepperte. Überrascht hob ich den Kopf und blickte in die Richtung, aus der das Geräusch gekommen war. Ich umrundete die Theke, um den Grund für die Ruhestörung zu finden. Glasscherben lagen vor der kaputten Schiebetür.

Mein Kopf fuhr regelrecht herum, als ich glaubte, Schritte zu hören. Niemand war zu sehen und ich war auch absolut sicher, dass der letzte Kunde gegangen war.

»Ist da noch jemand?«, fragte ich. Aus irgendeinem Grund stellten sich die Haare in meinem Nacken auf, ein komisches Gefühl befiel mich. Niemand antwortete.

Hör auf damit, du steigerst dich in etwas rein, vielleicht ist eine Katze hier drin …

Immerhin hatte die Tür den ganzen Tag offen gestanden, es könnte sein, dass ein Tier unbemerkt hereingekommen war.

»So muss es sein«, redete ich mir ein, wohl wissend, dass eine Katze keine Glastür einrennen konnte. Langsam näherte ich mich dem hinteren Bereich der Eisdiele und damit der Toilette.

Ich zuckte zusammen und hielt inne, als die Musik aus dem Radio, die die ganze Zeit leise im Hintergrund gespielt hatte, plötzlich lauter wurde. Es rauschte und knackte, dann Stille. Erst jetzt wurde mir bewusst, dass ich den Atem angehalten hatte, ich stieß ihn aus und überlegte, zur Radioanlage zu gehen, um zu schauen, ob sich jemand daran zu schaffen gemacht hatte. Doch aus dem Badezimmer ertönte eine Art Jammern. Ich schluckte schwer und setzte mich erneut in Bewegung.

Im selben Moment ging die Musik wieder an, allerdings klang sie blechern und abgehakt. Ich ging langsam weiter, die zitternden Knie machten jeden Schritt zu einer Mutprobe. Mein Körper war übersät von einer Gänsehaut, ich hatte das kleine Mitarbeiter-Bad erreicht, meine Hand schwebte über der Türklinke.

Es herrschte wieder Stille. Ob mich das erleichtern sollte oder nicht, wusste ich nicht.

Die Tür gab knarrend nach, statt einer Katze war ein Mädchen zu sehen, sicher nicht älter als 16. Sie hockte auf dem geschlossenen Klodeckel und wippte vor und zurück.

»Eins, zwei, drei …«, wisperte sie immer und immer wieder.

Mir wurde kalt. Ich presste meine Lippen zusammen und wich unwillkürlich ein Stück zurück. Mein Verstand sagte mir, ich sollte das Mädchen ansprechen, ihm klarmachen, dass die Eisdiele geschlossen hatte, aber seine Augen ließen mich zögern. Sie waren leer und schienen durch mich hindurchzublicken.

»Wir finden dich«, summte sie in einem seltsamen Singsang. Dann erhob sie sich, wandte sich dem Spiegel zu und schlug mit einem gläsernen Eisbecher dagegen. Splitter verteilten sich im Waschbecken und Lichtreflektionen ließen ihr Gesicht schimmern.

Sie bückte sich, umfasste einen davon und führte ihn an ihren Hals. Mit einem Ruck stieß sie das Glas in ihre Haut und zog daran. Ich hatte noch nie so viel Blut gesehen. Sie torkelte ein paar Schritte in meine Richtung, aus ihrem Mund tropfte ihr Lebenssaft, und stürzte mir entgegen.

Mein Körper verkrampfte sich, als wäre dieser aus Stein. Kein Muskel wollte sich regen.

Als sie mich berührte, fühlte ich keinen Aufprall, nur eisige Kälte, und dann schwand das Gefühl.

Ich zitterte heftig und atmete stoßweise. Nichts war mehr zu sehen, kein Mädchen, kein Blut, keine Scherben.

Mein Körper brauchte eine Weile, um aus seiner Schockstarre zu erwachen. Mehrmals blinzelte ich, das Bad war leer. Erst nach und nach realisierte ich, was sich da gerade vor meinen Augen abgespielt hatte, jedenfalls vermeintlich, Säure stieg mir in den Rachen und ließ mich würgen. Ich sackte zusammen, wagte es jedoch nicht, meinen Blick vom Badezimmer abzuwenden.

Mit den Händen umklammerte ich meinen Kopf und starrte auf die sauberen Fliesen.

»Wie kann das sein?«, murmelte ich.

Einem plötzlichen Impuls folgend, sprang ich auf und rannte regelrecht zurück zur Schiebetür, es waren keine Scherben zu sehen und das Glas war unbeschädigt. Dabei hatten die Geräusche dort mich doch erst aufgeschreckt.

Zutiefst verwirrt stand ich vor der Tür, bemüht, meine Gedanken zu ordnen. Es gelang mir nicht.

Mechanisch schritt ich wieder um den Tresen herum und näherte mich der Kasse. Meine Hände zitterten, als ich nach den Münzen griff. In meinem Kopf drehte sich alles. Sandra würde mich bei ihrer Frühschicht morgen sicher dafür töten wollen, aber ich würde nur Schwachsinn produzieren, wenn ich jetzt versuchte, die Zählung zu beenden.

Ich griff nach einem Notizzettel, umfasste den Stift mit meiner linken Hand und schrieb etwas von einem Notfall, mit der Bitte an sie, morgen nochmals nachzuzählen. Dazu schrieb ich eine geschätzte Summe.

»Sorry«, murmelte ich, bevor ich hinausstürmte. Auch wenn die Luft guttat und ich mich über jeden Spaziergänger, der meinen Weg kreuzte, freute, hatte ich das Gefühl, dass mich heute etwas verfolgte, und es ließ mich nicht los, egal wie schnell ich auch rannte.

ERMORDET

Josh

Zu Hause angekommen, versuchte ich noch immer, die Gedanken in meinem Kopf zu ordnen. Irgendwie zu begreifen, was geschehen war.

Es muss Schlafmangel sein, durchfuhr es mich. Eine beruhigende Ausrede, die ich gern glauben wollte.

Vielleicht sollte ich heute nicht drei Stunden zocken und dann noch einen Film schauen. Der Abend in der Eisdiele glich einer surrealen Szene aus einem Horrorfilm. Ich seufzte, zog meine Schuhe aus und schmiss mich auf die Couch. Ohne Umschweife machte ich den Fernseher an und ließ mich von einer Nachrichtensendung berieseln. Lauter normale Dinge, das Wetter, Berichte über gestiegene Preise, nichts Interessantes, aber desto länger die Bilder flackerten und die Stimmen erklangen, desto ruhiger wurde mein Gemüt.

Was auch immer ich in der Eisdiele gesehen hatte, es

war nicht echt. Und es konnte mir nichts tun, nicht hier in meinen eigenen vier Wänden. Und auch nirgendwo sonst.

Ich stand auf, holte mir eine Packung Chips, legte die Füße auf den Hocker vor dem Sofa und wollte gerade umschalten, als das Bild eines mir wohlbekannten Mannes gezeigt wurde. Unwillkürlich richtete ich mich ein Stück auf und betrachtete es ungläubig.

»Der Bürgermeister wurde heute Morgen tot aufgefunden. Auch seine Frau und seine beiden Kinder sind Opfer dieses schrecklichen Verbrechens geworden.«

Die Nachrichtensprecherin schaute betroffen in die Kamera. Dann wurden Bilder von dem Bürgermeister und seiner Familie gezeigt. Sie lachten und wirkten glücklich.

Meine Hände verkrampften sich, unzählige Gefühle wetteiferten in mir. Erinnerungen stiegen in mir auf, Worte meiner Mutter, die ich nie vergessen würde.

Josh ... Mein lieber Josh ... Es ist nicht deine Schuld. Er hat so entschieden und ich werde es nie begreifen. Sein Ruf ist ihm das Wichtigste. Er will dich nicht sehen. Es tut mir so leid.

Mit zwölf Jahren wollte ich meinen Vater treffen und meine Mutter hatte es versucht, hatte ihn kontaktiert und konfrontiert, doch er hatte alles abgeblockt.

Für ihn war ich nichts als ein Bastard, der seiner Karriere und seinem glücklichen Familienleben im Weg stand. Ich hasste ihn.

Und doch, zu hören, dass er fort war, tot, unwiderruflich aus dem Leben gerissen, war hart. Jede Chance, dass er seine Meinung änderte, war verloren.

Die bröseligen Überreste des Chips, den ich in der Hand gehalten hatte, fielen achtlos zu Boden.

Die Reporterin redete weiter und ich hörte wie in Trance zu.

»Die Polizei hat bestätigt, dass das Vorgehen bei den Morden dem Schema des Blutlinien-Killers entspricht. Der skrupellose Serienkiller tötete zuvor bereits sechs Menschen. Ziele sind vorwiegend reiche, einflussreiche Personen. Die Art der Morde ist immer gleich. Männer werden stranguliert. Frauen vergiftet. Und wohl am prägnantesten ist die mit dem Blut der Opfer gezeichnete Linie, die sich jedes Mal am Tatort findet.«

Es folgte das übliche Gerede, die Bitte, mit Hinweisen zur Polizei zu gehen und vorsichtig zu sein. In einer Kurzschlussreaktion schaltete ich den Fernseher ab, so als könnte ich dadurch ungeschehen machen, was ich gerade gesehen hatte.

Ich stand auf, ging in die Küche, schnappte mir eine Scheibe Toast und biss wie in Trance davon ab. Pappig und geschmacklos, aber normal.

Anschließend griff ich nach einer Dose Energy und kehrte zur Couch zurück. Statt der Fernbedienung nahm ich diesmal den Switch Controller in die Hand und startete ein Super-Mario-Spiel. Einfach nur hüpfen, abschalten.

Vor Schreck flog der Controller durch das halbe Zimmer, als mein Handy klingelte. *Mum.* Der Name leuchtete auf dem Display. Die englische Bezeichnung klang in meinen Ohren einfach besser als »Mama« oder »Mutter«. Aber ich zögerte, ranzugehen, weil ich ahnte, was sie wollte. Ihre Worte würden die abstrusen Szenen aus dem Fernsehen zu bitterer Realität machen.

Dennoch wischte ich mit dem Finger über das Display, um den Anruf anzunehmen.

»Josh?« Ihre Stimme vergrößerte den Kloß in meinem Hals. Ich hatte das Gefühl zu ersticken.

»Hallo, Joshua?«

»Du sollst mich nicht so nennen«, presste ich hervor.

Ihr Prusten daraufhin gab mir ein Gefühl von Leichtigkeit und Normalität.

»Mach dir keine Sorgen, Mum. Der Kerl hat in meinem Leben nie eine Rolle gespielt.«

Ein Seufzen, dann eine kurze Pause. »Du hast die Nachrichten also gesehen.«

Vielleicht wollte ein Teil von mir um verpasste Chancen weinen, während ein anderer die Realität verleugnen wollte. Doch mit keinem dieser Gedanken wollte ich meine Mum belasten. Es war nicht ihre Schuld, dass mein Vater ein egoistischer Mistkerl war. »*Gewesen war*«, *er ist fort*, korrigierte meine innere Stimme mich.

»Ich weiß, es macht dir mehr aus, als du zugeben willst«, sagte Mum.

Sie kannte mich zu gut.

»Ich komme zurecht«, versicherte ich ihr.

»Morgen Nachmittag komme ich zu dir, ja? Dann reden wir.«

»Ich habe morgen eine Vorlesung und bin erst später wieder zu Hause.«

»Dann komme ich abends, keine Widerrede. Ich hab dich lieb, Josh.«

»Ich dich auch, Mum«, entgegnete ich, bevor ich auflegte.

Wenn sie sich etwas in den Kopf gesetzt hatte, war es schwer, sie davon abzubringen. Ich wollte nicht reden und am liebsten gar nicht mehr darüber nachdenken.

Was ich zu ihr gesagt hatte, stimmte, dieser Mann war nie Teil meines Lebens gewesen und hatte es nie sein wollen. Das war weder meine Schuld noch die meiner Mutter. Nur seine. Und damit war es seine verpasste Chance.

So logisch all das auch klang, fühlen konnte ich es nicht. Stattdessen waren da nur eine unbestimmte Leere und das Gefühl, dass die seltsame Vision in der Eisdiele erst der Anfang gewesen war. Eine dunkle Vorahnung, die ich nur zu gern ignorieren wollte.

GLEISE

Josh

An Bahnhöfen versammelten sich alle Arten von Menschen. Betrunkene Jugendliche pöbelten und rissen ihre Arme zu einer Fußballhymne nach oben. Krawattenträger tippten wild auf ihren Handys herum, vermutlich weil sie wegen einer Verspätungsansage nach einem Ausweich-Zug suchten, und Leute, deren Deo komplett aufgegeben hatte, drängelten sich nach vorn, wahrscheinlich, um Sitzplätze zu ergattern, sobald der Zug einfuhr.

Es war laut und überfüllt. So viele waren auf die Züge angewiesen, die sie zur Arbeit oder zur Schule brachten. In dieser Hinsicht ging es mir nicht anders. Meine Universität war in Hannover, die Zugfahrt kostete mich täglich mehr als eine Stunde. Aber es gab Schlimmeres.

Im Zug konnte ich entspannen oder quatschen, so

wie heute.

Ben stand neben mir am Getränkeautomaten und zog sich eine Cola. Währenddessen meckerte er wie immer über meinen Job.

»Du arbeitest wirklich zu viel, warum sogar am Wochenende? Gestern waren wir in einer Bar, Franzi hätte sich echt gefreut, wenn du auch gekommen wärst.«

Mein Freund war größer und breiter als ich, hatte dunkelbraune Haare, trug eine Brille und sein rundliches Gesicht war von Akne-Narben aus seiner Jugend gezeichnet. Manche sagten, er sehe aus wie der typische Nerd. Was auch immer das bedeuten sollte. Er las gern, zockte viel und hing einen beträchtlichen Teil seiner Lebenszeit vorm Computer rum, aber welcher Informatik-Student tat das nicht?

»Ich brauche das Geld«, entgegnete ich wie immer. Das ich gern in der Eisdiele arbeitete, weil ich dort Amy sehen konnte, war meine Sache.

Ben seufzte. »Mann, ist dir klar, dass Franzi auf dich steht? Irgendwann sucht sie sich einen anderen!«

Franzi war Teil unserer kleinen Clique, wenn man uns denn so nennen wollte. Eine Gruppe alter Schulkameraden, die sich nicht aus den Augen verloren hatten. Ben studierte an derselben Uni wie ich Informatik und Franzi, eigentlich Franziska, machte eine Ausbildung in der Bibliothek. Sie war nett und auch nicht hässlich, aber ich hatte kein Interesse.

Ein unangenehm säuerlicher Geruch stieg mir in die Nase. Ich räusperte mich, sah Ben vorwurfsvoll an und antwortete: »Das sollte sie und du solltest vielleicht weniger Knoblauch auf deine Pizza machen.«

Ben zeigte auf sich und öffnete den Mund, aber ich blendete seine Proteste aus, weil mir plötzlich ein alter

Mann auffiel, der viel zu dicht an den Gleisen stand. Er hatte die weiße Linie, die den einzuhaltenden Sicherheitsabstand markierte, überschritten. Der Mann blickte zurück, betrachtete die Menschenmassen und dann die leuchtende Digitalanzeige, die verkündete, dass der Zug jetzt einfahren würde.

Der Fremde schloss die Augen und tat einen weiteren Schritt nach vorn – ins Leere, auf die Gleise.

»Nein!«, rief ich panisch aus und rannte zu der Stelle, an der der Mann eben noch gestanden hatte. Mein Blick erfasste die Gleise, doch ich sah niemanden.

Etwas packte mich von hinten und zog mich zurück. Heftiger Wind erfasste mich, als der Zug einfuhr. Ich wirbelte herum und erkannte Ben, der meinen Arm festhielt.

»Was ist los mit dir? Du wärst fast vor den Zug gerannt!«, rief er aus.

»Ich …«, stammelte ich, nach Worten ringend. Dieser Mann konnte unmöglich verschwunden sein, ich war genau zu der Stelle gerannt, an der er sich hatte fallen lassen. Er hätte auf den Gleisen liegen müssen.

Genau wie bei dem Mädchen in der Eisdiele, durchfuhr es mich.

Ich bekam eine Gänsehaut.

»Ich wollte nur gute Plätze bekommen«, sagte ich schließlich, woraufhin Ben den Kopf schüttelte.

Die Zugfahrt verlief zum Glück ereignislos. Ben erzählte pausenlos, aber ich hörte nicht mehr zu. Meine Gedanken kreisten um meinen Vater, das seltsame Mädchen in der Eisdiele, das sich selbst umgebracht hatte, und den Mann, der sich vor den Zug geworfen hatte.

Zu viele Zufälle in zu kurzer Zeit. Vielleicht musste

ich einsehen, dass etwas mit mir passierte. Was auch immer das bedeutete.

Von der Vorlesung hatte ich nicht viel mitbekommen, aber zum Glück war es ohnehin nur um eine simple Programmierung gegangen. Ich war gut in diesen Dingen, die vorgegebene Aufgabe zu bewältigen, würde kein Problem sein.

Ich lief die breiten Straßen der hannoverschen Innenstadt entlang, überall am Wegesrand waren Geschäfte. Als ich die Treppe hinabstieg, die zum U-Bahnhof führte, sah ich einen Dönerladen.

Kurzerhand ging ich hinein und bestellte mir etwas. Ich hatte noch viel Zeit, bevor die nächste Vorlesung begann. Es war nervig, aber manchmal hatte ich vormittags die erste Vorlesung und erst am späten Nachmittag die letzte. Zwischendurch nach Hause zu fahren, lohnte sich kaum.

Mein Döner war schnell fertig. Ausgestattet mit der köstlich duftenden Nervennahrung schlenderte ich weiter durch die Stadt. Beim Abbeißen tropfte etwas der schmackhaften Soße auf meine Finger, die ich ableckte. So einfach, aber echt gut.

»Josh!«

Ich wandte mich um und erkannte Ben, der sich durch das Menschengedränge seinen Weg zu mir bahnte.

»Hey«, entgegnete ich.

»Warum bist du abgehauen? Wir haben doch beide Zeit totzuschlagen«, beschwerte er sich.

Ich zuckte mit den Schultern. Um ehrlich zu sein, war ich einfach in Gedanken gewesen. Auf Ben hatte ich nicht geachtet.

Er verdrehte die Augen und seufzte. »Du warst schon immer so«, murrte er.

»Was willst du denn machen?«, fragte ich. Zu diskutieren, wieso ich ihn bei der Uni *zurückgelassen* hatte, ergab für mich wenig Sinn.

»Keine Ahnung, wir könnten zu dem Comicladen gehen«, schlug er vor.

Ich nickte schlicht und folgte ihm. Es war nicht so, als hätte ich Besseres zu tun, und im Endeffekt war ich froh, nicht allein zu sein. Immer wieder stellten sich die kleinen Haare in meinem Nacken auf. Das Gefühl, dass sich etwas grundlegend verändert hatte, seit jenem Abend in der Eisdiele, wollte nicht weichen. Aber ich verdrängte es so gut wie möglich.

»Ach so, denk dran, dich heute Abend noch in eine der Listen einzutragen«, sagte Ben so, als müsste ich mit dieser Aussage etwas anfangen können.

»Listen?«, fragte ich.

Er zog die Augenbrauen hoch und betrachtete mich ungläubig. »Im Ernst?«

Vermutlich schnitt ich eine seltsame Grimasse, denn Ben lachte und klopfte mir auf die Schulter. »Echt, du bist unfassbar.«

Er hielt inne. »Also, offenbar hast du Professor Thale nicht zugehört, aber es steht ein wichtiges Projekt an. Wir sollen uns mit anderen Studenten zusammentun, Fünfer- bis Sechsergruppen. Und es gibt verschiedene Themen zur Auswahl. Die Listen liegen in der Aula aus, schau heute Abend mal nach. Es ist wichtig, der Prof meinte, dass die Note dieser Gruppenarbeit relevant für unseren Studienabschluss ist.«

»Oh …«, erwiderte ich wenig geistreich.

Ben seufzte nur und ich dachte mir, dass ich eventuell doch besser hätte zuhören sollen.

Plötzlich blieb mein Freund stehen. Er starrte mit zusammengezogenen Brauen auf die andere Straßenseite.

»Alles gut?«, fragte ich ihn.

Kurz schien er in Gedanken, dann nickte er. »Da drüben ist ein Kommilitone, Sam, ich müsste mit ihm noch was besprechen. Er hat bei einem Projekt Mist gebaut.«

Ich folgte Bens Blick auf die andere Straßenseite. Zwischen einigen Bäumen saß ein Typ in unserem Alter auf einer Bank. Er hatte blonde Haare und trug erstaunlich schicke, teuer aussehende Klamotten.

»Geh ruhig«, ermutigte ich ihn.

»Danke, Kumpel! Wir sehen uns später!«

Ben winkte mir zu und näherte sich dem Studenten. Vermutlich kam Sam aus reichem Elternhaus, jedenfalls sah er so aus. Vielleicht glaubte er deshalb, sich auf der Uni nicht anstrengen zu müssen. Wenn man gezwungen war, mit so jemandem zusammenzuarbeiten, konnte das nervig sein. Ich seufzte und beschloss, trotzdem ein wenig im Comicladen zu schnökern. Jetzt war ich ohnehin schon fast da.

Am späten Nachmittag stand ich in der Aula der Universität und betrachtete die verschiedenen Listen. Ganz oben stand das jeweilige Thema der Gruppenarbeit, darunter befand sich eine Tabelle, jede Zeile war nummeriert und bot Platz für bis zu sechs Namen. Über den

Spalten stand, welcher Studiengang gefordert war. Eine themenübergreifende Gruppenarbeit im großen Ausmaß.

Ich seufzte. Warum sollten meine Noten von der Arbeit anderer abhängig gemacht werden?

Genervt blätterte ich mich durch die verschiedenen Themen. Robotik, Suchmaschine, künstliche Intelligenz …

Bei Letzterem blieb ich hängen. Eine künstliche Intelligenz, kurz KI, zu entwickeln, hatte mich schon immer gereizt. Es war komplex und erforderte mehr als Programmiertalent.

Mein Blick huschte über die Zeilen, einige Studenten hatten sich bereits eingetragen, manche Namen sagten mir etwas, doch bei einem stockte ich.

Amy Carpendale …

Amy, das Mädchen aus der Eisdiele, das ich gern näher kennenlernen würde. Sie war es. Ich wusste, dass sie auch an meiner Uni studierte, ihr Studiengang war allerdings Literaturwissenschaft, was bedeutete, dass ihre Vorlesungen im Hauptgebäude der Leibniz Uni, welche optisch einem Schloss glich, stattfanden.

In der Eisdiele schenkte sie mir kaum Beachtung. Vielleicht sollte ich einsehen, dass sie keinerlei Interesse an mir hatte, und endlich damit aufhören, sie dort zu belauschen, nur deshalb wusste ich ein paar Dinge über sie.

Oder du arbeitest mit ihr zusammen und kommst ihr endlich näher, wisperte der Wunschdenker in mir.

Ich stieß die Luft aus, die ich unbewusst angehalten hatte, und kramte einen Stift hervor. Was hatte ich zu verlieren? Das war die Gelegenheit, mit ihr zu reden. Entweder verstanden wir uns oder ich konnte mit ihr abschließen.

Hastig kritzelte ich meinen Namen auf das Papier und nickte. Vielleicht würde diese doofe Gruppenarbeit doch etwas Gutes mit sich bringen. Meine Finger kribbelten und ich musste lächeln. Endlich passierte etwas, das mich die Unsicherheit und das komische Gefühl, das mich seit jenem Abend in der Eisdiele verfolgte, kurz vergessen ließ.

ES ENDET NIE

Der Blutlinien-Killer

W as für eine Farce. Er hasste jeden Moment, den er mit diesen verlogenen Menschen, die sich Familie schimpften, verbringen musste. Die ganze Zeit hatten sie ihn belogen. Der Tod des Bürgermeisters und dessen Familie hätte sein Trumpf sein sollen. Er hätte der Letzte sein müssen. Aber in Wahrheit endete es nie.

Irgendjemand von ihnen, von seinen Tanten, Onkeln, Cousins oder Cousinen hatte bekommen, was ihm zustand. Und keiner von ihnen gab es zu.

Ich bringe sie einfach alle um ..., dachte er.

Seine Mundwinkel hoben sich, nur ganz leicht, fast unmerklich für alle anderen. Er saß mit seiner Familie am Tisch. Sie redeten und lachten.

»Wo bist du mit deinen Gedanken«, fragte sein Onkel.

»Bei euch natürlich«, entgegnete er.

Seine Tante lachte. »So charmant.«

Er fuhr sich mit den Fingern durchs Haar und ließ seinen Blick unauffällig schweifen. Keiner der Anwesenden benahm sich verdächtig. Niemand blickte ins Leere oder betrachtete Dinge, die niemand sonst sehen konnte. Leider wusste er zu wenig, nur das, was sein Großvater ihm mitgeteilt hatte. Zu ihm hatte er aufgeblickt, er war der einzig Vernünftige in einer Familie aus Weichlingen gewesen, die ihre wahre Bestimmung verfehlten.

Ich finde dich, warte es nur ab ...

Ein Versprechen an sich selbst und denjenigen, der ihm gestohlen hatte, worum er seit Jahren kämpfte.

RÄCHE MICH

Josh

Als ich am Abend nach Hause kam, wartete meine Mum bereits vor der Tür. Sie stürmte regelrecht auf mich zu und zog mich in ihre Arme.

»Ich bin hier«, sagte sie.

»Das merke ich«, presste ich hervor, da sie mich fest an sich drückte.

»Oh …!«, machte sie und ließ von mir ab. Sie umfasste meine Hand und sah mich ernst an. »Wie geht es dir?«

»Da du mich nicht mehr zerquetschst, ganz gut«, entgegnete ich, wohl wissend, dass sie das nicht gemeint hatte.

Mum verdrehte die Augen. Dann drückte sie ihren Zeigefinger gegen meine Brust und tadelte mich: »Schluss damit. Ich weiß du willst ablenken und nicht über deine Gefühle sprechen. Aber du sollst solche Sachen nicht in dich reinfressen. Ich bin hier und höre zu.«

»Lass uns erst mal reingehen«, seufzte ich. Mir war klar, sie würde nicht gehen. Und auch nicht nachgeben. Was nicht hieß, dass ich mit ihr über meinen Vater reden würde. Ich wollte nicht. Nie wieder.

Drinnen saß sie auf der Couch und meckerte vor sich hin, dass mein Zimmer unbedingt einen Esstisch benötigte. Mir war unklar wozu, der kleine Tisch vor dem Sofa reichte doch allemal.

Der Geruch von Kräutern und Kümmel machte sich in der Luft breit, als ich meiner Ma einen dampfenden Tee gab. Innerlich wappnete ich mich bereits für ihren nächsten Versuch, hinter meine Fassade zu schauen.

Stattdessen stellte sie jedoch ihr Getränk ab und zog mich einfach in ihre Arme. Sie streichelte meinen Kopf, als wäre ich noch ein kleines Kind, und flüsterte: »Ich hab dich lieb und ich werde immer für dich da sein.«

Ich schluckte. Sie war immer sehr direkt und fürsorglich, aber ich konnte damit nicht gut umgehen. Wie sollte ich ihr meine Gefühle vermitteln, wenn ich sie selbst nicht begriff?

War ich traurig? War ich vielleicht sogar erleichtert? Weil ich jetzt nicht mehr mit dem Gedanken leben musste, dass mein Vater mich nicht sehen wollte, sondern mir einreden konnte, es läge nur daran, dass er gestorben war. Diese Gefühle waren abstrus und seltsam, ich war nicht in der Lage, sie in Worte zu fassen.

»Ich verstehe dich«, sagte meine Ma. »Du musst nichts sagen. Mir ist nur wichtig, dass du weißt, dass ich zuhöre, wenn du reden willst. Und dass du mich hast, egal was passiert.«

Ich löste mich von ihr, weil ich fürchtete, ansonsten

zu weinen, und nickte ihr zu.

»Wollen wir uns einen Film ansehen?«, fragte sie, während sie bereits nach der Fernbedienung griff.

Erleichterung durchströmte mich und ich lächelte ihr zu. Sie drängte mich nicht weiter, sie war einfach nur da.

Die Action-Komödie, welche sie auf Netflix anmachte, berieselte uns. Ab und zu lachten wir, witzelten herum oder verdrehten die Augen. Es machte Spaß und gab mir das angenehme Gefühl von Normalität. Der Abend verlief viel entspannter als erwartet, vielleicht würde von nun an alles besser werden.

Als meine Mum gegangen war, wechselte ich zum ganz normalen Fernsehprogramm. Die Nachrichten liefen und natürlich drehte sich noch immer alles um den Tod des Bürgermeisters.

Ich fühlte mich gefasster, so als hätte ich nach dem ersten Schock mehr Kraft, um die Informationen aufzunehmen.

»Diese Woche Mittwoch, um 18 Uhr, findet die Trauerfeier am Waldfriedhof statt. Alle Bürger, die Henry Eberhard Finken und seiner Familie die letzte Ehre erweisen wollen, sind willkommen.«

Die Worte der Nachrichtensprecherin hallten in meinem Kopf nach. Eine Person des öffentlichen Lebens, selbst sein Tod gehörte nicht nur meinem Vater und seinen Vertrauten. Nun, seine Familie war mit ihm gestorben. Lebten seine Eltern, und damit meine Großeltern noch? Ich wusste es nicht, wie so vieles oder so ziemlich alles aus dem Leben meines Vaters.

»Mittwoch …« Ich formte die Worte mehr mit meinen Lippen, als dass ich sie sprach.

Ob ich diesem Mann die letzte Ehre erweisen wollte, wusste ich nicht, aber ein Teil von mir wollte Abschied nehmen. Einen Schlussstrich ziehen und dann weitermachen. Vielleicht würde ich hingehen.

Als ich am Mittwoch auf dem völlig überfüllten Friedhof ankam, bereute ich meine Entscheidung. Die Anlage war wunderschön hergerichtet, in der warmen Jahreszeit blühten die vielen Blumen, die Bäume grünten und vereinzelt huschten Eichhörnchen über die Wege. Wären da nicht die Gräber, wäre es ein wunderschöner Spazierpfad.

An und für sich kein allzu schlechter Ort für eine letzte Ruhestätte, falls man nach dem Tod noch etwas davon hatte, wer wusste das schon, aber ich hasste Menschenmassen. Schwarz gekleidete Männer in Anzügen trugen einen Sarg den breiten gepflasterten Hauptweg entlang. Ihnen folgte eine ganze Prozession aus Menschen. Ich hielt mich, so gut es ging, abseits und folgte ihnen im weiten Abstand. Gespräche oder Interaktionen waren das Letzte, was ich wollte.

Vielleicht war meine Mum auch unter ihnen, allerdings hatte sie noch weniger Grund als ich, dem Mann irgendeine Ehre zu erweisen. So oder so, treffen wollte ich sie nicht. Das hier war mein persönlicher Abschied von der Vaterfigur, die nur in meinen Wunschträumen existiert hatte.

Die Sargträger stoppten schließlich vor einem bereits

ausgehobenen Grab. Alle anderen versammelten sich kreisförmig um das Geschehen auf einer größeren Rasenfläche. Ich positionierte mich hinter allen anderen.

Der Pastor ratterte das übliche Blabla hinunter, das man kannte. Nichts Persönliches, nichts Einprägsames. Die Gesichter der Menschen waren betroffen, doch niemand weinte. Waren keine Angehörigen unter den Menschen hier?

Der Gedanke schnitt jäh ab, als ich plötzlich einen Tropfen auf meiner Haut fühlte.

Regen?

Mein Blick richtete sich nach oben, der Himmel war von Wolken bedeckt, die sich jedoch in ungewöhnlicher Geschwindigkeit verschoben, fast so, als würde jemand an einem Fernsehgerät die Vorspultaste gedrückt halten.

Ich blinzelte und sah im nächsten Moment ein Loch in der grauen Wolkendecke. Etwas war dort, mitten in der Luft, einem rötlichen Lichtreflex gleich. Es näherte sich, schien hinabzufallen, als wäre es der Schwerkraft ausgesetzt. Immer dichter kam es. Bis ich eine Krawatte erkannte, sie wehte im Wind, segelte direkt auf mich zu. Erst als der Stoff nur ein Stück weit über den Köpfen der Menschen vor mir baumelte, sah ich, dass die Krawatte verknotet war, sodass sie eine Schlaufe bildete.

Wie ein Strick, dachte ich.

Wie passend diese Assoziation war, verdeutlichte das nächste Bild. So als wäre er schon die ganze Zeit dort gewesen, hing plötzlich mein Vater an dem Strick, die Krawatte schnürte seinen Hals zu, und auch seine Hände, die panisch nach dem kleinen Stück Stoff griffen, vermochten es nicht, etwas daran zu ändern.

Ich streckte die Hand aus, öffnete den Mund, doch taumelte zurück, als er mich ansah und sprach.

»Du bist der Letzte … Räche mich, finde den Mörder. Nimm dein Erbe an«, krächzte mein Vater.

Die ersten Worte, die er je an mich gerichtet hatte.

Ausgesprochen von einer Vision, die nur meinem kranken Geist entsprungen sein konnte.

Ich wandte mich ab und rannte davon.

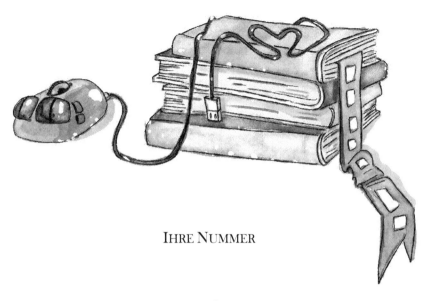

IHRE NUMMER

Josh

Selbst Amys Anblick vermochte es nicht, mich abzulenken. Ich war in der Universitäts-Bibliothek. Zusammen mit all denen, die sich ebenfalls für die Studienarbeit mit dem Thema KI entschieden hatten. Wir saßen um einen Tisch versammelt, um einen Schlachtplan auszuarbeiten.

Amy schob ihre Brille zurecht und schien den anderen aufmerksam zu lauschen, an mir rauschten ihre Worte nur vorbei. Alles, was ich sah, war das Gesicht meines Vaters, die Krawatte, die ihm die Luft abschnürte und ihm so langsam das Leben raubte.

Bis alle Augen auf mir ruhten.

Ich sah fragend von einem Gesicht zum anderen. Bekannt waren mir nur Amy, die Literatur studierte und Erdbeereis liebte, und Ben, mein alter Freund, der ebenfalls Informatik studierte, sein Schwerpunkt war allerdings die Elektrotechnik, während ich mich für Programmierung entschieden hatte.

Davon mal abgesehen, fixierten mich drei weitere Gesichter. Ein blondes Mädchen mit grünen Augen und strengem Pferdeschwanz sah mich mit hochgezogenen Brauen an. Sie war mir auf Anhieb unsympathisch, da ich das Gefühl nicht loswurde, dass sie auf mich herabblickte. Wenn mich nicht alles täuschte, hatte sie sich ganz zu Beginn als Leandra vorgestellt.

Neben ihr saß ein Junge mit etwas längeren dunkelbraunen Haaren und tiefen Augenringen. Seine gesamte Kleidung, inklusive Rucksack und dem Lippenpiercing, war schwarz, was ihm, zusammen mit seinem Verhalten, eine desinteressierte, fast düstere Aura verlieh. Er kaute schmatzend Kaugummi und sah keinen von uns an. Sein Name war Tom.

Direkt bei mir hockte Liam, seine schwarzen Locken und die etwas dunklere Haut ließen ihn aus der Gruppe hervorstechen. Vor ihm lag ein Notizblock, auf dem er kleine Gesichter gekritzelt hatte, für Skizzen sahen die Zeichnungen ziemlich gut aus. Er studierte passenderweise Kunst.

Ben schüttelte den Kopf. »Du warst wieder ganz woanders, oder?«

Ich zuckte mit den Schultern, Leandra stöhnte und wetterte leise vor sich hin, dass sie echt keinen Bock hatte, Zeit zu verschwenden.

Mein Freund war jedoch so nett, mich in die schon geschmiedeten Pläne einzuweihen. »KI ist ja ein recht weit gefächertes Thema, wir wollen eine Art Chat-KI entwickeln. Unser Programm soll möglichst klug antworten und mit dem Anwender interagieren. Ich bereite einen kleinen niedlichen Roboter vor, mit

Bildschirm und Spracherkennung. Unser Philosophiestudent Tom kümmert sich um ethische Fragen und No-Gos, die wir berücksichtigen müssen. Leandra, die BWL studiert, entwickelt einen passenden Business-Plan zum Verkauf und berechnet die Kosten. Liam hilft mir beim Design.«

»Da du programmieren kannst, kümmerst du dich um die Basis, also die Programmierung unseres kleinen Robo-Freunds«, sagte der Letztgenannte und tippte dabei mit dem Finger auf seinen Block.

Leandra seufzte und deutete auf Amy. »Amy sollte sich als Literaturstudentin um verschiedene Antwortmöglichkeiten, also die Texte, kümmern. Diese Dinge brauchst du doch, oder? Daher solltet ihr euch verabreden, wenn ihr so weit seid.«

Meine Augen weiteten sich, ich betrachtete Amy, die mir zunickte und sich etwas notierte.

»Wir sollten alle Nummern austauschen«, schlug Ben vor und niemand protestierte.

Mein Herz machte einen Hüpfer, als Amy mir ihre Nummer diktierte. Unfassbar, seit Monaten schmachtete ich ihr hinterher und nun ergab sich so einfach eine Gelegenheit. Nicht nur die Nummer, ich musste eng mit ihr zusammenarbeiten, um die passenden Module zu entwickeln. Ich konnte mir das Grinsen nicht verkneifen.

Leandra stand auf. »Eines noch. Diese Projektarbeit ist wichtig für das Studium, also versaut es mir nicht«, ließ sie uns wissen.

Ich prustete, woraufhin sie mir einen Blick zuwarf, der mir eine Gänsehaut verpasste.

»Sortiert euch, fangt an zu arbeiten und nächstes Wochenende können wir uns treffen, um den Stand und mögliche Probleme zu besprechen«, setzte sie nach, diesmal etwas freundlicher.

»Wo denn treffen?«, fragte Tom, den ich nun zum ersten Mal reden hörte.

»Am besten bei mir, wir haben ein sehr großzügiges Haus. Dort kann man in Ruhe arbeiten«, erklärte Leandra. »Zeit und Adresse schicke ich euch.«

Ich mochte solche Dinge nicht und ich hatte keinerlei Lust, mich mit diesen Leuten zu treffen, aber der Gedanke, dass Amy dabei sein würde, ließ das alles erstrebenswert erscheinen. Und die Freude, sie endlich wirklich kennenzulernen, verdrängte sogar die Gedanken an die letzte Vision.

Leandra schritt von dannen, Liam winkte uns zu und verließ die Bibliothek ebenfalls, Tom nickte nur und verschwand dann auch.

Ben grinste mich an. »Wollen wir was unternehmen?«, fragte er.

Ich ließ meinen Blick schweifen, Amy saß schweigend neben mir und machte sich Notizen, die Regale voller Bücher füllten den ganzen Raum und versprachen jede Menge Wissen.

»Ich bleibe noch eine Weile, muss was erledigen«, entgegnete ich schließlich.

Ben hob ein wenig theatralisch die Hände und tat so, als müsste er tot umfallen. »Was für eine Abfuhr.«

Ich lachte und sah aus dem Augenwinkel, dass Amy die Augen verdrehte. Ja, mein Kumpel war schon seltsam, aber auch ein guter Kerl.

»Es liegt nicht an dir«, versicherte ich ihm mit ernster Stimme. Ganz bewusst verwendete ich die Worte, die viele beim Schlussmachen nutzten.

Ben verstand sofort und lachte. »Okay, dann geh ich

mal und heul mir die Augen aus«, sagte er, versuchte erfolglos, zu zwinkern, und wandte sich ab.

Blieben nur ich und Amy. Ich räusperte mich, doch offenbar bemerkte sie es nicht. Sie war vertieft darin, allerlei Dinge aufzuschreiben, obwohl wir gar nicht so viel besprochen hatten.

Na ja, ich war auch nicht geblieben, um mein Glück bei ihr zu versuchen, sondern um zu recherchieren. Über Wahnvorstellungen oder eventuell auch Geister. Letzteres spukte in meinen Gedanken herum, seit mein toter Vater mir aufgetragen hatte, seinen Mörder zu finden. All meine Visionen hatten mit dem Tod zu tun. Ich war nicht sonderlich esoterisch oder gläubig, aber der Gedanke, dass irgendetwas Übernatürliches am Werk war, drängte sich regelrecht auf.

Ich erhob mich, ließ den Gruppenarbeitsplatz hinter mir und umrundete einen der Stützbalken für die hohe Decke. Dahinter erwarteten mich unzählige Regale voller Bücher. Die sogenannte technische Informationsbibliothek, kurz TIB, war einer der größten Wissenshorte in Niedersachsen. Wie der Name schon sagte, war sie spezialisiert auf technische Informationen über Mathematik, Informatik und Chemie. Trotzdem gab es auch ein kleines Abteil, das sich anderen Themen widmete. Genau diese, meist ungenutzte kleine Nische war heute mein Ziel.

Als ich an den größeren Regalen vorbeischritt und die, im Verhältnis betrachtet, kleine Sammlung an eher religiösen und esoterischen Texten erreichte, fühlte ich Widerwillen. Es war nicht so, dass ich mich völlig gegen den Gedanken sperrte, dass es vielleicht eine höhere Macht geben könnte, bisher hatte ich nur nicht den Eindruck gewonnen, dass es irgendwelche Indizien dafür gab, dass es so wäre. Und wenn doch, dann hatte ich auf keinen Fall Lust, ausgerechnet mit den düsteren Aspekten eines solchen Glaubens konfrontiert zu werden.

Ich sah Buchrücken mit Titeln wie »Dämonologische Konzepte« oder »Parapsychologie – Wie sich Spuk-Phänomene erklären lassen«. Letzteres klang recht vielversprechend, doch erschien mir mein Problem nicht wie »Spuk«. Ich wurde ja nicht heimgesucht, sondern sah Dinge, die niemand sonst wahrnahm.

»Welch interessante Abteilung der Herr aufsucht.«

Die Stimme erklang neben meinem Ohr, weshalb ich herumfuhr, dabei rempelte ich Amy an, die direkt hinter mir stand. Ihre Brille fiel zu Boden, gleichzeitig bückten wir uns nach dem Gestell und stießen erneut zusammen.

»Tut mir leid«, sagte ich, sie machte ein paar Schritte zurück, woraufhin ich nach ihrer Brille griff und sie ihr reichte. Nickend nahm sie sie an.

Kurz betrachtete sie ihre Füße, doch dann blickte sie an mir vorbei zu dem Regal. Ich meinte, ein Funkeln in ihren blauen Augen zu erkennen.

»Also, wieso Bücher über Geister und Dämonen? Welch verbotenes Wissen erstrebt dein Herz?«, fragte sie.

Ich musste schmunzeln. Noch nie hatte ich jemanden außerhalb von Mittelalter- oder Fantasy-Filmen so reden gehört.

»Wenn ich das so genau wüsste«, entgegnete ich schließlich.

Sie runzelte die Stirn und schob ihre Unterlippe ein wenig vor, so niedlich. Gab es irgendetwas an Amy Carpendale, das ich nicht bezaubernd fand? Selbst die komische Ausdrucksweise mochte ich, vielleicht ein Spleen, eventuell war sie nerdiger als gedacht.

»Persönliche Motivation?«, mutmaßte sie.

Nun wurde es knifflig, ich wollte diese seltsamen Visionen mit mir selbst ausmachen, aber ich wollte auch nicht, dass sie mich für abweisend hielt. Vielleicht verriet mein Gesicht meine Gedanken, denn sie schüttelte rasch den Kopf und hob die Hände. »Bitte vergiss meine Frage, das war unhöflich, wir kennen uns ja kaum.«

Mein Mund öffnete und schloss sich wieder, wie bei einem Fisch auf dem Trockenen.

»Ich lasse den Herrn wieder allein mit seiner geheimen Mission«, sagte sie und wandte sich zum Gehen, doch ohne darüber nachzudenken, umfasste ich ihr Handgelenk und hielt sie zurück.

Sie sah mich mit leicht geröteten Wangen an.

Mein Mund war staubtrocken.

»Vielleicht kannst du mir helfen«, sagte ich. Mir fiel auf, dass ich ihr Handgelenk noch festhielt und ich ließ rasch davon ab. Die Fingerspitzen meiner linken Hand kribbelten.

Ihr erster Eindruck von mir musste katastrophal sein. Ein komischer Kauz, der keinen vernünftigen Satz hervorbrachte.

Aber Amy lächelte. »Nichts lieber als das. Also, was suchst du?«

Verborgen hinter Glas

Josh

Amy starrte mich an, ohne auch nur einmal zu Blinzeln, und ich bereute bereits jetzt, sie aufgehalten zu haben. Es gab viele Wege, nach einem Date zu fragen oder zumindest irgendeine geartete Beziehung zu beginnen, keiner davon begann jedoch mit der Offenbarung, dass man selbst höchstwahrscheinlich wahnsinnig war.

»So kompliziert?«, fragte sie.

Ich strich mir ein paar verirrte Strähnen aus der Stirn und seufzte. »Schon …«

Sie nickte, wieder schob sie ihre Lippe so niedlich vor, offenbar eine Angewohnheit von ihr, wenn sie nachdachte.

Plötzlich kam mir etwas in den Sinn, wodurch ich ein wenig Zeit gewinnen könnte. »Was hat dich überhaupt in diese Abteilung geführt?«, fragte ich.

Amy begrub ihr Gesicht hinter ihren Händen, dann

deutete sie auf ein anderes Regal, noch kleiner als das, vor dem ich stand. Es handelte sich um die winzige Abteilung mit Fantasybüchern und Romanzen. Fiktion, ein ganz wenig Ablenkung, gönnte man uns Studenten.

»Du liest also gern?«

Sie nickte. Zum ersten Mal seit unserem Gespräch hier in der Bibliothek erkannte ich die ruhige Amy aus der Eisdiele wieder. Na ja, ich hatte vorher eben nie wirklich mit ihr gesprochen.

»Was denn so?«

Als hätte man einen Schalter umgelegt, veränderte sich ihre Haltung. Sie hob den Kopf, richtete sich insgesamt auf und ihre Augen strahlten regelrecht.

»Einfach alles! Fantasy bietet jede Facette des Lebens, nur bunter, epischer und unfassbar spannend! Romanzen sind ehrlich, aufrichtig und einfach süß! Und Thriller lassen einen beim Lesen mitfiebern, zittern und bangen! Wie könnte man sich auf ein Genre festlegen?«

Wieder musste ich lächeln, so unbeschwert hatte ich mich seit Tagen nicht gefühlt.

»Ab und an lese ich auch was, aber ich schaue eher Filme«, entgegnete ich lahm. Aber lügen, um ihr besser zu gefallen, wollte ich auch nicht. Ich las eher Sachbücher und Leitfäden zur Programmierung.

»Wenn du dem Fieber noch nicht anheimgefallen bist, hast du nur noch nicht das richtige Buch für dich entdeckt«, meinte sie, während sie mir mit einem Finger gegen die Brust tippte.

»Aber zurück zu deinem Problem …«, lenkte sie uns zurück in genau die Spur, die ich zu verwischen versucht hatte.

»Ich will herausfinden, wieso man Visionen von Verstorbenen haben könnte«, sagte ich die Worte, die ich vor absolut niemandem hatte aussprechen wollen.

Amys Augen weiteten sich. »Du …«, begann sie und ich bereitete mich bereits darauf vor, als »verrückt« betitelt zu werden, doch dann begann sie hin und her zu tippeln und rief: »Du bist der Protagonist!«

»Ich … Was?«, brachte ich hervor.

»Du siehst Dinge, die niemand sonst sieht? Du willst ermitteln, was mit dir passiert und weißt nicht, wem du trauen kannst? So etwas passiert Hauptpersonen«, erklärte sie im Brustton der Überzeugung.

»Das ist das reale Leben und ehrlich gesagt finde ich das nicht witzig«, entgegnete ich.

Sie schob ihre Brille zurecht und blickte zu Boden. »Ich habe mich ein wenig mitreißen lassen, Entschuldigung.«

Dann sah sie wieder zu mir auf und lächelte. »Aber so verwirrend das für dich gerade alles ist, ist es nicht auch aufregend?«

Ich schluckte, so hatte ich das Ganze noch nicht betrachtet und ich wollte es auch nicht. Mein Leben sollte wieder normal sein und nicht den Spannungsbogen eines Buches erfüllen.

»Also, was für Visionen sind es, die dich plagen?«

Jetzt konnte ich diesem verrückten Mädchen genauso gut alles anvertrauen, vielleicht würde ihre Begeisterung für spannende Geschichten ihren gesunden Menschenverstand besiegen und sie würde mich nicht verurteilen.

Ich berichtete von dem Mädchen in der Eisdiele, dem alten Mann am Bahnhof und von dem unangenehmen Erlebnis auf dem Friedhof bei der Beerdigung des Bürgermeisters. Das Detail, dass dieser mein Vater gewesen war, ließ ich allerdings aus.

»Höchstwahrscheinlich ist es ein psychologisches Problem«, sagte Amy, als ich meine Erzählung beendet hatte. Sie blickte dabei über den Rand ihrer Brille hinweg, wie eine strenge Lehrerin, schob das Gestell aber mit dem Finger ein Stück nach oben, als sie es bemerkte.

»Aber … ich finde, man sollte nicht direkt ausschließen, dass du tatsächlich die letzten Momente von Verstorbenen miterlebst«, ergänzte sie.

»Ist das Wunschdenken, weil es dann spannender wäre?«, fragte ich.

Sie schmunzelte, hob die rechte Hand und hielt Zeigefinger und Daumen dicht aneinander. »Ein wenig.«

Immerhin war sie ehrlich und ihre Reaktion hätte deutlich schlimmer ausfallen können. Ich seufzte und sank auf dem Stuhl, auf dem ich mich zwischenzeitlich niedergelassen hatte, regelrecht in mir zusammen.

»Alles gut?«, fragte sie, während sie einen Stapel Bücher auf den Tisch abstellte.

Ich nickte. Amy setzte sich mir gegenüber und begann, in den Büchern zu blättern. Ihrem Beispiel folgend, schnappte ich mir eines der Werke und suchte ebenfalls. Das alles wäre leichter, wenn mir klar wäre, wonach ich suchte.

Texte über Geister, Dämonen, aber auch psychologische Erkrankungen wie Schizophrenie oder gar körperliche Ursachen, wie ein Gehirntumor. Alles könnte passen, nichts musste zutreffen.

Letzteres konnte ich relativ sicher ausschließen, da mein Kopf vor zwei Jahren wegen eines heftigen Sturzes mit dem Fahrrad eingehend untersucht worden war, inklusive Computertomografie.

Die Abhandlungen der übernatürlichen Phänomene

waren recht wissenschaftlich verfasst und erklärten, wieso man bestimmte Situationen als Spuk wahrnehmen könnte.

Ich sah zu Amy, die die Stirn runzelte. Offenbar bemerkte sie meine Aufmerksamkeit, denn sie blickte auf und schüttelte den Kopf. »Ich glaube, das ist alles nicht das Richtige.«

Sie schob das Buch, welches sie gerade betrachtet hatte, zur Seite. »Das Hauptgebäude der Leibniz Bibliothek bietet eine viel größere Auswahl, dort sollten wir es versuchen.«

»Klingt gut«, sagte ich.

»Ich muss jetzt erst mal nach Hause, für unsere Gruppenarbeit ist ja auch einiges zu tun. Hast du am Wochenende Zeit?«, wollte Amy wissen.

Bevor ich antworten konnte, verbesserte sie sich: »Ah, fast vergessen, am Wochenende ist ja das Treffen bei Leandra. Also vielleicht nächsten Montag?«

»Klar, gerne«, antwortete ich.

»Dann überlasse ich den Herrn seinem Schicksal und eile am Montag zu seiner Errettung.«

»Sehr wohl, die Dame«, entgegnete ich.

Amy lächelte, räumte die Bücher auf und verschwand nach einem letzten Winken.

Ich fühlte mich glücklich und unsicher zugleich. Amy war einzigartig, aufgeweckter als gedacht, fast ein wenig verrückt, aber auf positive Art und Weise. Ich mochte sie jetzt noch mehr als zuvor. Und ich war dankbar, dass sie mich nicht direkt verurteilt und abgeschrieben hatte.

Trotzdem, sie nannte all das aufregend, fände es sogar spannender, wenn es tatsächlich die Toten wären, die sich mir zeigten. Ich hingegen hatte eine Heidenangst, dass es so sein könnte. Denn dann hätte mein Vater tatsächlich von mir verlangt, seinen Mörder zu finden und ihn zu rächen. Und wenn nicht, war es dann mein eigenes Gewissen, das mich genau zu dieser Handlung drängen wollte? Wieso, wenn ich diesem Mann, bis auf meine Zeugung, absolut gar nichts zu verdanken hatte?

Ich gab mein Bestes, diese Gedanken abzuschütteln. Es war Zeit, zu gehen, ich packte meine Sachen zusammen und verließ die Bibliothek.

Vielleicht sollte ich aufhören, so viel zu grübeln, und mich über das Offensichtliche freuen. Ich hatte ein Date mit Amy. Gut, kein offizielles, aber es war ein Treffen und sie war mir gegenüber sehr offen gewesen. Ich versuchte, mich auf diese Glücksgefühle zu konzentrieren, weil die Furcht vor mir selbst mich sonst übermannen würde. Die Angst, meinem eigenen Verstand nicht mehr vertrauen zu können, war immens. Sie lauerte in mir wie ein schlummerndes Gift, das nur darauf wartete, mich zu korrumpieren.

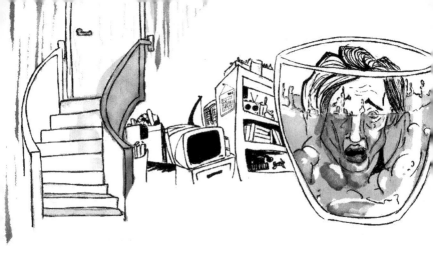

Einer nach dem anderen

Der Blutlinien-Killer

Er genoss das Töten. Die Jagd auf seine eigene Blutlinie und die Gesichter seiner Verwandten, wenn sie verstanden, dass er ihr Leben beenden würde. Doch für ihn ging es um mehr als persönliche Befriedigung, es ging um Gerechtigkeit.

Seine Tante saß vor ihm, in ihrem eigenen Keller, gefesselt an einen Stuhl, ein Knebel hinderte sie daran, zu sprechen. Nicht aber daran, immer wieder den Kopf zu schütteln und ihr ach so teures Make-up mit ihren Tränen zu ruinieren.

Es war nicht zu ändern, er hatte nichts gegen diese Frau, aber vielleicht war sie diejenige, die alles verändern würde. Einen nach dem anderen würde er sich holen, so lange, bis er sein Ziel erreicht hatte. Bis die Welt ihm endlich die nötige Gerechtigkeit zollte. Er würde dafür sorgen, dass er bekam, was ihm zustand.

»Bist du es? Hast du, was ich will?«, fragte er seine

Tante.

Erneut schüttelte sie den Kopf.

Er nahm ihr den Knebel ab und sofort begann das lautstarke Flehen.

»Bitte … Wieso tust du das? Bitte nicht!«

»Oje, das war doch nur ein kleiner Spaß, ich würde nie meiner eigenen Familie, meinem eigenen Blut, schaden. Lass es mich wiedergutmachen.«

Der Blutlinien-Killer schritt um den Stuhl herum und befreite die Hände der Frau von den Fesseln, ihre Füße jedoch nicht. Als er wieder vor ihr stand, glaubte er beinahe, zu sehen, wie ihr Gehirn arbeitete, wie sie sich fragte, was er vorhatte. Sie rieb sich die von den Seilen gereizten Handgelenke.

Er wandte sich um und griff nach einem Glas mit einer durchsichtigen Flüssigkeit darin. Freundlich lächelnd reichte er es ihr.

»Genau, ja! Du lässt mich gehen, nicht wahr?« Sie nahm das Glas mit zitternden Händen entgegen. Die Hoffnung und die Angst in ihrer Stimme waren so deutlich, dass ihn ein wohliger Schauer durchlief. Vielleicht hatte sein Vater recht gehabt und er war tatsächlich ein Psychopath. Sein Großvater hingegen hatte immer Potenzial in ihm gesehen.

Man ist, was die Welt aus einem macht.

Worte, die sein Großvater oft an ihn gerichtet hatte. Er war ein alter Kauz gewesen, von der Familie verstoßen und geächtet, selbst nach seinem Tod ließen diese undankbaren Geier kein gutes Haar am einstigen Familienoberhaupt. Weil sie alle geldgierig und verlogen waren, blind für die Wahrheit. Sie zu töten, war keine Sünde, sondern notwendig.

Seine Tante selbst hatte ihn eingelassen, hatte sich bereitwillig in den Keller locken lassen. So selbstherrlich. Keiner sah ihn, erkannte sein *wahres Ich*. Er war der Herr über Leben und Tod. Er war die Gerechtigkeit.

Sein Opfer wirkte verunsichert, es verschüttete Flüssigkeit, weil es zitterte.

Er nickte ihr auffordernd zu.

Sie führte das Glas zum Mund, schluckte hörbar, während ein Teil der Flüssigkeit ihr Kinn hinablief.

Er lächelte.

Lebwohl, liebe Tante, dachte er, während er nun auch ihre Fußfesseln löste.

»Entschuldige den Schreck, geh ruhig«, ermunterte er sie.

Ihr Blick sprach von Misstrauen und Angst, sie erhob sich, schritt um ihn herum und näherte sich der Treppe, die ins vermeintlich rettende Erdgeschoss führte. Immer wieder sah sie zu ihm, erwartete offenbar, dass er ihr folgte, sie aufhielt.

»Ich sage niemandem etwas«, versicherte sie ihm leise.

Eine Plattitüde. Natürlich würde sie die Polizei rufen. Aber darum musste er sich keine Sorgen machen.

»Eins …«, murmelte er. Dabei hob er seine linke Hand an und streckte einen Finger nach oben.

Sie sah ihn mit geweiteten Augen an, bevor sie die Treppe schneller nach oben hastete. Sicher wollte sie zu ihrem Handy. Die Tür zum Erdgeschoss fiel ins Schloss, ihre Schritte polterten den Flur entlang.

»Zwei …« Noch ein Finger.

Gleich war es so weit.

»Drei.« Und schließlich der letzte Finger, zum großen Finale.

Es krachte laut. Etwas Schweres fiel zu Boden.

Er ließ seine Hand sinken, drehte sich um, stieg die Treppe langsam hinauf, öffnete die Tür und betrachtete sein Opfer, das vor dem Aufgang zum Obergeschoss zusammengebrochen war.

Sie war nicht tot, noch nicht.

Gift war wirksam, aber kaum eines wirkte sofort. Ein hochdosiertes Betäubungsmittel wie Etorphin hingegen konnte einen Menschen innerhalb weniger Minuten ruhigstellen. Dazu dann noch Botulinumtoxin, vielen wohl besser bekannt als Botox, und das Ende des Individuums war besiegelt.

Es war so leicht, an die Mittel zu kommen. Wenigstens in dieser Hinsicht hatte sein Vater sich als nützlich erwiesen. Denn dieser hatte eine eigene Apotheke geführt, in der der Blutlinien-Killer als Praktikant neben seinem Studium arbeitete. Die Apotheke war zwar von einem neuen Eigentümer übernommen worden, aber dieser hatte ihm nicht gekündigt. Somit stand ihm ein Lager voller Medikamente offen, zu dem er uneingeschränkten Zugang hatte. Wie gut, dass manche Mittel gegen Migräne Botulinumtoxin beinhalteten. Perfekt für seine Zwecke.

In etwa zwölf Stunden würde seine Tante apathisch nach Luft schnappen. Alle Muskeln inklusive der Atemmuskulatur gelähmt, würde sie innerlich Wimmern und Flehen, aber äußerlich nur röchelnd den Mund öffnen wie ein dummer Fisch.

Die Vorstellung ließ ihn vor Vorfreude erzittern. Er hatte Zeit, konnte warten und die Show genießen. Niemand würde kommen, seine liebe Tante selbst hatte ihm erzählt, dass sie heute niemanden mehr erwartete. Spät

am Abend und in der Nacht würde wohl keiner unange-
kündigt auftauchen. Und am Morgen wäre seine Tante
längst verloren.

Er ging in die Küche, nahm sich ein Messer, griff nach
ihrer linken Hand und ließ die Klinge durch das weiche
Fleisch der Innenfläche fahren. Roter Lebenssaft tränkte
die Klinge, den Boden und den Ärmel des Pullovers, den
die Frau trug. Aus der Tasche seines Hoodies holte er
grinsend einen Pinsel.

DAS TREFFEN

Josh

Ich war bester Laune, als ich mich Samstagnachmittag auf den Weg zu Leandra machte. Sie wohnte in Groß Hehlen, zu Fuß bräuchte ich etwa eine Stunde dorthin, daher hatte ich mein Fahrrad aus dem Gemeinschaftskeller meiner Wohnung geholt. Bei meiner zentralen Wohnlage brauchte ich kein Auto, auch wenn ich meinen Führerschein schon vor drei Jahren gemacht hatte. Ich mochte es, Fahrrad zu fahren, den Wind im Gesicht zu spüren und sich ein wenig auszupowern, gefiel mir. Mit dem Rad erreichte ich den Bahnhof in wenigen Minuten, weshalb mein täglicher Weg zur Uni auch kein Problem war.

Seit mehr als 24 Stunden hatte ich keine Vision mehr gehabt. Auch bei der Vormittagsschicht in der Eisdiele nicht. Na gut, Sandra war bei der Ablösung zur Nachmittagsschicht echt sauer gewesen wegen meiner verpatzten Abrechnung Sonntagabend, aber damit war ich fertiggeworden. Allemal besser als surreale Mädchen, die sich vor meinen Augen umbrachten.

Vielleicht würde sich nun endlich wieder alles zum Besseren wenden.

Ich klemmte mein Handy in die Halterung, die ich extra dafür am Lenker angebracht hatte, und tippte die Adresse ein, die Leandra uns per WhatsApp geschickt hatte. Zehn Minuten Fahrtweg, das war kein Problem. Etwas länger würde ich zwar brauchen, weil ich das Rad erst aus der Innenstadt schieben müsste, aber egal.

Gestern Abend hatte ich begonnen, mich mit dem Programm für unseren schlauen Chat-Roboter auseinanderzusetzen, und war zufrieden mit mir. Dieses Projekt machte mir sogar richtig Spaß.

Ein LLM zu entwickeln, ist echt faszinierend, dachte ich. »Large Language Model« nannte man Programme, die mithilfe von großen Textdatenbanken menschliche Sprache verstehen und selbst erzeugen konnten. Dieses Thema hatte mich schon immer interessiert.

Auf das Treffen heute hatte ich zwar trotzdem keine Lust, aber immerhin würde Amy auch da sein.

Nachdem ich die breiten Pflasterstraßen der Innenstadt hinter mir gelassen hatte, schwang ich mich auf mein Rad und begann, in die Pedale zu treten. Mein Handy teilte mir mit, wann ich abbiegen musste, durch die Bluetooth-Kopfhörer konnte ich das hören, weshalb ich nicht die ganze Zeit auf das kleine Gerät starren musste, sondern die Umgebung beachten konnte.

Links von mir erhob sich das schöne restaurierte Schloss, umgeben von einem hübsch bepflanzten Park und einem Schlossgraben. Ein schöner Ort zum Spazierengehen, ich hatte dort schon nette Dates gehabt.

Statt mitten hindurch, fuhr ich allerdings nur an dem

Park vorbei und folgte dann der Straße zum großen Kreisel und schließlich den Berg hinauf, hinter dem nur ein Stück weiter das Krankenhaus wartete.

Ab hier ging es nur noch geradeaus, saubere Gehwege und breite Straßen wurden schließlich von dichten Wäldern ersetzt. Neben der Landstraße auf dem Radweg zu fahren, war laut und nervig, aber alles andere würde einen riesigen Umweg bedeuten.

Als endlich wieder Häuser in Sicht kamen, beschleunigte ich meinen Tritt und hatte mein Ziel schließlich endlich erreicht.

Ich blinzelte mehrmals, als ich vor der Stadtvilla zum Stehen kam.

»Krass …«, stieß ich hervor.

Leandras Eltern mussten reich sein. Ein hoher Zaun umgab das großzügige Grundstück, ein Eisengittertor eröffnete jedoch den Blick auf das zweistöckige Gebäude, welches mehrere kleine Türmchen, hohe Fenster und ein brandneues Dach besaß.

Ich stieg ab, trug rasch ein wenig Deo auf und schob dann mein Rad auf das Tor zu. Am Rand war eine Klingel angebracht, die ich nach kurzem Zögern betätigte.

Aus der Gegensprechanlage erklang eine männliche Stimme, die ich nicht kannte.

»Bei den Walds. Wer ist da?«

»Josh Benton, ein Kommilitone von Leandra Wald«, entgegnete ich.

»Ich öffne das Tor, kommen Sie rein.«

Ein Surren erklang und die eisernen Türen schwangen nach Innen auf. Alles elektrisch, fast wie bei einer Festung oder einer dieser Villen aus den Filmen.

Ich schob mein Fahrrad hastig durch den Eingang, solche Tore lösten ein unbehagliches Gefühl bei mir aus, weil sie nicht durch menschliches Wirken, sondern durch Mechanismen betrieben wurden. Das Tor konnte sich also jederzeit schließen und ich könnte dagegen nichts tun.

Im Inneren erwarteten mich fein rundlich gestutzte Sträucher, kurz gemähter Rasen, Steinskulpturen von wilden Tieren und ein gepflasterter Weg, der direkt zum Anwesen führte.

Die Tür zur Villa war offen, ein Mann im Anzug stand im Eingang und wies mit dem Arm ins Innere.

Ich stellte mein Fahrrad neben der Hauswand ab und folgte der Aufforderung.

»Willkommen, die junge Dame befindet sich im Salon. Die anderen Kommilitonen sind bereits eingetroffen.«

»Danke«, entgegnete ich etwas unbeholfen.

Natürlich repräsentierte auch der Eingangsbereich den Wohlstand der Bewohner. Der polierte, vermutlich Echtholzboden glänzte und zwei geschwungene Treppen führten zu einer Empore sowie verschiedenen Türen. Im Erdgeschoss gab es ebenfalls mehrere Räume, weshalb mein Blick fragend zurück zum Butler wanderte. Er deutete nach links, woraufhin ich ihm dankbar zunickte und mich in die ausgewiesene Richtung bewegte.

An den Wänden hingen Hirschköpfe mit prächtigen Geweihen und große Bilder. Auf dem Boden lag ein weißer Teppich, der von goldenen Fäden durchzogen war.

Ich klopfte an die Tür und vernahm fast sofort ein »Herein«.

Im sogenannten Salon stand eine Sofalandschaft, weiche Teppiche zierten den Boden und vor einer Bar stand ein länglicher Tisch mit mehreren Stühlen. Auch hier waren überall Tierköpfe an den Wänden.

Die Studenten saßen im Raum verteilt, Liam und Tom hockten auf der Couch. Amy betrachtete ein Bücherregal, welches an der Wand hinter der Sofalandschaft stand. Ben saß am Tisch und Leandra stand mit ernster Miene und verschränkten Armen in der Mitte des Raumes. Ob sie wohl jemals lachte?

»Der Entwickler bequemt sich also auch endlich zu uns«, hieß sie mich wenig freundlich willkommen.

»Pünktlich und vorbereitet«, verkündete ich breit lächelnd, ohne auf ihre Provokation einzugehen.

Sie verdrehte die Augen und wandte sich Liam und Tom zu.

»Dann können wir ja anfangen. Was habt ihr in der letzten Woche geschafft? Liam?«

»Ich habe ein erstes Design fertig, wollt ihr es sehen?«

Leandra stöhnte auf. »Natürlich, dafür sind wir hier.«

Mein Blick huschte zu Amy, die mir ein kleines Lächeln zuwarf, dann aber schnell zu Boden blickte. Sie und Ben näherten sich Liam, ebenso wie alle anderen. Ich fragte mich, ob Amy vielleicht nur in Gruppen schüchtern war. In der Eisdiele war sie fast immer ruhig und auch bei der ersten Besprechung für die Gruppenarbeit hatte sie kaum etwas gesagt. Mit mir allein war sie dann aber regelrecht aufgeblüht. Der Gedanke gefiel mir, das war, als würde nur ich ihr geheimes wahres Ich kennen. Na ja, gut, natürlich nicht nur ich, sie hatte Freunde, die sie sicher viel besser kannten, aber zumindest von den hier Anwesenden wusste sonst wohl niemand, wie sie privat war.

Ich trat hinter die Couch und blickte neben Amy über die Lehne auf den Skizzenblock den Liam öffnete. Seine

Zeichnung war detailliert und zeigte einen niedlichen kleinen Roboter. Er hatte einen runden Kopf mit großen Augen, lächelte und hielt eine Art Bildschirm in seinen Händen.

Liam drehte seine Zeichnung und hielt sie den anderen hin, dann fragte er an Ben gewandt: »Ist das so machbar?«

Dieser nickte. »Die Finger kriege ich nicht so hübsch hin, aber ansonsten sollte das gehen.«

»Nice«, meinte Liam.

Leandra wandte sich Ben zu. »Mit seinem Entwurf kannst du anfangen, richtig?«

»Jawohl, Chefin!«, sagte mein Freund und salutierte.

Sie ignorierte es und fixierte Tom. »Bin noch nicht dazu gekommen«, sagte er stumpf.

Man musste Leandra nicht gut kennen, um zu wissen, was in ihr vorging. Wäre das hier ein Comic, so würde sie wahrscheinlich hochrot anlaufen und es käme Dampf aus ihren Ohren.

»Dann solltest du beginnen, jetzt! Amy braucht deinen Input«, verlangte sie.

Tom zuckte mit den Schultern, holte seinen Laptop aus seiner Tasche und fuhr ihn hoch, offenbar bereit, ihrer Aufforderung zu folgen.

Als Nächstes nahm sie mich ins Visier, aber zum Glück war ich vorbereitet. Noch bevor sie fragte, tat ich meinen Erfolg kund: »Ich habe schon einen simplen Prototypen fertig, wenn auch noch nicht sonderlich intelligent.«

»Dann kannst du mit Amy die Köpfe zusammenstecken und ihr baut das Ganze etwas aus. In zweieinhalb Stunden gibt es Essen und eine kleine Pause, danach schauen wir, wie der Stand ist«, bestimmte

Leandra.

Sie war herrisch und etwas übellaunig, aber als Projektleiterin gar nicht schlecht. Jeder wurde miteinbezogen und sie überwachte den Fortschritt. Ich stellte mir meine spätere Arbeit als Programmierer kaum anders vor.

Amy sah mich an und deutete auf zwei Sitzsäcke und einen kleinen Tisch neben dem Bücherregal.

»Wollen wir dort arbeiten?«, fragte sie.

Ich lächelte ihr zu und wir machten es uns gemütlich. Könnte wirklich schlimmer sein, eigentlich war das sogar echt schön. Eine spannende Aufgabe, die beste Gesellschaft und all das ganz ohne seltsame Visionen.

Die Ruhe vor dem Sturm, durchfuhr es mich unwillkürlich, doch diesen Gedanken drängte ich rasch beiseite. Was sollte bei einer Gruppenarbeit für die Uni schon Schlimmes passieren?

DER STURM

Josh

Meine Aufregung und Freude stiegen deutlich an. Amy und ich waren mittlerweile allein im Salon. Dadurch, dass wir zusammen auf meinen Bildschirm starrten, berührten sich unsere Schultern immer mal wieder. Jede Berührung löste ein sanftes Kribbeln in mir aus.

Leandra hatte allen erlaubt, sich relativ frei zu bewegen, nur der zweite Stock, in dem ihr Vater selbst am Samstag von zu Hause aus arbeitete, war tabu. Wir sollten ihn nicht stören.

Toiletten gab es in jedem Stockwerk und auch diese durften wir nutzen. Bei diesem Gedanken meldete sich die Natur und ich gab Amy zu verstehen, dass ich kurz einmal wegmusste.

Sie nickte mir zu und ich ging zurück in die große Eingangshalle. Zu meinem Pech war die Toilette im Erdgeschoss gerade besetzt, aber oben war ja auch noch eine. Die Treppe führte zu der Empore, etwas, das ich bei einem Wohnhaus noch nie gesehen hatte, höchstens im Fernsehen.

Ich versuchte, mich zu erinnern, wo das Badezimmer im Obergeschoss sein sollte, so viele Türen. Aber eine Stimme und eine plötzliche Berührung an meiner Schulter sorgten dafür, dass ich heftig zusammenzuckte.

»Das Bad oben ist wirklich krass, wenn du die Toilette suchst, geh dorthin«, meinte Ben.

»Ernsthaft? Es gibt zwei Toiletten und du nimmst die verbotene?«

Mein Freund zuckte mit den Schultern. »Waren beide besetzt. Und ich war echt leise.«

Ich seufzte. Ben strahlte. »Die haben so eine riesige freistehende Wanne und goldene Wasserhähne an Natursteinbecken. Schau es dir an.«

»Ich wusste gar nicht, dass dich so was begeistert«, sagte ich schmunzelnd.

»Ich bisher auch nicht«, entgegnete Ben. »Es ist gleich die erste Tür oben.«

Es war eigentlich nicht meine Art, Anweisungen zu missachten, aber da Ben meinte, dass beide Bäder besetzt gewesen waren, und ich mich dringend erleichtern musste, war ich bereit, die Regeln ein wenig zu beugen. Besonders wenn Ben das bereits ohne negative Konsequenzen getan hatte.

Also ging ich weiter hoch. Und betrat die erste Tür. Ben hatte recht, das Bad war edel und ein Hingucker. Golden gesprenkelte Marmorfliesen, eine bodentiefe Dusche und die freistehende Wanne ließen den Raum riesig wirken. Aber ehrlich gesagt fühlte ich mich etwas unwohl und fehl am Platz. Ich tat, was ich tun musste, wusch meine Hände und verließ das Bad hastig wieder.

Ich stoppte noch im Türrahmen, als plötzlich jemand laut schimpfte. Mein erster Gedanke war, dass ich ertappt worden war, bis ich begriff, dass nicht mit mir gesprochen wurde.

»Warum müssen wir schon wieder darüber diskutieren? Du weißt, dass ich als Bürgermeister kandidieren will. Du weißt, wie wichtig mein Ruf ist.«

Die männliche Stimme erklang aus dem Raum neben dem Bad, vermutlich war es das Büro von Leandras Vater, der offenbar höhere Ambitionen hatte.

»Warum? Weil es mein Leben ist! Ich kann nicht mehr, Vater! Ich bin so nicht. Ich will das nicht länger.«

Das war Leandra. Ich sollte schleunigst gehen, dieser Streit ging mich überhaupt nichts an.

»Blödsinn. Du bist, wie du bist. Meine Tochter, eine wunderschöne junge Frau, die ihrer Mutter in so vielerlei Hinsicht gleicht.«

»Du hörst mir nicht zu. Das tust du nie.«

»Du musst nur weiterhin zu deiner Psychologin gehen. Sie wird dir helfen.«

Ich war mittlerweile bis zur Treppe geschlichen und ging nach unten, die Stimmen wurden leiser und ich atmete erleichtert auf, als ich mich wieder in erlaubten Gefilden befand. Nur kurze Zeit später knallte die Tür oben ins Schloss.

Leandra musste stinkwütend sein. Worüber sie mit ihrem Vater geredet hatte, war mir nicht klar, aber ich verstand, dass sie wohl öfter zurückstecken musste, weil ihr Vater nach mehr Einfluss strebte. Er wollte Bürgermeister werden.

Und dafür musste er den alten Bürgermeister erst aus dem Weg räumen, durchfuhr es mich. Doch diesen aberwitzigen Gedanken schüttelte ich rasch ab. Das kam nur von den morbiden Visionen und meinem Vater, der mich gebeten hatte, ihn zu rächen.

Zurück im Salon und bei Amy hatte ich Schwierigkeiten, meine Gedanken wieder auf die Arbeit zu lenken. Dennoch tippte ich auf meinem Laptop herum und gab mir Mühe weiterzumachen. Nach einer Weile schien Amy zu bemerken, dass ich nicht ganz bei der Sache war, denn sie wandte sich mir zu und fragte: »Alles okay?«

Ich nickte. »Vielleicht brauche ich einfach eine Pause.«

Es war nicht meine Absicht, etwas vor Amy zu verheimlichen, aber das Gespräch zwischen Leandra und ihrem Vater hätte ich nicht mitanhören sollen, da musste ich es nicht noch weitertratschen.

Amy strahlte. »Okay, dann etwas ganz anderes. Ist seit Donnerstag etwas passiert?«, wollte sie wissen und ich stand zugegebenermaßen auf dem Schlauch.

»Äh …«, machte ich unbeholfen und brachte Amy damit zum Lachen.

Sie zog die Brauen hoch, was hinter ihrer großen Brille lustig aussah.

»Ob der Herr ungewöhnliche Dinge gesehen hat, meine ich«, spezifizierte sie.

Ach so, klar. Amy war die Einzige, die ich eingeweiht hatte. Die Neugier hatte sie wahrscheinlich schon die ganze Zeit gequält, aber vor den anderen hatte sie das Thema nicht ansprechen können.

»Seit der Sache auf dem Friedhof nicht mehr«, sagte ich.

Sie nickte.

»Vielleicht war das einfach meine verquere Art, zu verarbeiten, dass mein Vater ermordet wurde«, sprach ich aus, was mir die letzten Tage als Erklärung durch den Kopf gegangen war.

Amys Augen weiteten sich und erst in diesem Moment wurde mir klar, dass ich das Detail, dass der Bürgermeister mein Vater war, bei der ersten Erzählung ausgelassen hatte. Irgendetwas an diesem Mädchen brachte mich dazu, all meine Mauern fallen zu lassen.

»Warte, verstehe ich das richtig? Dein Vater wurde ermordet … Also ist der Bürgermeister dein Vater?«, brachte sie hervor.

»›Erzeuger‹ trifft es eher, ein Vater war er mir nie«, entgegnete ich und seufzte. Sie hatte die Verbindung schnell hergestellt, aber der Tod des Bürgermeisters war auch noch immer Thema in den Nachrichten und von der Vision auf dem Friedhof hatte ich ihr erzählt, da lag es nahe, dass ich ihn meinte.

»Tut mir leid«, sagte sie. Was sollte man dazu auch sonst sagen? Irgendwie war es eine hohle Phrase und doch wusste ich die Geste zu schätzen.

»Man kann nichts vermissen, was man nie hatte, schätze ich«, versuchte ich, sie zu beschwichtigen.

»Das menschliche Herz verzehrt sich oft genau nach den Dingen, die es nie haben kann«, sagte Amy.

»Das klingt wie ein Rat von meiner Mum, nur geschwollener«, prustete ich.

»Hey!«, beschwerte sie sich und piekte mich in die Seite.

»Das tut weh, weißt du«, ließ ich sie wissen. Doch sie hörte nicht auf, woraufhin ich ihre Hand umfasste und sie so von weiteren Schandtaten abhielt.

Unsere Blicke trafen sich und für mich war es einer dieser magischen Momente. Es passierte etwas. Nicht sichtbar, nicht zu beschreiben, aber wir waren im Einklang miteinander und es knisterte. Ich hoffte, dass nicht nur ich so fühlte.

Plötzlich zerstörte ein lauter Schrei die vorherige Unbeschwertheit und wir ließen erschrocken voneinander ab. Ich sprang regelrecht auf und betrachtete Amy, die ebenfalls deutlich alarmiert umherblickte.

Dieses Mal passierte es nicht nur in meinem Kopf, irgendjemand hatte laut geschrien. Polternde Schritte waren zu hören.

»Wir sollten nachsehen, oder?«, fragte Amy.

»Jeder erstbeste Horrorfilm rät zu genau dieser Handlung«, entgegnete ich.

Amy lächelte leicht.

»Vermutlich hat unsere Diktatorin nur eine Spinne gesehen und sich erschrocken«, setzte ich nach. »Bleib ruhig hier und arbeite noch ein paar mögliche Fragen aus.«

»In Ordnung, ich werde fleißig sein«, sagte sie und wandte sich wieder ihrem Laptop zu.

Ich verließ den Salon und betrat die nun leere Eingangshalle. Vom Butler fehlte jede Spur.

Es ist immer der Butler, wisperte meine innere Stimme.

»Klar, weil es hier auch um einen Mordfall geht«, murmelte ich, während ich mich der leicht gewundenen Holztreppe mit den offenen Stufen näherte.

Der Schrei schien mir von weiter weg gekommen zu sein, vermutlich von oben.

Die Empore war mit reichlich Bildern behangen und bot neben vier Türen auch zwei weitere Flure, die links und rechts in die Tiefen des Anwesens führten. »Haus«

konnte man das echt nicht mehr nennen.

Ich wusste nicht wohin, doch ein Schluchzen ließ mich innehalten. Das kam nicht aus einem der Räume, sondern von weiter oben. Der zweite Stock. Dann folgte ein lautes Geräusch, als wäre etwas sehr Schweres zu Boden gefallen, ebenfalls von oben.

»Ich hab's auch gehört«, hörte ich jemanden dicht bei mir sagen und ich zuckte heftig zusammen.

Wie ein Phantom stand Tom plötzlich direkt neben mir und deutete mit dem Finger nach oben. Seine Augen waren dunkel und wirkten auf mich irgendwie kalt.

»War nicht zu überhören«, meinte Ben, der aus dem rechten Flur auftauchte. »Wir müssen nach dem Rechten sehen, oder?«, fragte er.

Der Zutritt zum zweiten Stock war uns untersagt worden. Nicht dass wir uns bisher daran gehalten hätten, aber jetzt hatte jemand panisch geschrien und weinte, Neugier und Hilfsbereitschaft waren in dieser Situation im Einklang.

Ich nickte.

»Ihr seid zu zweit, da braucht ihr mich nicht«, meinte Tom und schlurfte davon. Er hatte etwas Träges, Lustloses an sich, das ich nicht näher beschreiben konnte. Es war seine Art.

»Finde nur ich ihn ein wenig gruselig?«, fragte Ben mich leise. »Er hockt immer still herum und sagt nur das Nötigste.«

Ich zuckte mit den Schultern. »Jedem das Seine.«

Ben verdrehte die Augen und wandte sich der Treppe zu. Ich war nicht der Typ fürs Lästern, ich verstand den Sinn dahinter nicht. Wenn Tom kein Mensch war, mit dem ich mich umgeben wollte, musste ich mich doch auch nicht in seiner Abwesenheit mit ihm befassen.

Sicher steckte ohnehin mehr hinter seinem Auftreten, als man nach zwei kurzen Treffen einschätzen konnte.

Ich folgte Ben die Treppe hinauf und stand nur kurz darauf hinter ihm im obersten Flurbereich. Wir folgten dem Schluchzen und stoppten vor der zweiten Tür, die, wie ich durch mein ungewolltes Lauschen wusste, zum Büro von Leandras Vater führte.

Nach einem kurzen Blickwechsel mit meinem Freund klopfte ich, doch es folgte keine Reaktion.

Ich drückte die Klinke nach unten, die Tür öffnete nach innen und wir betraten ein Zimmer, das offensichtlich zum Arbeiten genutzt wurde. Als Erstes erblickte ich den Schreibtisch und den darauf stehenden Monitor. Dann das große Fenster sowie ein schickes Bücherregal.

Vielleicht nahm ich diese alltäglichen Dinge zuerst wahr, weil sie einfacher zu begreifen waren.

Der Rest der Szenerie entsprach eher einem Albtraum oder einer meiner Visionen.

Leandra hockte auf dem Boden neben einem reglosen Körper. Neben ihr stand der Butler, welcher uns vorhin eingelassen hatte.

Der Hals des Mannes, welcher vor Leandra lag, war von einem tiefroten Abdruck gezeichnet, wahrscheinlich gequetscht, das Gesicht war kalkweiß und die offenen toten Augen starrten leer an die Decke.

Die Hände des Mädchens waren voller Blut und es umklammerte einen Pinsel.

Als die Tür ins Schloss fiel, fuhr Leandra zu mir und Ben herum, ihre Augen waren voller Tränen, sie zitterte.

»Ihr –«, begann sie, doch der Butler unterbrach sie, falls sie vorgehabt hätte, mehr zu sagen.

»Die Polizei ist bereits verständigt und auf dem Weg. Niemand außer der Lerngruppe, Fräulein Leandra und mir war heute im Haus. Keiner darf gehen. Ich begleite sie nach unten.«

Ich fühlte mich wie erstarrt, meine Augen erfassten die Linie an der Wand neben dem Bücherregal. Der Blutlinien-Killer, der Mörder meines Vaters, war hier gewesen, während ich unten mit Amy gearbeitet hatte.

Der Butler wandte sich Leandra zu.

»Fräulein, ich bin gleich wieder bei Ihnen. Ich bin Ihr Zeuge, keine Angst. Wir wollten den Hausherrn retten und haben die Schlinge gelöst. Den Pinsel an sich zu nehmen, war unklug, aber die Polizei wird verstehen, dass es im Affekt geschah.«

Leandra wimmerte. »Unser letztes Gespräch war ein Streit. Wieso nur? Warum konnte er mir nie zuhören? Warum verstand er mich nicht?«

Sie schüttelte den Kopf. »Nein, warum bin ich, wie ich bin? Warum kann ich nicht normal sein, so wie er es immer wollte?«

»Bitte beruhigen Sie sich. Ich verriegele unten alles und bin sofort wieder da«, wiederholte sich der Bedienstete, wandte sich uns zu und deutete auf die Tür.

Ein merkwürdig säuerlicher Geruch stieg mir in die Nase, der mir bekannt vorkam. Unangenehm und ätzend. Ich fühlte mich wie in Trance und taumelte, als ich plötzlich Leandras Vater auf dem Stuhl vor dem Schreibtisch sitzen sah. Sein Kopf war unnatürlich weit nach hinten gelehnt und eine blau-grau karierte Krawatte quetschte seinen Hals.

Er zappelte und krächzte, wand sich und rang nach Luft.

Sein panischer Blick erfasste mich.

Die röchelnde Stimme ging mir durch Mark und Bein.

»Warum? Meine eigene Familie, mein …«

Er erstickte, bevor er den Satz beenden konnte. Der Körper erschlaffte nach einem letzten Zucken und die grausige Vision wich der Realität.

Ich ließ mich aus dem Zimmer schieben, nach unten. Vor meinem geistigen Auge sah ich unablässig die Panik in den Augen von Leandras Vater, sah, wie sein Gesicht bläulich anlief, und hörte seine krächzende Stimme. Eine weitere Vision, mir wurde schlecht.

Die Empore flog an mir vorbei, kein äußerer Reiz drang zu mir durch, mechanisch nahm ich eine Stufe nach der anderen, bis ich mich im Salon wiederfand.

Nach und nach holte der Butler die anderen. Als alle versammelt waren, erklärte er noch einmal, dass niemand gehen dürfe, bis die Polizei eingetroffen sei und entschied, wie es weitergehen würde.

Eines war allen klar. Der Mörder war einer von uns.

Der Kreis der Verdächtigen

Josh

Nur ganz langsam sickerte die Realität in mein Gehirn. Ben und Amy saßen neben mir, weiter links saßen Tom und Liam. Die Sofalandschaft im Salon bot allerlei Platz.

Keiner von uns hatte sich vom Fleck bewegt, seit der Butler wieder zu Leandra gegangen war.

»Das passiert wirklich, oder?«, fragte Ben, der hastig in seiner Tasche kramte, sein Asthmaspray hervorholte und einen Zug nahm. Als Asthmatiker war er darauf angewiesen, das Bronchien erweiternde Spray immer dabeizuhaben. Ich erinnerte mich, dass ich das früher befremdlich gefunden hatte, aber nach all den Jahren, in denen ich Ben nun kannte, war es für mich mittlerweile normal.

Tom starrte auf seine Füße und Liam kritzelte auf seinem Block herum. Er bemerkte meinen Blick und sagte:

»Zeichnen lenkt mich immer ab.«

Ben wippte mit den Füßen auf und ab und fragte: »War Leandra es?«

Ich öffnete den Mund, wollte bereits nein sagen, doch die Worte des Verstorbenen kamen mir in den Sinn.

Warum? Meine eigene Familie …

Hatte er sagen wollen, dass jemand aus seiner eigenen Familie ihm das angetan hatte? Aber sollte ich einer Wahnvorstellung tatsächlich so viel Wert beimessen?

Wieder eine Vision. Und ich hatte so sehr gehofft, dass es vorbei wäre. Und noch viel schlimmer, eine Leiche, direkt vor meinen Augen.

»Du meinst, sie hat ihren eigenen Vater umgebracht?«, hakte Liam nach.

Ben tippte mit seinem Zeigefinger auf den Tisch. »Sie sprach von einem Streit und sie hockte neben ihm, mit dem blutigen Pinsel in der Hand«, erklärte er sich.

»Falls sie es nicht war, wurde der Täter wohl überrascht. Sonst hätte er wohl kaum einen Beweis zurückgelassen«, meinte Tom.

»Es ist nie das Offensichtlichste«, sagte Amy.

»In Thrillern nicht, stimmt«, eiferte sich Liam.

Ich fühlte mich schlicht überfordert. Klar, Leandra sah schuldig aus, aber ihre Augen, der Schmerz, die Angst, ich konnte mir nicht vorstellen, dass das nur gespielt gewesen war. Die Beziehung zu ihrem Vater war wohl alles andere als einfach gewesen, ihren letzten Streit hatte ich ja sogar versehentlich mitangehört, aber mein Gefühl sagte mir, dass sie ihn trotzdem geliebt hatte. Sie hatte seine Anerkennung gewollt. So jemand ermordete die entsprechende Person nicht. Andererseits kannte ich sie kaum, woher sollte ich wissen, wozu sie fähig war?

»Sicher ist nur, es war der Blutlinien-Killer. Ein Serienkiller. Und vielleicht ist es einer von uns«, sagte ich unwillkürlich.

Erst jetzt wurde es mir so richtig bewusst. Niemand außer den hier Anwesenden, Leandra, dem Butler und ihrem Vater war im Anwesen gewesen. Außer irgendwer hätte sich irgendwo versteckt gehalten, aber im Angesicht der Mauer, die das Grundstück umgab, und der Tatsache, dass niemand das Gelände ohne Erlaubnis betreten konnte, wäre das nur möglich, wenn derjenige vom Butler eingelassen worden wäre. Oder einen Schlüssel hatte.

Alle waren still, wahrscheinlich ließen sie meine Worte sacken.

Und dann klingelte es. Der Butler öffnete die Tür und ein Polizist und eine Polizistin betraten das Haus.

Aus irgendeinem Grund schüchterten ihre Uniformen und ihre ernsten Gesichter mich ein, vielleicht weil ihre Anwesenheit die Lage realer machte.

Der Mann folgte dem Butler nach oben, die Frau kam auf uns zu. Sie positionierte sich vor dem Sofa.

»Das ist sicher keine leichte Situation für Sie alle. Ich bin Marie Laute, wir werden die Sachlage prüfen und sehen, wie weiter vorzugehen ist. Ich werde Sie einzeln befragen und muss Sie bitten, diesen Salon erst zu verlassen, wenn mein Partner oder ich die Erlaubnis dazu erteilen.«

Kein Befehl, sondern eine freundliche Bitte um Kooperation. Selbst wenn der Täter unter uns wäre, jetzt zu gehen, wäre so, als würde man das Signal zum Freischuss erteilen. Denn es würde den Anschein erwecken, als hätte man etwas zu verbergen.

Frau Laute wandte sich Ben zu. »Kommen Sie bitte

mit mir. Herr …?«

»Hagen«, entgegnete mein Freund und erhob sich.

Ich konnte sehen, dass seine Hände zitterten, es war für uns alle eine außergewöhnliche Situation. Bisher hatte ich nie mit der Polizei zu tun gehabt, erst recht nicht im Zuge einer Mordermittlung.

Die Polizistin und Ben verließen den Salon. Ich sah Amy an und sie erwiderte meinen Blick. Was sie dachte, konnte ich nicht sagen. Vielleicht fand sie all das aufregend oder beängstigend, eventuell beides gleichermaßen.

Vor Liam und Tom konnten wir nicht frei sprechen und zu gehen, war gerade keine Option, also schwiegen wir. Es war, als wäre durch das Eintreffen der Polizisten ein Schweigebann über uns gelegt worden. Keiner traute sich, die Stille zu brechen.

Als schließlich die Tür zum Salon aufgestoßen wurde, zuckte ich zusammen. Eigentlich war ich nicht übermäßig schreckhaft, aber gerade waren meine Nerven zum Zerreißen gespannt.

Es war Ben, er seufzte und ließ sich wieder neben mich auf die Couch fallen.

»Das ging schnell«, stellte Tom fest und brach damit die angespannte Stille.

Ben zuckte mit den Schultern. Er war selten ruhig, aber diesmal fehlten offenbar selbst ihm die Worte.

Aus dem Flur ertönten Stimmen, Marie Laute und ihr Partner unterhielten sich.

»Code 187, das Vorgehen entspricht dem Fall der aktuellen Sonderkommission«, sagte der Polizist.

»Verstehe. Willst du sie verständigen oder die Befragungen fortführen?«, wollte Marie wissen.

»Sie sind bereits auf dem Weg. Wir sollten erst mit

der Tochter reden, sie hat ein Beweisstück an sich genommen. Generell wirft der Tatort Fragen auf.«

Dann waren Schritte zu hören. Sie gingen wohl nach oben.

Wie viel Zeit verging, bis die Tür zum Salon sich erneut öffnete, konnte ich nicht sagen. Es könnten wenige Minuten oder eine Stunde gewesen sein. Über uns hing eine bleierne Stille und Anspannung. Vielleicht weil ich ausgesprochen hatte, was uns allen bewusst war. Einer von uns könnte der Täter sein. Junge Erwachsene, normale Studenten, aber vielleicht hatten wir die ganze Zeit mit einem Serienkiller im Vorleseraum gesessen. In Filmen war es spannend, mitzuraten, und oft war derjenige, den man am wenigsten auf dem Schirm hatte, der Mörder. Doch war man *live* dabei, war es beängstigend.

Als Marie Laute erneut hereinkam und auf mich zusteuerte, fühlte ich fast so etwas wie Erleichterung. Ich wollte hier weg. Und je eher diese Befragung erledigt war, desto schneller wäre das möglich.

Ich folgte der Polizistin in die Küche. Eine Kochinsel und glänzende Fliesen ließen auch diesen Raum modern und teuer wirken.

Sie bedeutete mir, mich an den Esstisch zu setzen, und ich folgte ihrer Aufforderung.

»Also, Herr Benton, was ist heute Abend passiert?«

Kurz fühlte ich mich etwas aus der Bahn geworfen, ich hatte eine spezifischere Frage erwartet. Auch die Anrede war ungewohnt.

»Das wüsste ich auch gerne«, sagte ich, ohne groß darüber nachzudenken.

Die Polizistin nickte. »Es ist sicher nicht einfach. Vielleicht stehen Sie auch unter Schock. Herr Morris sagte uns, dass Sie die Leiche gesehen haben. Aber gerade deshalb ist Ihre Aussage sehr wichtig. Sie haben den Tatort als einer der Ersten betreten.«

»Herr Morris?«, fragte ich, bis mir bewusst wurde, wen sie meinen musste. »Ah… der Butler.«

»Ja, der Angestellte dieses Hauses hat auch einen Namen«, witzelte Marie und das löste meine Anspannung ein wenig.

Meine Mundwinkel hoben sich leicht, sanken jedoch rasch wieder herab, als das Bild von Leandras Vater vor meinem geistigen Auge aufblitzte. Sein flehender, geschockter Blick, die Krawatte, die ihm die Luft abschnürte. Die anderen Visionen waren schrecklich, aber die echte Leiche zu sehen und dann den Todeskampf miterleben zu müssen, war etwas anderes.

»Alles in Ordnung?«, wollte die Polizistin wissen.

Ich nickte rasch und gab mir Mühe, mich zu sammeln. Alles, was ich wollte, war, das hier hinter mich zu bringen.

»Wir waren heute hier, um an der Gruppenarbeit zum Thema KI zu arbeiten. Leandra hat uns eingeladen«, begann ich.

Marie machte sich Notizen, aber ich versuchte, sie auszublenden und einfach nur zu erzählen, was passiert war.

»Alle haben sich im Haus verteilt, nur ich und Amy blieben im Salon.«

Ich überlegte, wie viel ich erzählen sollte. Der Streit zwischen Leandra und ihrem Vater könnte ein mögliches Motiv bedeuten, aber mir war nicht wohl dabei, ein Familiendrama zu thematisieren, das mich nichts anging und von dem ich keine Details kannte.

»Irgendwann hörten wir einen Schrei. Außerdem

Schritte und lautes Gepolter. Ich ging hinauf und traf auf Tom und Ben.«

»Ben Hagen und Tom ...?«, hakte die Polizistin nach.

Ich musste überlegen, da ich Tom erst durch die Gruppenarbeit kennengelernt hatte.

»Tom Heid«, sagte ich schließlich.

Wieder kritzelte sie auf ihrem Block herum.

»Aber nur ich und Ben gingen nach oben. Wir hörten jemanden weinen und waren besorgt. Wir klopften an die Tür, hinter der wir das Schluchzen hörten, aber als keine Reaktion erfolgte, traten wir einfach ein.«

Marie nickte mir zu.

Ich schluckte und machte mich bereit, den Rest zu erzählen.

»Leandra hockte neben der Leiche ihres Vaters. Sie weinte. In ihrer Hand hielt sie einen blutigen Pinsel und neben ihr stand der Butler, äh, ich meine Herr Morris ...«, verbesserte ich mich und geriet kurz aus dem Konzept.

Nach einem Räuspern fuhr ich fort: »Herr Morris sagte, dass er und Leandra die Schlinge gelöst hätten, weil sie gehofft hatten, Leandras Vater noch helfen zu können. Offenbar vergeblich. Der rote Striemen am Hals sah schlimm aus, die Krawatte muss ihm die Luft abgeschnürt haben.«

Marie Laute atmete hörbar aus, sie schaute zur Decke und tippte mit ihrem Daumen immer wieder auf den Stift, bevor sie weiterschrieb.

»Wo waren Sie, kurz bevor Sie den Schrei gehört haben?«, fragte sie plötzlich.

Ich stutzte. »Bei Amy im Salon«, sagte ich.

»Amy...?«

»Amy Carpendale.«

»Mal sehen, ob sie das bestätigen kann«, meinte Marie. Ihre Tonlage hatte sich verändert.

»Waren Sie die ganze Zeit bei ihr? Oder waren Sie irgendwann oben?«, wollte sie wissen.

Ich runzelte die Stirn, plötzlich fühlte sich das hier tatsächlich wie ein Verhör an, daher blieb ich vage. »Ich war einmal auf der Toilette, davon abgesehen, war ich die ganze Zeit bei Amy.«

»Wann und wo waren Sie auf der Toilette?«, hakte die Ermittlerin nach.

»Auf die Uhrzeit habe ich nicht geachtet, ich war im zweiten Stock auf der Toilette.«

Sie zog die Brauen hoch und schrieb wieder etwas auf.

»Warum ganz oben? Es gab doch noch zwei andere Badezimmer.«

»Die waren besetzt und …«, begann ich, doch brach ab. Zu sagen, dass auch Ben das Bad oben benutzt hatte, könnte ihn in ein verdächtiges Licht rücken.

»Und?«

»Ich musste wirklich dringend«, sagte ich, statt die Unterhaltung mit Ben zu erwähnen.

»In Ordnung, ich rede erst mal mit Frau Carpendale. Ich muss Sie bitten, noch mal im Salon zu warten.«

Ich wurde das Gefühl nicht los, dass die Stimmung und ihre Art, mich zu befragen, sich verändert hatten, nachdem ich den Tatort beschrieben hatte. Warum war mir allerdings völlig unklar. Hielt sie mich für verdächtig?

Ein winziges Detail

Josh

Erneut saß ich in der Küche, gegenüber von Marie Laute, und hatte ein flaues Gefühl im Magen. Ich wurde als Einziger ein zweites Mal befragt.

»Vorweg, Amy Carpendale hat Ihr Alibi bestätigt, Herr Benton. Sie sagte, Sie seien nur fünf Minuten weg gewesen, als Sie das Badezimmer aufsuchten. Kaum genug Zeit, um schreckliche Taten zu begehen.«

Ich riss die Augen auf und starrte die Polizistin fassungslos an.

Sie sah mich ernst an. »Sie sagten, eine Krawatte habe das Opfer erstickt. Wie kommen Sie darauf?«

»Das ist doch das Vorgehen des Blutlinien-Killers, oder nicht?«, fragte ich und fühlte mich ein wenig hilflos.

Marie nickte. »Nur weiß das niemand außer den involvierten Ermittlern. Heute war sogar das erste Mal, dass wir eine Krawatte am Tatort vorfanden, auch wenn die Gerichtsmediziner bereits zuvor eine solche als Tatwaffe vermuteten. Herr Morris und Frau Wald haben die Krawatte entfernt, um zu helfen. Also können Sie es nicht gesehen haben. Woher also wissen Sie so etwas?«

Mein Herz raste regelrecht. Ich war so sicher gewesen, dass es in den Nachrichten gesagt worden war, hatte mir gar nichts bei diesem winzigen Detail gedacht. Aber in Wahrheit waren es meine Visionen gewesen, die mir gezeigt hatten, dass es weder Strick noch Seil waren, die den Opfern des Blutlinien-Killers die Luft abschnürten.

»Ich … dachte echt, es wäre in den Nachrichten gesagt worden«, entgegnete ich schließlich lahm.

Wie erbärmlich, ich war einfach kein guter Lügner und improvisieren konnte ich auch nicht. Meine Visionen zu erwähnen, erschien mir jedoch das Dümmste zu sein, was ich tun könnte. Dann würde sie denken, ich wäre unzurechnungsfähig und fände mich noch verdächtiger. Wer Dinge sah, die nicht da waren, könnte ebenso gut ein verrückter Killer sein.

»Herr Benton, ich bitte Sie. Jemand muss Ihnen etwas gesagt haben. Überlegen Sie ganz genau und seien Sie ehrlich«, forderte die Polizistin mich auf.

Ich würde gern helfen, ich wollte den Mörder hinter Gittern sehen. Denn vielleicht würde dann endlich alles enden.

»Tut mir leid … Ich … Ich weiß es nicht«, sagte ich.

Sie seufzte und reichte mir ein Blatt Papier sowie eine Karte. »Füllen Sie das bitte aus, ich brauche Ihre Personalien. Und das ist meine Visitenkarte, rufen Sie an, wenn Ihnen irgendetwas einfällt. Falls einer Ihrer Kommilitonen über den Killer gesprochen hat und die Krawatten erwähnt hat, muss ich das wissen. Es geht um weitere Leben, Herr Benton. Dieser Mistkerl hört erst auf, wenn wir ihn einsperren.«

»Ich glaube, ich bin einer der Hauptverdächtigen«, sprach ich aus, was ich seit dem Tag in Leandras Haus empfand. Heute war Montag, Amys und mein Recherche-Date. Wir saßen in der Leibniz Bibliothek in Hannover an einem der vielen Tische. Unser Platz lag in einer Nische, verborgen von einigen Regalen.

Das Ziel war, etwas über meine Visionen oder vielleicht eher Wahnvorstellungen herauszufinden, aber meine Gedanken schweiften immer wieder ab. Bis meine Sorge schließlich aus mir herausgeplatzt war.

»Des Verbrechens beschuldigt werden können viele, doch schuld ist nur, wer sich schuldig gemacht hat«, entgegnete Amy kryptisch.

Meine Arme ruhten auf dem Tisch und ich ließ meinen Kopf in meine Handflächen sinken.

»Wieso redest du immer so? Ich fühle mich wie in einem Film«, jammerte ich.

»Das überkommt mich einfach …«, meinte Amy. »Aber im Ernst, du hast ein Alibi. Du kannst es doch gar nicht gewesen sein.«

Ich seufzte.

»Warum wollte die Polizistin dich ein zweites Mal sehen?«

Ich seufzte lauter.

»Hey! Der Herr wünscht Hilfe bei seinem Problem, dann muss er auch ehrlich sein!«

Mein Körper verlor sämtliche Spannung und ich

sackte völlig auf dem Tisch zusammen. Einen Moment atmete ich tief durch, bevor ich mich wieder aufrichtete.

»Die letzten Wochen waren viel«, erklärte ich mein seltsames Verhalten.

»Diese Visionen haben mir ein Detail über die Morde gezeigt, das offenbar niemand außer den Ermittlern und dem Killer kennt«, sagte ich.

Amy klappte der Mund auf. »Was hast du gesehen?«

»Er stranguliert seine Opfer mit ihren Krawatten«, weihte ich sie ein.

Sie tippelte mit ihren Fingern auf dem Tisch herum. Fast hatte ich das Gefühl, beobachten zu können, wie ihr Kopf alle möglichen Szenarien durcharbeitete.

»Und du hast das vor Marie Laute erwähnt«, stellte sie fest.

Ich nickte, auch wenn es keine Frage gewesen war.

»Trotzdem hast du ein Alibi«, sagte Amy.

»Das ist wahrscheinlich der einzige Grund, warum ich noch auf freiem Fuß bin«, mutmaßte ich.

Eine Weile schwiegen wir, doch urplötzlich sprang Amy auf, umkreiste den Tisch und sah mich mit ihren großen blauen Augen an. Mittlerweile kannte ich diesen Blick, sie war aufgeregt.

»Weißt du, was das alles bedeutet?«

»Dass ich bald verhaftet werde?«

Amy schüttelte den Kopf.

»Die Visionen sind echt!«, ereiferte sie sich.

»Ich verstehe nicht ...«, begann ich, doch Amy war ganz in ihrer eigenen Welt und fuhr mir dazwischen.

»Du hast gesehen, wie die Opfer sterben. Du hast die Krawatten gesehen. Niemand weiß es. Gesehen hast du dieses Detail nur in deinen Visionen. Aber die Polizistin hat es bestätigt. Also siehst du tatsächlich die letzten

Momente von Verstorbenen!«

Dieser Gedanke war mir auch gekommen, leider gab es aber auch noch eine andere Möglichkeit.

»Oder ich bin verrückt und tatsächlich der Täter«, sprach ich aus, was mir am allermeisten Angst machte. Ein Teil von mir hatte meinen Vater gehasst, für seine Ignoranz und für seine Kaltherzigkeit. Für seinen Tod hätte ich ein Motiv. Aber seine ganze Familie? Und Leandras Vater? Der Gedanke, dass ich zu so etwas fähig sein könnte, verursachte Panik in mir. Konnte man grausam morden und sich nicht daran erinnern? Zeigten meine Visionen mir, was ich verdrängt hatte?

»Ein beliebter Twist in Geschichten …«, meinte Amy.

Ich verdrehte die Augen. »Wirklich?«, entkam es mir.

»Was erwartest du, wenn du so einen Blödsinn redest?«, fragte sie.

»Ist das blödsinniger, als zu glauben, meine Visionen wären real?«, hielt ich dagegen.

»Ich glaube, ausnahmsweise werden Bücher uns keine Antwort geben.«

Sie nahm ihre Tasche und setzte sich in Bewegung. Hastig stand ich auf und folgte ihr.

»Was hast du vor?«, wollte ich wissen.

Sie schob ihre Brille mit der Hand nach oben und sah mich von der Seite an.

»Lass uns herausfinden, was es mit deinen Visionen auf sich hat!«

Etwa eineinhalb Stunden später befanden wir uns auf dem Waldfriedhof in Celle. Amy hatte sich nicht weiter erklärt, meinen Fragen war sie mit kryptischen Andeutungen ausgewichen. Aber so langsam begriff ich, was sie vorhatte.

»Ich kann die Visionen nicht steuern«, erklärte ich.

Sie ging unbeirrt weiter, das Ziel unserer Reise war mir mittlerweile klar.

»Ich will sein Grab nicht besuchen!«, rief ich aus und blieb stehen.

Amy hielt ebenfalls inne und wandte sich zu mir um.

»Wann hattest du die Visionen bisher?«, fragte sie.

»Ich hätte es dir gar nicht erzählen sollen. Das ist zu verrückt, das ist alles einfach zu viel«, sprudelte es aus mir heraus.

Ich konnte nicht mehr, mein ganzes Leben war auf den Kopf gestellt worden und nun wurde ich in eine Mordermittlung hineingezogen. Seit dem Tag, an dem ich vom Tod meines Vaters erfahren hatte, ging alles den Bach runter.

Amy kam die wenigen Schritte, die uns trennten, auf mich zu und blieb direkt vor mir stehen. Sie war kleiner als ich, weshalb sie zu mir aufblickte. Ich mochte es, ihr so nahe zu sein. Mein Herz schlug ein wenig schneller, ob es an ihr lag oder daran, wie aufgewühlt ich war, konnte ich nicht sagen.

»Ich nehme dich ernst«, sagte sie.

Ich fühlte, wie meine Wangen nass wurden. All die Ängste, die Trauer und die Wut entluden sich in Form von Tränen. Und dann umarmte Amy mich. Ihr weicher Körper drückte sich an meinen und verdrängte all die wirren Gedanken. Ich schlang meine Arme um sie und weinte.

UND LOS!

Josh

»Ich bin hier«, sagte Amy. »Man kann nicht immer stark sein. Das ist okay.«

Wie lange wir dort standen, inmitten von Grabsteinen, umgeben von Blumen, Bäumen und dem Tod, hätte ich im Nachhinein nicht sagen können. Nur dass ich mich danach erleichtert fühlte. Endlich hatte ich losgelassen, den Gefühlen in mir Raum gegeben. Für meine Mutter hatte ich stark sein wollen, und vielleicht hatte ich auch mir selbst nicht eingestehen wollen, wie sehr mich alles mitnahm. Zu akzeptieren, dass ich ein nervliches Wrack war, tat gut.

Irgendwann versiegten meine Tränen und wir lösten uns voneinander.

Amy sah mich freundlich, ohne jede Wertung an.

»Willst du nach Hause?«, fragte sie.

Ich schloss die Augen und atmete tief durch, dann

schüttelte ich den Kopf. Ich wollte es wissen, wollte wissen, ob ich meinen Vater erneut sehen würde. Ob ich wahnsinnig war oder nicht.

Amy lächelte. Ohne groß darüber nachzudenken, umfasste ich ihre Hand und gemeinsam gingen wir weiter. In diesem Moment fühlte sich diese Nähe natürlich an. Ich hatte das Gefühl, dass Amy der einzige Mensch auf dieser Welt war, der mich so sah, wie ich war. Meine Gefühle für sie gingen mittlerweile weit über die anfängliche Schwärmerei hinaus.

Wir erreichten das Grab meines Erzeugers. Die Inschrift sprach von einem liebenden Ehemann und Vater. Nun, mich hatte er offensichtlich nicht geliebt.

Mein Blick wanderte nach oben, doch diesmal flog keine Krawatte auf mich zu, nichts war ungewöhnlich.

»Wie geht es dir?«, fragte Amy.

»Ich weiß nicht. Meine Gefühle für diesen Mann waren schon immer kompliziert. Und alles, was geschehen ist, macht es nicht leichter«, antwortete ich ehrlich.

Sie nickte. Es war schön, dass Amy mir Raum gab, mich nicht drängte oder stichelte. Denn das hier war nicht einfach für mich.

»In Leandras Haus hattest du auch eine Vision, oder?«, fragte Amy plötzlich und ich wandte mich ihr überrascht zu.

»Woher weißt du das?«, entkam es mir.

»Der Mann, der auf die Gleise sprang. Der Bahnhof ist der Ort, an dem er sich das Leben nahm. Das Mädchen in der Eisdiele. Vermutlich hat sie sich auf der Toilette dort das Leben genommen. Leandras Vater, du sahst seine Leiche, warst somit ebenfalls an dem Ort, an dem er starb«, erklärte sie.

Ich riss die Augen auf.

Amy sah mich ernst an. »Ich denke, du siehst die letzten Minuten von Verstorbenen, vielleicht nur von denjenigen, die sich selbst das Leben nahmen oder ermordet wurden, so scheint es bisher. Und ausgelöst wird das Ganze dadurch, dass du den Ort betrittst, an dem sie ihr Leben aushauchten.«

»Das …«, stammelte ich, unfähig, meine Gedanken zu ordnen. So logisch hatte ich über all das bisher nicht nachgedacht, weil ich einfach versucht hatte, weiterzumachen, diesen Wahnsinn zu ignorieren.

»Aber eine Vision passt nicht ins Bild«, ergänzte Amy.

»Die von meinem Vater, er starb nicht hier auf dem Friedhof«, vervollständigte ich ihren Gedanken.

Sie lächelte. »Genau.«

»Deshalb sind wir hier«, murmelte ich.

Ich betrachtete erneut den Grabstein, die Bäume, die um uns herum grünten, und den blauen, von Wolken durchzogenen Himmel.

Nichts war ungewöhnlich.

»Es passiert gar nichts«, sagte ich.

»Es kam mir der Gedanke, dass du vielleicht entweder an dem Ort sein musst, an dem die Person starb oder dort, wo ihre Überreste liegen«, führte Amy weiter aus. Das ergab Sinn, wenn man der verqueren Idee folgte, meine Visionen wären tatsächlich real.

»Und vielleicht kannst du die Vision nur einmal sehen. Oder es braucht zur Wiederholung einen Auslöser«, meinte sie.

»Aber was sollte ich tun?«, fragte ich.

»Das ist der Punkt, an dem ich auch nicht weiterkomme«, gab Amy zu.

Etwas in mir regte sich, ein Gefühl, vielleicht Intuition. Der Grabstein, das weltliche Symbol für den vermeintlichen Frieden, den dieser Mann gefunden hatte. Die Ruhestätte für den Bürgermeister war üppig und großzügig, voller Blumen und kleiner Figuren und umrandet von einer breiten Grabeinfassung. Auf ebendieser näherte ich mich dem Gedenkstein. Nach kurzem Zögern hob ich meine Hand und berührte den kühlen Stein.

Etwas durchzuckte mich, Kälte, Angst und Wut. Ich wollte meine Hand zurückreißen, aber es war, als würde sie von irgendetwas festgehalten.

Die ganze Welt um mich herum veränderte sich. Es war anders als bisher. Der Himmel wurde dunkler, schien rötlich. Das Grab sah aufgewühlt und alt aus. Die Bäume waren nicht länger grün, sondern knorrig und kahl.

Und auf dem Grabstein saß mein Vater, um seinen Hals hing lose die dunkelrote Seidenkrawatte, die ihm sein Ende bereitet hatte, seine eiskalte Hand umklammerte meine Linke.

»Du bist zurückgekommen«, sagte er.

Ich presste die Zähne zusammen. Das Atmen fiel mir schwer. Die Luft fühlte sich an wie Säure, die sich in meine Lunge grub. Mein Hals brannte und auf meiner Zunge hatte ich den widerlichen Geschmack von konzentriertem Essig. Meine Augen tränten. *Dies ist kein Ort für Lebende,* durchfuhr es mich.

Ich brachte nicht einen Ton heraus, stattdessen öffnete sich mein Mund wie bei einem Fisch auf dem Trockenen wieder und wieder, ohne Laute hervorzubringen.

»Du kannst es nicht kontrollieren. Wenn du so weitermachst, verschlingt dich die Totenwelt und du stirbst auch«, sagte er viel zu ruhig.

»Also schnell. Diese Gabe hast du geerbt, Josh, sie ist das Vermächtnis der Familie Finken. Jemand trachtet nach deinem Leben, will, was dein ist. Dieser jemand tötete auch mich und meine Familie. Ich sah sein Gesicht nicht. Aber es muss ein Wald oder ein Abkömmling von ihnen sein.«

Kurz hielt er inne und betrachtete einen Punkt in weiter Ferne, vielleicht überlegte er sich seine nächsten Worte. »Diese Familie ist mit uns verwandt, entfernt, und doch gibt es keine Finkens mehr, so setzen sie die Blutlinie fort. Das Problem dabei ist, sie sind viele. Im Gegensatz zu uns hielten sie die Blutlinie nicht rein, sie vermischten sie, jeder könnte es sein. Nutze deine Gabe. Befrage die Opfer, finde den Mörder. Rette unser Vermächtnis.«

Ich keuchte und schreckte auf, etwas riss mich fort. Wie von Sinnen schnappte ich nach Luft, beugte mich zur Seite und erbrach mich. Was um mich herum war, konnte ich nicht sehen, nur Dunkelheit.

»Josh! Josh, bitte!«

Amys Stimme klang so verzweifelt. Ich fokussierte mich mit aller Macht auf ihr Rufen und sah schließlich ihr Gesicht direkt vor mir.

Einen Moment brauchte ich, um die Situation zu begreifen. Ich lag mit dem Kopf auf ihrem Schoß, sie hatte sich über mich gebeugt und hielt mich fest.

»Josh, bist du wieder da?«, fragte sie. Tränen liefen ihre Wangen hinab.

»Was …«, stammelte ich, doch ich hielt erschrocken inne, weil meine Stimme wie ein Reibeisen klang, meine

Kehle war so trocken, dass jedes Wort schmerzte.

»Deine Augen haben sich plötzlich verdreht, du hast gezuckt und dir lief Schaum aus dem Mund. Ich dachte, du hast einen Anfall«, erklärte Amy.

»Wasser …«, brachte ich hervor.

Sie reichte mir eine Flasche und ich trank wie ein Verdurstender.

UNGEDULD

Der Blutlinien-Killer

Sie nicht, er nicht, niemand schien zu haben, was er wollte. Seine Finger krallten sich regelrecht in das unnachgiebige Holz, die Lehne des Stuhls, auf dem er saß.

»Es sind doch nur Legenden, oder nicht?«, fragte die Frau seines Onkels. Sie hatte eingeheiratet und war nicht von seinem Blut, anders als die Tante, welche er erst eine Woche zuvor ermordet hatte.

Am Tischende saß sein Onkel. Eine Krisensitzung der Familie. Hätten die Walds ihren Samen doch bloß nicht wie Karnickel überall verteilt, dann wäre es deutlich einfacher, jeden Verwandten zu finden und niederzustrecken.

Selbst er kannte nur einen kleinen Kreis. Und ab jetzt wurde jeder weitere Mord immer heikler, aber das betrachtete er als Herausforderung. Sein widerlicher Vater war zum Glück tot, seinen Onkel, dieses scheinheilige

Ersatzfamilienoberhaupt, würde er sich als nächstes Vornehmen.

Ebendieser antwortete auf die angstvoll gestellte Frage: »Wir können nur mutmaßen, was das Motiv ist. Klar ist, wenn es um die abstrusen Behauptungen geht, die mein Vater stets angestellt hat, dann ist es einer der unseren, der uns nach dem Leben trachtet.«

Sein Großvater, von den anderen als verrückt und senil abgestempelt, war in Wahrheit der Einzige mit Verstand gewesen.

Vielleicht missinterpretierte die Frau seines Onkels den starren Ausdruck auf dem Gesicht ihres Neffen, denn urplötzlich umfasste sie seine Hand und sah ihn mitfühlend an.

»Keine Angst, wir überstehen das schon. Es wird alles wieder gut«, versicherte sie ihm.

Dabei war es ihre Stimme, die zitterte und von ebenjenem Gefühl kündete, das sie ihm andichtete.

»Ich weiß«, sagte der Blutlinien-Killer, das Grinsen verkniff er sich. Es würde alles gut werden, er würde sein Ziel erreichen. Er durfte nur nicht die Geduld verlieren.

AKZEPTANZ

Josh

Lautes Geplapper am Nachbartisch, Rufe der Kellner und Gelächter erfüllten die Luft. Die Menschen waren ausgelassen und genossen ihre Feierabende in der Bar, ich jedoch wollte am liebsten nur in mein Bett. Mein Kopf dröhnte und mein Hals war noch immer gereizt.

Amy hatte darauf bestanden, dass ich nicht allein nach Hause ging. Stattdessen hatte sie mich hierhergeschleppt. Ich ging selten bis nie aus, außer Ben drängte mich dazu.

»Ich wusste nicht, wohin sonst, meine Freundin besteht manchmal darauf, hierherzukommen«, sagte sie plötzlich, so als hätte sie meine Gedanken gelesen.

Ein Lächeln schlich sich auf mein Gesicht. Trotz des emotional aufreibenden Tages fühlte ich mich ein wenig erleichtert. Die Angst war nicht gänzlich gewichen, aber ich glaubte, den Antworten, die ich suchte, einen Schritt nähergekommen zu sein.

All das hätte ich mir nie ausdenken können. Mein Vater hatte von einer Gabe gesprochen und von jemandem, der mir nach dem Leben trachtete.

Es ging in diesem Fall nicht nur um Rache für meinen Vater, sondern auch darum, mich selbst zu retten. Nicht unbedingt beruhigend, aber immerhin war ich nicht verrückt. Jedenfalls war es das, was ich glauben wollte.

»Danke, Amy, für alles«, brach es aus mir hervor.

Sie strich mit ihren Fingern durch ihr Haar und schaute zur Seite.

»Ich habe nicht wirklich was gemacht«, sagte sie dann leise.

Ihr Blick war auf den Tisch gerichtet, ihre Schultern sanken ein Stück herab. »Ich habe eher das Gefühl, ich habe dich in Gefahr gebracht. Manchmal lasse ich mich mitreißen. Es tut mir leid, ich weiß, dass hier ist keine Geschichte, sondern dein Leben. Ich wollte es nicht aufs Spiel setzen«, entkam es ihr.

Ich positionierte meine Hände hinter meinem Nacken und lehnte mich zurück. »Es ist gut, dass wir heute auf dem Friedhof waren. Ich fühle mich besser«, ließ ich sie wissen.

Sie wandte sich mir zu, ihre Augen zu kleinen Schlitzen zusammengepresst. Ich hatte das Gefühl, dass sie versuchte, herauszufinden, ob ich nur log, um sie zu beruhigen.

Aber mir ging es wirklich besser, einzig der Gedanke, dass mein Vater kein Wort darüber verloren hatte, warum er mich nie hatte sehen wollen, drängte sich immer wieder an die Oberfläche. Doch gerade gab es so viel Wichtigeres. Ich hatte Visionen von Toten und es war eine Gabe, die ich offenbar von meinem Vater übernommen hatte. Deshalb hatte es am Tag seines Todes begonnen. Entweder das oder ich war verrückt.

Da mir die erste Variante lieber war, beschloss ich, sie für mich als Tatsache zu betrachten. Besser als die Alternative.

»Willst du mir sagen, was du gesehen hast?«, fragte Amy schließlich.

Ich nickte. Auch wenn ich mich wohl nie bereit dafür fühlen würde, über dieses Erlebnis zu sprechen, so wollte ich sie nicht im Dunkeln lassen.

Momentan war sie mein einziger Lichtblick inmitten von dem Chaos, zu dem mein Leben geworden war.

Amy zwirbelte ihre rötlichen Locken zwischen ihren Fingern und biss auf ihre Unterlippe. Mir war klar, sie ordnete, was ich erzählt hatte, und ihre Gedanken arbeiteten. Ich musste ein Schmunzeln zurückhalten, weil ich mir eine Sprechblase über ihrem Kopf vorstellte, in der sich alles, was ich erzählt hatte, noch einmal abspielte.

»Eine Gabe … und jemand trachtet danach …«, murmelte sie vor sich hin.

»Das heißt der Blutlinien-Killer hat es auf dich abgesehen!«, rief sie plötzlich aus.

Einige Köpfe ruckten zu uns herum. Der Kellner sah uns böse an. Ich räusperte mich und Amy senkte den Kopf.

»Ups«, nuschelte sie, während sie ihr Gesicht hinter ihren Händen versteckte.

Unwillkürlich musste ich lächeln. Ungeachtet des

unerfreulichen Gesprächsthemas war Amy einfach niedlich.

»So sieht es aus«, bestätigte ich ihren unbedachten Ausruf.

Amy nickte.

Die Aufmerksamkeit der Leute hatte sich wieder auf deren Tische gelenkt.

»All das ist verrückt und ich weiß einfach noch viel zu wenig«, sagte ich. »Aber es könnte gefährlich werden und ich sollte dich nicht noch weiter mit reinziehen.«

Sie umfasste meinen Arm. »Auf keinen Fall! Ich helfe dir!«

»Warum? Wieso stehst du an meiner Seite, obwohl wir vor dem Studienprojekt nur in der Eisdiele ein paar Worte gewechselt haben? Du hast bisher nicht einmal an mir gezweifelt, dabei kennst du mich kaum«, sprach ich aus, was mir schon länger durch den Kopf ging.

Amy löste den Griff, ihre Wangen verfärbten sich rötlich. Bei ihrer hellen Haut fiel es schnell auf, wenn sie nervös wurde.

»Neugierig wurde ich wegen der Abteilung, die du am ersten Tag unseres Projekttreffens aufgesucht hast. Ich hätte nie gedacht, dass so eine Geschichte dahintersteckt.« Sie hob die Schultern und ließ sie wieder hinabsinken. »Ich bin behütet aufgewachsen. Das Spannendste in meinem bisherigen Leben waren die Geschichten, die ich gelesen habe«, fuhr sie fort. Das Funkeln kehrte in ihre Augen zurück.

»Es ist aufregend. Dir passiert etwas, das genauso gut in einem meiner Bücher geschehen könnte. Am Anfang wollte ich dir deshalb helfen«, gab sie zu.

Amy biss sich auf die Lippe und fuhr sich mit den

Fingern durchs Haar »Wir kommen aber auch gut miteinander aus, und ich bin gern mit dir zusammen. Da du mittlerweile ein Freund geworden bist, werde ich dich nicht im Stich lassen.«

Mein Herz machte einen Sprung und ohne groß darüber nachzudenken, griff ich nach ihrer Hand, die sie auf dem Tisch abgelegt hatte.

Amy formte mit dem Mund ein *o* aber ließ mich gewähren und verstärkte sogar den Druck.

»Danke«, sagte ich.

Sie lächelte. »Seien Sie gewarnt, mein Herr, wen ich einmal in mein Herz lasse, für den gibt es kein Entkommen«, verkündete sie und brachte mich damit erneut zum Prusten.

Ich ließ sie los und sank lachend in meinem Stuhl zusammen.

Amy schmunzelte.

»In dein Herz, das gefällt mir«, entkam es mir.

Wir sahen uns an und wieder fühlte ich diese Verbindung. Zuneigung, den Wunsch, ihr nahe zu sein.

Sie brach den Blickkontakt ab und rückte ihre Brille zurecht.

»Wir müssen den Killer finden, bevor er dich findet«, sagte sie und zerstörte damit den unbeschwerten Moment.

Ich schluckte.

»Was wir wissen, ist, er oder sie tötet Verwandte der Familien Finken und Wald. Durch Heirat oder andere Konstellationen werden nicht alle denselben Nachnamen haben. Du bist dafür das beste Beispiel.«

»Mein Vater sagte, es sei eine Gabe, die vererbt werde. Wie genau weiß ich nicht. Aber offenbar muss derjenige, der die Fähigkeit gerade besitzt, sterben, damit jemand anders sie erlangen kann«, erklärte ich.

Amy überlegte einen Moment, dann sagte sie: »Das ergibt Sinn. Der Killer weiß offenbar nicht, dass du diese Gabe gerade besitzt, sonst hätte er dich direkt ins Visier genommen und würde nicht wahllos Familienmitglieder töten. Wir haben einen Vorteil, wir wurden Zeugen des Mordes an Leandras Vater. Wir wissen, dass es nur der Butler oder einer aus dem Projektteam gewesen sein kann. Das ist die Spur, die wir verfolgen sollten.«

»Wir sollten herausfinden, wer von ihnen mit den Finkens oder Walds verwandt ist«, setzte ich nach.

»Leandra wird dadurch natürlich noch verdächtiger«, meinte Amy.

»Das ist wahr. Trotzdem glaube ich nicht, dass sie es war. Aber in Anbetracht aller Erkenntnisse muss sie wohl dennoch unsere Hauptverdächtige sein«, sagte ich und fühlte mich wie ein Ermittler.

»Zunächst ja, aber es ist selten das Offensichtlichste«, sinnierte Amy, während sie einen Schluck von ihrer Apfelschorle nahm.

In dem Lokal roch es ein wenig muffig, da von draußen der Dunst der Raucher hineinzog. So war es immer, je später es wurde, desto lauter und stickiger wurde es in Bars.

Ich hob mein Glas an und ließ die kühle Cola meinen geschundenen Hals hinabrinnen. Die Vision hatte mich mitgenommen, körperlich und geistig.

»Ich denke, wir müssen mit den anderen reden, das ist unsere einzige Spur«, meinte ich.

»Wir könnten auch versuchen, an ein Familienregister der Walds oder Finkens zu kommen. In der Bibliothek könnten wir Glück haben, wenn es eine Familie mit langer Tradition ist«, schlug Amy vor.

Ich streckte den Daumen meiner linken Hand hoch und ließ mich im Stuhl zurückfallen. Meine Lider wurden immer schwerer.

Amy richtete sich sofort auf und winkte den Kellner heran. Wir bezahlten und sie lächelte mich an.

»Der Herr sollte sich seiner wohlverdienten Nachtruhe hingeben, morgen beginnen wir dann mit den Ermittlungen.«

Sie zwinkerte mir, wie in einer schlechten Seifenoper, zu und brachte mich wieder mal zum Schmunzeln. Mit ihr war das alles etwas weniger schlimm. Und vielleicht sogar wirklich ein klitzekleines bisschen spannend.

Morgen war es so weit. Ich musste meine eigene Blutlinie ergründen, musste eine Linie bis zu dem Killer ziehen, bevor er die Linie durch mein Leben zog.

WER IST ES?

Josh

Der Bereich der Leibniz Universität für Elektrotechnik und Informatik überragte als gläserner Riese die nahe gelegenen Gebäude.

Ein gläserner Kasten, in dem einer der Studenten mit Steinen wirft, durchfuhr es mich.

Wenn es nicht Leandras Butler gewesen war, dann war der Täter einer der Studenten aus meiner Arbeitsgruppe. Das grenzte es ein, war aber auch unheimlich. Keiner meiner Kommilitonen erschien mir wie ein Killer. Und die Vorstellung, dass einfach jeder zu solchen Grausamkeiten fähig sein könnte, gab mir ein mulmiges Gefühl.

Wie in Trance schritt ich durch das große Gebäude und betrat den Hörsaal.

Die Worte des Professors flogen an mir vorbei. Meine Gedanken kreisten um alles außer Programmieren oder

Informatik. Der Bürgermeister, seine Worte, die Tatsache, dass der Täter es wahrscheinlich auf mich abgesehen hatte und dass der Killer eine Person aus meiner Arbeitsgruppe sein könnte, fast schon sein musste.

Mir war nicht klar, was ich nun tun sollte. Klar, Amy und ich wollten ermitteln, aber wie machte man das?

Ich konnte schlecht zu Leandra, Liam und Tom gehen und sie fragen: *Hey, mal so nebenbei, ist einer von euch der Blutlinien-Killer?*

Aber was für Fragen stellte man, um die richtigen Informationen aus jemandem herauszubekommen? Ben hatte gesagt, Tom sei unheimlich, aber deshalb war er nicht gleich ein Killer.

Liam hatte trotz des Leichenfunds gezeichnet und recht unbekümmert gewirkt und Ben war im zweiten Stock gewesen. Leandra hatte den blutigen Pinsel gehalten und bei der Leiche gehockt. Man konnte alles als Indizien werten, aber wie kam ich an Beweise?

Ich ließ meinen Kopf in meine Hände sinken und seufzte. Die Vorlesung konnte ich eh vergessen, was auch immer heute Thema war, ich würde es später nacharbeiten müssen.

Die Erschöpfung des Vortages hielt mich fest im Griff und hatte durch Schlafmangel und Gedankenschleifen einen prächtigen Nährboden gefunden.

Ich bekam gar nicht mit, dass der Professor seinen Vortrag beendete, erst die Unruhe und Schritte um mich herum, erregten meine Aufmerksamkeit und ich blickte auf.

Die Studenten verließen quatschend und unbekümmert den Saal. Ein Zustand, zu dem ich gefühlt nie wieder würde zurückkehren können. Als gäbe es seit Neuestem eine unsichtbare Mauer zwischen mir und ihnen.

Es liegt nur an dir, sagte meine innere Stimme und ich wusste, dass es stimmte. Nicht die anderen hatten sich verändert, sondern ich.

Ich erhob mich und mischte mich in das bunte Treiben auf den Gängen der Universität. Dies war die Fakultät für Informatik und Elektrotechnik. Je nach Studiengang besuchte man ein anderes Gebäude der Leibniz Universität, was bedeutete, dass ich außer Ben keinem aus meiner Arbeitsgruppe hier über den Weg laufen würde. Ein spontanes Treffen am Campus war damit nahezu ausgeschlossen.

Blieben nur unsere Verabredungen für die Arbeit an dem Projekt. Aber wie es damit nun weitergehen würde, wusste ich nicht. Leandra hatte uns zusammengehalten und angetrieben und sie hatte gerade ihren Vater verloren.

Vielleicht sollte ich erst mal warten, ihr ein wenig Zeit geben und dann einmal vorsichtig in unserer WhatsApp-Gruppe nachfragen, wie wir weitermachen wollten. Die Deadline für unser Projekt blieb unverändert, also wäre das wohl durchaus legitim.

Der Rest der Woche verlief erstaunlich ereignislos, abgesehen davon, dass der Tod von Leandras Vater in den Nachrichten abgehandelt wurde, und meine Mutter mir schrieb, dass sie nächsten Montag mit mir Pizza essen und einen Film schauen wollte. Auf Letzteres freute ich mich sogar ein wenig, es klang nach einem gewöhnlichen und entspannten Abend.

Um mich abzulenken, werkelte ich ein wenig an dem KI-Programm und Amy und ich schrieben ein paar Nachrichten hin und her. Wir verabredeten uns für Samstag, um in der Bibliothek nach einem alten Familienregister der Walds oder Finkens zu suchen.

Ich war gerade auf dem Weg dorthin, saß im Zug und betrachtete meinen Handybildschirm. Die Bäume flogen in einem Rausch aus Grün an mir vorbei, manchmal abgelöst von Beton und Stein einer städtischen Kulisse.

Ein wenig Normalität in dem Chaos, zu dem mein Leben geworden war. Ich genoss die typischen Geräusche, die mich umgaben. Die teils quatschenden Menschen um mich herum hätten mich üblicherweise vielleicht genervt, aber in diesem Moment gaben sie mir ein Gefühl von Sicherheit. Vieles hatte sich verändert, aber die Welt drehte sich weiter, war noch immer der Ort, den ich kannte.

Als ich in Hannover ankam, verließ ich den Zug und betrat den überfüllten, aber sauberen Bahnhof. Breite Treppen führten auf beiden Seiten in die großzügige, von Geschäften gesäumte Bahnhofshalle.

Anzeigetafeln kündeten von abfahrenden oder verspäteten Zügen und Pendler drängten sich auf der Suche nach Essen oder Shopping-Möglichkeiten.

Ich war den Trubel gewohnt und navigierte mich gezielt durch die Menschen. Die Unterführung, die bis zum sogenannten »Kröpcke« – dem Dreh- und Angelpunkt der U- und Stadtbahnen in Hannover – führte, war weniger überlaufen, wodurch ich etwas Zeit sparte.

Etwa 15 Minuten später hatte ich die Gottfried Wilhelm Leibniz Bibliothek erreicht.

Ein modernes Gebäude mit Flachdach und Glasfronten. Ich sah Amy bereits in der Nähe des Eingangs stehen, sie winkte mir zu, als ich auf sie zuging. Sie zu sehen, machte mich immer glücklich, ungeachtet der bescheidenen Situation.

»Hi«, sagte ich und sie erwiderte den Gruß.

Ein wenig unbeholfen standen wir voreinander, ich würde sie gern umarmen, aber war mir unsicher, ob das angemessen wäre. Daher hob ich etwas plump meine linke Hand und ließ sie dann wieder sinken. Was ich damit ausdrücken wollte, war mir selbst nicht ganz klar.

Amy lächelte. Die Stimmung zwischen uns war anders, wir waren uns emotional nähergekommen, aber ich war nicht sicher, ob sie sich ebenso wie ich mehr als Freundschaft wünschte. Ich wollte die zarten Bande zwischen uns nicht durch eine unbedachte Handlung zerstören.

»Bereit?«, fragte sie.

Ich nickte und wir betraten die Bibliothek. Wir zogen uns in dieselbe Nische, die hinter den zwei großen Regalen verborgen lag, zurück wie letztes Mal.

Amy fuhr den dort befindlichen, allgemein zugänglichen Rechner hoch, navigierte sich durch einen Baum aus verschiedenen Themen, fand den Zweig »Familienregister« und tippte den Namen »Finken« ein.

Kein Ergebnis, auch »Wald« ergab nichts.

»Versucht es einmal mit Finkenwald«, erklang eine weibliche Stimme hinter uns. Erschrocken zuckten wir zusammen.

Ich wandte mich nahezu gleichzeitig mit Amy um und erkannte meine alte Schulfreundin Franzi. Die schulterlangen dunkelblonden Haare hatte sie heute zu einem Zopf gebunden. Ihre blassblauen Augen fixierten

Amy abschätzend. Ben hatte etwas davon gesagt, dass sie sich für mich interessierte, vielleicht gefiel es ihr nicht, mich mit einer anderen Frau hier zu sehen.

»Wenn du dich so anschleichst, könnte das tödlich enden«, ließ ich sie wissen, woraufhin sie kicherte. Franzi lachte oft, obwohl ich meine Witze selbst nicht sonderlich witzig fand.

»Kennt ihr euch?«, fragte Amy.

Ich nickte und Franzi stellte sich vor: »Ich bin Franziska, aber nenn mich ruhig Franzi. Josh und ich waren, vor seinem Studium, auf derselben Schule.«

»Freut mich, ich bin Amy«, entgegnete Amy.

Die beiden lächelten sich an, aber ich hatte das Gefühl, es herrschte eine etwas angespannte Stimmung. Wenn Amy eifersüchtig wäre, würde mich das durchaus freuen, denn dann wüsste ich, dass auch sie Gefühle für mich hätte. Aber ich war ziemlich schlecht darin, so etwas zu erkennen.

Franzi deutete auf den Computer.

»Ich habe euch hier in die Ecke schleichen sehen und bin euch frecherweise gefolgt«, sagte sie und zwinkerte. »Ich habe gesehen, dass ihr nach einem Familienregister sucht. Die Familie Wald hat eine lange Tradition und reicht bis weit über das 16. Jahrhundert hinaus ins Altertum zurück. Aber damals hießen sie noch Finkenwald«, erklärte sie mit einem gewissen Stolz in ihrer Stimme.

»Wow! Woher weißt du so viel darüber?«, ereiferte sich Amy.

Ich schmunzelte ob der ehrlichen Begeisterung, von der ihre gesamte Haltung und die funkelnden Augen zeugten.

»Ich mache hier meine Ausbildung und erst vor Kurzem war jemand hier, der das Gleiche gesucht hat«, erklärte sie.

Amy warf mir einen Blick zu und auch mir kam der Gedanke, dass das kein Zufall sein konnte.

»Erinnerst du dich an die Person oder kennst sogar ihren Namen?«, fragte ich.

Franzi sah mich irritiert an. »Woah, das ist dir sehr ernst, oder?«, fragte sie.

»Es ist sozusagen todernst«, entgegnete Amy.

Franzi prustete los. »Ich will ja helfen, aber Josh, du weißt wie schlecht mein Gesichter-Gedächtnis ist. Wenn ich schätzen müsste, würde ich sagen, er war ein Student, wie ihr. Recht charismatisch. Seinen Namen hat er nicht genannt, er hat nichts ausgeliehen, nur das Familienregister durchgesehen«, meinte sie.

Das half uns so gut wie gar nicht weiter. Mal abgesehen von dem Hinweis, dass es ein Mann gewesen war. Aber theoretisch könnte es auch ein Ermittler sein, der zu demselben Schluss gekommen war wie wir, dass die Familie Finken und Wald im Visier des Killers waren. Nur weil jemand nach dem Familienregister suchte, musste derjenige nicht der Killer sein, aber es war eine Möglichkeit. Falls auch er nicht wusste, wer alles Teil des Familienstammbaums war, könnte er die gleiche Idee gehabt haben wie wir.

»Haarfarbe? Augenfarbe? Besonderheiten?«, sprudelte es aus Amy heraus, doch Franzi schüttelte den Kopf.

»Besonderheiten ... Mmh ... Er war recht schick angezogen, aber ... Wir haben hier jeden Tag so viele Kunden, ich hab mich an seine Nachfrage erinnert, weil die Geschichte der Finkenwalds ausgesprochen spannend war, aber ansonsten ... Puh ... Ihr stellt echt Fragen, wozu soll das wichtig sein?«, fragte sie.

Ich zuckte mit den Schultern. »Alles gut, du hast uns mit dem Familienregister schon weitergeholfen.«

»Irgendetwas heckt ihr doch aus?«, hakte Franzi nach.

Amy war geistesgegenwärtig genug, die ultimative Ausrede zu nennen. »Es ist nur ein Studienprojekt. Wir waren besorgt, dass jemand das gleiche Thema wählt wie wir«, sagte sie.

Franzi strahlte regelrecht. »Ah, ihr arbeitet zusammen, klasse«, sagte sie. »Wartet kurz hier, ich hole euch alles, was ihr braucht.«

Sie huschte davon und kam nach einer Weile mit einem Stapel alter Dokumente zurück. Behutsam legte sie sie auf dem Tisch ab.

»Geht ja sorgfältig damit um, sonst tötet meine Chefin mich«, sagte sie im Flüsterton.

»So schlimm?«, fragte ich.

Franzi kam uns näher, bevor sie noch leiser fortfuhr: »Sie ist wunderschön und sieht echt jung aus. Aber Mann, ist die furchteinflößend.«

»Warum?«, wollte Amy wissen.

Franzi blickte sich um, so als wollte sie sichergehen, dass niemand lauschte. »Schwer in Worte zu fassen, es ist ihre Aura. Sie wirkt kalt. Und manchmal, wenn ich in ihr Büro komme, murmelt sie vor sich hin oder streichelt einen schwarzen Mantel. Ich meine, wer macht so was?«

Sie zuckte mit den Schultern. »Aber sie weiß ungemein viel. Und sie ist fair. Falls ihr nicht findet, was ihr sucht, kommt noch mal zu mir, dann bringe ich euch zu ihr. Sie kann euch sicher helfen.«

FINKENWALD

Josh

Vergilbte alte Dokumente, handgeschriebene Seiten, unbekannte Symbole und komplexe Pentagramme. Zu allem Überfluss auch noch in Latein.

»Kannst du etwas davon lesen?«, fragte ich Amy.

Sie schüttelte den Kopf. »Latein ist nicht Teil meines Studiums. Es wäre ein Wahlkurs gewesen, aber ich dachte nicht, dass ich es brauchen würde. Da ich Deutschlehrerin werden will.«

»Oh, du willst mal unterrichten?«, fragte ich.

Sie strahlte. »Vielleicht kann ich so ein paar Schüler fürs Lesen begeistern.«

»Deine Begeisterung ist auf jeden Fall ansteckend«, entgegnete ich ehrlich und ihr Lächeln vertiefte sich noch.

»Das will ich doch hoffen«, meinte sie. »Ah … hier!«, rief sie und deutete auf einen Ordner, der etwas neuer aussah. »Eine deutsche Übersetzung des Stammbaums!«

»Perfekt!«, sagte ich und rutschte näher zu ihr heran, um ebenfalls den Inhalt des Ordners erkennen zu können.

Es war nicht so schön und kunstvoll wie der originale lateinische Stammbaum, der tatsächlich eine Abbildung von Ästen und Zweigen nutzte, um die Familienbande darzustellen, aber die simple Liste war für unsere Zwecke nützlicher.

Franzi hatte recht, die Familie reichte weit ins Altertum zurück.

Amy biss auf ihre Unterlippe und sah mich an. »Sollen wir vielleicht zunächst alle Nachrichtenberichte der letzten Monate checken, um einen Überblick über die Opfer des Blutlinien-Killers zu bekommen? Dann können wir vielleicht Namen oder Familienlinien wiederfinden«, meinte sie.

»Gute Idee«, lobte ich sie, woraufhin sie den Kopf anhob.

Für diese Recherche nutzten wir unsere Smartphones. Das war einfacher und handlicher. Amy hatte einen Notizblock dabei, in dem sie unsere Ergebnisse festhielt.

Nach etwa einer Stunde hatten wir eine Liste zusammengestellt. Wir hatten die bekannten Opfer in der Reihenfolge ihres Todes aufgeschrieben:

Mauritius Eberhard Finken → Bruder des Bürgermeisters,
ebenfalls Politiker

Mirabell Levis → Ärztin (Verbindung zu den Walds,
Finkens?)

Maxwell Livingston → Staatsanwalt (Verbindung zu den Walds, Finkens?)

Mira Liselotte Finken → Schwester des Bürgermeisters -> Inhaberin einer Fast-Food-Kette

Ferdinand Max Finken → Ehemann von Mira -> Teilhaber des Gewerbes seiner Frau

Emily Mira Finken → Die Tochter der beiden

Henry Eberhard Finken → Der Bürgermeister

Marie Julietta Finken → Frau des Bürgermeisters

Maxim Henry Finken → Sohn des Bürgermeisters

Marianne Marie Finken → Tochter des Bürgermeisters

Nicole Londres → Reporterin (Verbindung zu den Walds, Finkens?)

Maximilian Wald → Leandras Vater, Staatsanwalt

»Der Mörder ist systematisch vorgegangen«, stellte Amy fest. »Erst hat er sich die Familienzweige der Familie Finken vorgenommen. Nur Mirabell und Maxwell passen nicht ins Bild«, ergänzte sie.

»Vielleicht hatten sie durch Heirat andere Namen, aber mein Vater sagte, dass die Familie Finken ihr Blut reingehalten hat. Was auch immer das genau heißen soll«, warf ich ein.

»Der Polizei muss die Fokussierung auf bestimmte

Familienzweige auch aufgefallen sein, vermutlich wurde es nur nicht publik gemacht«, mutmaßte Amy.

Bei so vielen Opfern aus derselben Familie, mussten die Beamten eine Verbindung herstellen. Dennoch passte auch die Annahme, dass es vorwiegend darum ginge, reiche, einflussreiche Menschen zu töten. Sie alle hatten Geld oder Einfluss besessen.

»Wir sollten im Stammbaum gezielt nach den Namen Levis, Livingston und Londres suchen. Vielleicht entdecken wir eine Verbindung«, schlug Amy vor.

Ich nickte ihr zu.

Sie blätterte in der Übersetzung vorwärts, bis zu den neuesten Einträgen. Irgendwann im Jahr 1951 kam es zur Spaltung in die Familienzweige Wald und Finken. Aber leider endete die Liste im Jahr 1978.

»Schau mal!«, rief Amy aus und tippte mit ihrem Finger auf die letzten zwei Einträge für die Familie Wald.

Miriam Wald-Londres
Ferdinand Londres

»Also stammt Nicole Londres von den Walds ab, das ist doch schon mal etwas«, freute ich mich.

Amy strahlte und nickte. Doch ihr Gesicht wurde schnell wieder ernst. Sie seufzte. »Mehr gibt es aber leider nicht. Das hatte ich befürchtet. Alles Weitere findet man wohl nur in den Familienbüchern beim Standesamt.«

»Na ja, aber vermutlich können wir davon ausgehen, dass der Killer glaubt, alle Finkens ausgelöscht zu haben. Denn mit Leandras Vater und Nicole hat er sich den Familienzweigen der Walds zugewandt. Wir sind also trotzdem einen Schritt weiter«, ermutigte ich Amy.

»Das stimmt, nur das in Wahrheit du der Letzte aus der Familie Finken bist«, sagte sie mit belegter Stimme.

Ich schluckte und räusperte mich. »Aber das weiß der Täter nicht«, gab ich zu bedenken.

»Das ist unser Vorteil«, sagte Amy.

Erneut wandte sie sich dem Stammbaum zu. So als hoffte sie, irgendetwas zu finden, das uns helfen würde, blätterte sie weiter und tatsächlich gab es noch eine Extraseite mit Text. Offenbar handelte es sich um Notizen von dem Übersetzer oder der Übersetzerin. Eifrig begannen wir, zu lesen.

Der Stammbaum ist außergewöhnlich und reicht viele Jahrhunderte zurück. Zudem wurde er erstaunlich gut gepflegt. Einige Zweige wurden komplett durchgestrichen, wegen Tod?

Es gibt zusätzliche Schriften von einem Merlin Peter Finkenwald, die leider nicht gut erhalten sind.

Er schreibt über die Ursprünge der Magie. Blut (Vielleicht das Blut seiner Familie?) scheint eine wichtige Rolle zu spielen.

Mehr gab es nicht. Leider.

»Mmh, das meinte Franzi wohl mit ›interessant‹«, mutmaßte Amy.

Ich nickte. Trotzdem half uns das nicht weiter. Wir mussten wissen, wer aus diesen Familienzweigen heute noch lebte.

Amy sah mich nachdenklich an. »Dieser Merlin hat über Magie geschrieben. Meinst du, das hat etwas mit deiner Gabe zu tun?«

Ich zuckte mit den Schultern. »Vielleicht, aber ich würde eher von einem Fluch als von Magie sprechen.«

»Du siehst das zu negativ«, bestimmte sie.

»Das kannst du nur sagen, weil du diese Visionen nicht selbst erlebst«, entgegnete ich.

»Das ist wahr, ich weiß nicht, wie es sich anfühlt«, lenkte sie ein.

Wir sahen uns an, beide unschlüssig, wie wir nun weitermachen sollten.

»Wünscht der Herr eine Audienz bei der unheimlichen Bibliotheksleiterin?«, fragte Amy.

Ich lachte auf. »Das kam unerwartet, du hast es heute lange ausgehalten, normal zu reden.«

»Ich habe mich zusammengerissen. Nicht dass du mich noch für verrückt hältst.«

»Zu spät«, neckte ich sie.

»Hey!«, schimpfte sie, doch sie sah glücklich aus.

Ich wünschte, es wäre immer alles so unbeschwert. Nichts wollte ich mehr, als die Zeit mit Amy zu genießen, ohne den Schatten des Blutlinien-Killers, der wie eine dunkle Drohung über uns schwebte.

»Du siehst besorgt aus«, sagte sie.

»Alles gut, wäre nur schön, wenn wir keine so lebensbedrohlichen Sorgen hätten«, entgegnete ich.

»Aber wenn alles anders wäre, wären wir vielleicht nie ins Gespräch gekommen«, meinte sie.

Ich hielt inne und suchte in Amys Augen nach der Intention hinter ihren Worten. Meinte sie das auf freundschaftlicher Basis oder steckte mehr dahinter? Wann wäre der richtige Zeitpunkt, das herauszufinden?

Eine leichte Röte breitete sich auf ihren Wangen aus. »Klar, ich habe auch Angst, aber insgesamt habe ich in der letzten Zeit viel Spaß«, gab sie zu.

»Du bist momentan mein Licht in der Dunkelheit«, sagte ich, ohne groß darüber nachzudenken.

Amys Röte vertiefte sich, sie öffnete den Mund, doch schloss ihn unverrichteter Dinge wieder.

Vielleicht sollte ich es einfach wagen.

»Wenn all das vorbei ist, wenn wir in Sicherheit sind und der Killer gefasst, hättest du dann vielleicht Lust auf ein ganz normales Date?«, fragte ich.

Amy machte eine Art japsendes Geräusch, ich sah, wie ihre Finger sich verkrampften.

»Nur um sicher zu gehen, der Herr spricht von einem ›richtigen‹ Date, oder? Also …«, begann sie.

Ich griff nach ihrer Hand, die sich unter meiner Berührung entspannte, und sah ihr fest in die Augen. »Ja, von einem romantischen Date.«

Sie wandte den Blick ab, aber murmelte: »In Ordnung.«

»Ehrlich?«, hakte ich nach.

Amy entwand sich meinem Griff, sah mich wieder an und schimpfte: »Zwing mich nicht, das noch mal zu sagen.«

Ich lächelte. »In Ordnung.« Es fühlte sich schön an, ihre Worte zu nutzen.

Innerlich explodierte ich fast vor Freude, doch ich versuchte, den Hauch einer coolen Fassade zu wahren. Obwohl mir das bei Amy selten gelang, irgendwie schaffte sie es immer, die Wahrheit aus mir hervorzulocken. Normalerweise war ich verschlossener und konnte meine Gefühle nicht gut zeigen. Sie war wohl so was wie meine Achillesferse.

Wir sahen uns an, ich fragte mich, ob auch sie Erleichterung fühlte. Andererseits war mir nicht klar, wie ich mich ab jetzt verhalten sollte.

Amy schmunzelte. »Wir sollten fleißig sein, damit wir den Killer schnell fassen.«

Meine Aufregung stieg. »So motiviert war ich noch nie«, ließ ich sie wissen, erhob mich und streckte ihr die linke Hand entgegen. »Wollen wir uns also der düsteren Herrscherin der Bibliothek stellen?«

»Dir, mein Herr, folge ich nahezu überallhin«, sagte Amy.

»Nahezu?«, hakte ich gespielt entrüstet nach.

Sie ergriff meine Hand und ließ sich aus dem Stuhl ziehen, wir standen dicht voreinander und sie tippte mir auf die Brust.

»Der Herr kann sich mehr verdienen, aber bisher bleibt es bei ›nahezu‹«, belehrte sie mich.

»Ich werde mich anstrengen«, entgegnete ich schmunzelnd.

Gemeinsam durchstreiften wir die Regale auf der Suche nach Franzi. Sie könnte uns sicher zu ihrer Chefin bringen. Die Wahrscheinlichkeit, weitere Informationen zu bekommen, war wohl gering, aber wir hatten leider nicht allzu viele Anhaltspunkte.

Meine Gedanken waren mehr bei Amy als bei dem dringlichen Problem, das uns hierhergeführt hatte. Sie mochte mich auch. Sonst hätte sie einem Date kaum zugestimmt. Mein Herz schwoll in meiner Brust an. Der Gedanke an ein Date mit Amy erfüllte mich mit Freude, die alles andere in den Hintergrund drängte. Es war schön. Endlich etwas Positives.

Amy blieb stehen und deutete auf eines der Regale. Franzi sortierte Bücher ein und winkte uns zu, als sie uns erblickte.

»Habt ihr gefunden, was ihr gesucht habt?«, fragte sie.

Ich zuckte mit den Schultern. »Leider nicht wirklich. Meinst du, wir könnten mit deiner Chefin sprechen?«

»Bestimmt, kommt mit.«

Sie führte uns durch verschiedene Regalreihen und schließlich einen Gang mit vielen Glastüren entlang, hinter denen kleine Arbeitsräume lagen.

Vor einer massiven Tür hielt sie inne und klopfte an. Ein gedämpftes »Herein« ertönte von der anderen Seite.

Franzi bedeutete uns, kurz zu warten, und öffnete dann die Tür. Nach einem kurzen Austausch zwischen ihr und ihrer Chefin kam sie wieder heraus.

»Sie empfängt euch, viel Glück«, sagte sie mit einem Zwinkern und ging davon.

Nach einem Blickwechsel betraten Amy und ich den Raum. Die Decke war hoch, wie in der ganzen Bibliothek. Das Zimmer war voller Regale mit weiteren Büchern, die offenbar nicht Teil der Bibliotheksausstellung waren. Vor einem großen Echtholz-Schreibtisch stand eine wunderschöne Frau. Sie glich den Abbildern von Modeln aus den Hochglanzmagazinen, die meine Mum gern las.

Sie hatte feine, ebenmäßige Gesichtszüge, hellgrüne Augen und blondes Haar, das zu einem lockigen Pferdeschwanz zusammengebunden war. Ich würde sie nicht älter als zwanzig schätzen.

Ihr Blick war durchdringend und ihre Haltung aufrecht.

Sie zog die Brauen hoch.

Ich glaube, ich hatte mit einer Begrüßung gerechnet, mit irgendeiner Art von Aufforderung, aber sie schwieg.

»Wir suchen Informationen über die Finkenwalds«, hörte ich Amy neben mir sagen.

»Drück dich bitte klarer aus, wonach sucht ihr?«, verlangte die blonde Frau mit emotionsloser Stimme.

»Wir wollen herausfinden, welche Nachfahren dieser Familie heute noch leben«, spezifizierte ich.

Sie schüttelte den Kopf. »Das interessiert mich nicht. Dementsprechend weiß ich nichts darüber.«

»Dann …«, begann ich, bereit, mich zu verabschieden, doch Amy unterbrach mich. »Und was ist mit Merlin Peter Finkenwald, wissen Sie etwas über ihn, Frau …?«

»Frau Doran, zumindest im Moment«, sagte sie. Etwas Merkwürdiges schwang in ihrer Stimme mit.

Sie kam auf uns zu, ihre Bewegungen waren geschmeidig, aber auf eine unheimliche Art. Ein seltsames Gefühl befiel mich, eine Angst, die keine rationale Ursache hatte. Ich wollte hier weg.

»Ja, du trägst es in dir, nicht wahr? Das Blut der Finkenwalds, einen Hauch von Magie«, sagte sie.

Ich zuckte zurück, für einen winzigen Augenblick glaubte ich, die Frau vor mir wäre in Blut getränkt. Es lief ihre Haare hinab, in ihre Augen und ihren Mund, und sie grinste bösartig.

»Merlin war ein Träumer, ein Idealist. Er suchte Wissen, das Menschen nicht zustand. Nicht nur er, sondern seine ganze Familie. Ihr Vermächtnis reicht offenbar weit.«

Sie kam direkt vor uns zum Stehen.

»Hast du eine Gabe? Etwas, das nur dir möglich ist?«, fragte sie.

Ich verkrampfte mich.

»Offenbar ja. Dann genieße es. Vertraue deinem Gefühl, es ist der Schlüssel zur Kontrolle«, erklärte sie, doch ich fühlte mich verängstigt. Diese Frau war gefährlich, jede Faser meines Körpers warnte mich vor ihr, mahnte mich, davonzulaufen. »Unheimlich« hatte Franzi gesagt, aber dieses Wort fühlte sich zu schwach an.

Sie wedelte mit der Hand. »Geh, mehr habe ich nicht für dich.«

Das ließ ich mir nicht zweimal sagen, ich ergriff Amys Hand und zog sie hinter mir her. Im Gang stoppte sie mich und sah mich irritiert an.

»Was ist los?«, fragte sie.

»Sie ist gefährlich«, sagte ich.

»Gefährlich? Sie hat uns doch nur gesagt, dass sie nicht weiterhelfen kann«, meinte Amy.

»Was?«, fragte ich. Ein eisiges Gefühl befiel mich, war diese unheimliche und seltsame Unterhaltung nur meinem Geist entsprungen?

»Sie …«, begann ich hilflos.

»Hattest du eine Art Vision?«, fragte Amy.

Ich zuckte mit den Schultern. »Keine Ahnung, vielleicht bin ich einfach erschöpft.«

Frau Doran war nicht tot, wieso sah und hörte ich schon wieder Dinge, die gar nicht passierten? Endlich hatte ich geglaubt, meine Lage ein wenig zu verstehen, da geschah schon wieder Abstruses und Gruseliges.

Ich wollte hier weg und am besten nie wieder zurückkommen.

Die Totenwelt

Josh

Ich stand vor der Tür, die Hand auf der Klinke, und doch bewegte ich mich nicht. Es war Sonntag, ich hatte die Spätschicht in der Eisdiele hinter mich gebracht und die Kasse gezählt, aber nun verfolgte ich eine wahnwitzige Idee, geboren aus einem Gespräch, das vermutlich nur in meinem Kopf stattgefunden hatte.

Vertraue deinem Gefühl, es ist der Schlüssel zur Kontrolle.

Die Worte einer Frau, die ich für gefährlich hielt, und doch waren sie der einzige Anhaltspunkt, wie ich lernen könnte, meine Gabe gezielter einzusetzen. Ich wollte den Killer finden und endlich allem ein Ende setzen.

Deine Fähigkeit wird auch dann nicht verschwinden, durchfuhr es mich. Der Gedanke ließ mich erschaudern. Ebenso wie das Gefühl, das mich befiel, wenn ich überlegte, was ich vorhatte.

Meine allererste Vision hatte ich hier gehabt, in dem kleinen Badezimmer, vor dem ich nun stand.

Ich atmete tief durch und drückte endlich die Klinke hinab. Der Stahl war kühl an meinen Fingern und beim Öffnen strömte mir der typische Zitrusfruchtgeruch öffentlicher Toiletten entgegen.

Es gab nur eine Toilette, ein Waschbecken und einen Spiegel, alles ziemlich beengt. Aber immerhin hatten wir hier eine eigene Mitarbeitertoilette, besser als nichts.

Seit der Vision hatte ich den kleinen Raum gemieden und lieber alles zurückgehalten, bis ich wieder zu Hause war. Heute wollte ich ganz im Gegenteil versuchen, das tote Mädchen bewusst zu kontaktieren.

»Tja … Aber wie macht man das?«, murmelte ich.

Mein Blick heftete sich auf den Spiegel, das Mädchen hatte eine Scherbe benutzt, um sich selbst ein Ende zu bereiten.

Ich stellte mich vor das Waschbecken. Meine eigenen, mit tiefen Schatten untermalten, grün-braunen Augen starrten mich angsterfüllt an. Mein Haar war verwuschelt und insgesamt sah Entschlossenheit sicher anders aus. Trotzdem gab es kein Zurück.

Wie auch auf dem Friedhof, am Grab meines Vaters, ließ ich mich von meiner Intuition leiten. Ich legte meine Handfläche auf das Glas und fror im selben Moment ein.

Kälte erfasste mich mit ungeahnter Wucht. Mein Spiegelbild war verschwunden, stattdessen sah ich das Mädchen von damals.

Ihre kalten Finger umfassten meine Hand. Sie sah mich an, doch diesmal schien sie mich anders als beim ersten Mal wahrzunehmen.

»Du hast mich gefunden«, sagte sie. »Spielst du mit? Wir freuen uns über mehr Freunde!«

Eine Gänsehaut breitete sich über meinen gesamten Körper aus. Ich wollte weglaufen, mich abwenden, aber kein Muskel gehorchte mir.

Sie legte den Kopf schief, zerrte an meiner Hand und krabbelte aus dem Spiegel. Aus meiner Starre gelöst, taumelte ich panisch zurück und zog sie damit gänzlich auf die andere Seite.

Erst jetzt bemerkte ich, dass die Umgebung sich komplett verändert hatte. Ich stand nicht länger in einem Badezimmer, sondern in einer Art Kinderzimmer. Das Spielzeug war überdimensioniert, groß wie Riesen ragten Teddybären und andere Stofftiere um uns herum auf. Bei einigen weiter entfernten Exemplaren konnte ich tiefschwarze Augen und mit spitzen Zähnen gespickte Münder erkennen.

Ein riesiger Kopf fuhr herum und eine dunkle Stimme zischte: »Alles muss versteckt sein. Wir finden dich!«

Ich spürte, wie eine Hand auf meinen Mund gepresst wurde. Das Mädchen zog an mir und gemeinsam versteckten wir uns hinter einer Spielzeugkiste.

»Psst …«, machte sie, während sie mir noch immer den Mund zuhielt. »Eins, zwei, drei …«, summte sie leise vor sich hin, wieder und wieder.

Dann horchte sie auf und ließ von mir ab.

»Sie finden mich immer. Wir spielen den ganzen Tag, ohne Unterbrechung. Immer und immer wieder. So lange schon spielen wir.«

Sie begann, wie wild zu kichern, dann riss sie die Augen auf und starrte mich an. »Sie fangen mich, zerreißen mich, schauen in mein Inneres.«

Erneut legte sie mir einen Finger auf den Mund, obwohl sie die Einzige war, die Lärm machte. »Still, sonst verdirbst du den ganzen Spaß!«, schimpfte sie.

Ihr Wahn war beängstigend, fast verstörender als die surreale Umgebung. Jeder Atemzug schmerzte und auf meiner Zunge spürte ich den ätzenden Geschmack von Essig. Ich würgte.

Die ganze Atmosphäre war seltsam, jeder Atemzug brannte in meiner Lunge und ich wusste instinktiv, dass ich hier nicht hergehörte. Es war ihre Welt. Genauso wie damals bei meinem Vater. Eine bewusst von mir herbeigeführte Vision war anders als die willkürlichen Erscheinungen, die mir im Alltag widerfahren waren. In jenen Schreckensszenarien hatte ich die Momente kurz vor dem Tod der Person sehen können. Doch jetzt gerade war ich Teil ihrer Welt, ich war im Reich der Toten. Diese Erkenntnis kam aus dem tiefsten Inneren meines Wesens. Und irgendwie schenkte sie mir die Kraft, die Panik zu unterdrücken. Wenn ich mich treiben ließe und der Angst die Führung übergäbe, würde ich sterben, so viel begriff ich.

»Wer sind sie? Von was für einem Spiel redest du?«, fragte ich. Meine Stimme klang viel zu laut. Aber ich konnte reden, die eisige Kälte war weniger drückend. Franzis Chefin hatte recht, wenn ich meine Gefühle kontrollierte, konnte ich die Oberhand behalten.

»Meine Klassenkameradinnen. Sie kümmern sich um mich und spielen lustige Spiele mit mir. Manchmal sperren sie mich in den Schrank ein oder ziehen an meinen Haaren«, sagte sie kichernd.

Ihr Mund verzerrte sich zu einem irren Grinsen. »Sie lassen mich nie allein. Sie sind bei mir, für immer. In alle Ewigkeit spielen wir zusammen. Bis zum blutigen Finale!« Mit jedem Wort wurde ihre Stimme schriller und dadurch machte sie die Spielzeuge auf uns aufmerksam. Offenbar waren diese monströsen Bären Manifestationen ihrer früheren Peinigerinnen.

In Kombination mit meiner ersten Vision von ihr konnte ich mir in etwa zusammenreimen, was passiert war. Aber für weitere Gedanken blieb keine Zeit.

»Da bist du ja!« Ein riesiger Bär hatte sich direkt zu uns hinuntergebeugt. Er packte das Mädchen und warf es in seinen Schlund. Sie lachte wahnhaft, während sie fiel. Dann Stille.

Die Welt um mich herum begann, sich zu verlieren, die Konturen wurden unscharf, die Farben verschwammen, ähnlich einem Traumbild, das man verzweifelt versuchte festzuhalten, das mit wiederkehrendem Bewusstsein aber unausweichlich schwand.

Ich schloss die Augen und konzentrierte mich auf die Eisdiele.

Als ich die Lider wieder hob, sah ich das Badezimmer vor mir. Ich stand in der Tür und vor dem Spiegel war das Mädchen. Der Spiegel war zerbrochen, ohne zu zögern, rammte sie sich die Scherbe in den Hals.

»Immer wieder …«, nuschelte sie und stürzte nach vorn. Blut quoll aus ihrem Mund.

Sie berührte mich nicht, wie auch beim ersten Mal verschwand sie und mit ihr auch das Blut und die Scherben.

Mein Herz schlug wie verrückt und ich war schweißgebadet. Mein Kopf versuchte, zu verarbeiten, was ich gesehen hatte.

»Sie ist gefangen in einer Art Endlosschleife«, entkam es mir.

Von Mobberinnen in den Selbstmord getrieben, wurde sie nun selbst im Tod noch immer heimgesucht und war gezwungen, ihr Ende wieder und wieder zu durchleben. Und offenbar hatte sie durch die jahrelange Folter den Verstand verloren.

Geht es allen Verstorbenen so?, dachte ich.

Ich fühlte, wie sich die Haare an meinem Körper aufstellten.

Ich denke, du siehst die letzten Minuten von Verstorbenen, vielleicht nur von denjenigen, die sich selbst das Leben nahmen oder ermordet wurden, so scheint es bisher.

Das hatte Amy gesagt und so langsam begriff ich es. Selbstmord oder Mord, Seelen, die grausam und unverhofft aus dem Leben gerissen worden waren. Sie blieben hier hängen, in einer Art eigener Zwischenwelt. In ihrer persönlichen Hölle. Und offenbar konnte ich diese betreten.

ONKEL

Der Blutlinien-Killer

L ästig. Jemanden aus dem direkten Umfeld zu töten, war schwieriger, aufwendiger und mühseliger. Sein Onkel hatte viel Einfluss, er war Staatsanwalt und verteidigte den Abschaum der Gesellschaft.

Er grinste. »›Abschaum‹ sagen die dummen Schafe, doch eigentlich sind die Verbrecher die Mutigen, die sich gegen dieses vermaledeite System auflehnen.«

Die Arbeit seines Onkels brachte es mit sich, dass er nur selten zu Hause war. Noch dazu war er so gut wie nie allein. Seine Frau war ebenfalls immer da.

Sie war keine direkte Nachfahrin der Finkenwalds, sondern hatte eingeheiratet, ihr Tod wäre sinnlos, aber vermutlich notwendig. Dasselbe galt für die zwei Kinder der beiden. Denn diese dürften in der Erbfolge definitiv nicht vor ihm an der Reihe sein, immerhin war sein eigener Vater der Erstgeborene gewesen.

Trotzdem würde er die gesamte Familie auslöschen müssen.

Aber wäre er der einzige Überlebende, würde das Fragen aufwerfen und die Polizei auf den Plan rufen. Vielleicht käme er sogar in die Medien.

Seine Familie würde warten müssen, auch wenn er seinen Onkel am liebsten sofort erwürgen würde. Ein Paradebeispiel für einen reichen Bastard, der nur an sich selbst dachte. Nun, nicht dass er weniger egoistisch wäre.

»Gut oder böse. Wer entscheidet das? Ich folge meiner eigenen Moral«, sagte er, während er alte Familienalben durchblätterte, die er auf dem Dachboden gefunden hatte.

Er würde sein nächstes Opfer finden und töten, keine Frage.

MOTIV

Josh

Das Leid, welches das Mädchen durchleben musste, hatte mich tief getroffen und ließ mich nicht mehr los. Während ich auf dem Bahnhof auf den Zug wartete, fragte ich mich, ob mir ein ähnliches Schicksal bevorstand.

Ganz langsam begann ich, zu akzeptieren, dass ich wirklich eine Fähigkeit erlangt hatte. Das alles, was ich in der letzten Zeit gesehen hatte, *real* war.

Und ich begriff, was das bedeutete. Nach dem Tod wartete etwas und es war grausamer als ich es je vermutet hätte. Die Opfer des Blutlinien-Killers und so viele andere Seelen hingen in Schleifen fest, die sie das Leid ihres Endes wieder und wieder durchleben ließen, bis sie schließlich wahnsinnig wurden.

Ich rieb mir die Schläfen und zuckte heftig zusammen, als etwas meine Schulter berührte.

»Wo bist du mit deinen Gedanken? Hast du die Nacht durchgefeiert?«, hörte ich Bens Stimme.

Ich blickte zu ihm auf. Er wusste nichts von dem, was in meinem Leben gerade passierte. Wir kannten uns schon seit Jahren, trotzdem hatte ich mich Amy anvertraut und nicht ihm.

Ben und ich redeten meist nur über lockere Themen, unsere Freundschaft hatte nie den Sprung zu einer tieferen Verbindung geschafft, woran das lag, konnte ich nicht sagen. Vermutlich an mir, ich war recht verschlossen. Dass ich mich Amy gegenüber so öffnen konnte, verwunderte mich selbst.

»Ist alles viel im Moment«, antwortete ich vage.

»Die Sache mit Leandras Vater, oder? Ja, war schon heftig mit der Polizei und allem«, antwortete mein Freund.

»Hast du mitbekommen, dass sogar noch eine Leiche gefunden wurde? Eine Frau, wieder aus einer reichen Familie«, sagte Ben.

»Noch jemand?«, entkam es mir.

»Kam in den Nachrichten«, antwortete Ben.

Der Zug fuhr ein und unterbrach uns, wir setzten uns in eine Zweier-Reihe, ich ans Fenster, Ben an den Gang.

Ich fühlte mich leer und verwirrt. Noch eine Tote. So viele Menschen starben und ich hatte keine Spur. Keine Idee. Dabei kam nur ein so kleiner Kreis an Verdächtigen infrage. Amy und ich brauchten mehr Informationen.

»Was glaubst du, ist das Motiv des Mörders?«, fragte ich Ben. Natürlich hatte ich durch meine Visionen eine genaue Idee vom Motiv des Mörders, aber mich interessierte die Sichtweise von jemandem, der nichts von meiner Gabe wusste.

Er zuckte mit den Schultern.

Das zweite Mal an diesem Morgen schrak ich heftig zusammen, als sich plötzlich jemand aus der Reihe vor uns umdrehte und anstelle meines Freundes antwortete: »Ziemlich offensichtlich, oder?«

Es war Tom. Mir war gar nicht bewusst gewesen, dass er auch in Celle wohnte, er war mir am Bahnhof nie begegnet oder zumindest nicht aufgefallen. Andererseits war er auch ruhig und hielt sich vermutlich eher abseits, so schätzte ich ihn nach unserer kurzen Bekanntschaft jedenfalls ein.

»Du wohnst auch in Celle?«, fragte Ben.

Tom verdrehte die Augen. »Da ich hier bin, ist auch das offensichtlich, oder nicht?«

»Hab dich hier nie gesehen«, meinte Ben.

»Man achtet eben nicht auf Leute, mit denen man nichts zu tun hat«, sagte Tom.

»Was ist das Motiv?«, hakte ich nach, bezugnehmend auf meine ursprüngliche Frage an Ben.

Tom zog die Brauen hoch, ich sah nur seine Arme, die auf die Lehne seiner Sitzreihe gestützt waren und seinen Kopf, doch vermutete, dass er auf seinem Sitz kniete.

»Er nimmt nur reiche, einflussreiche Menschen ins Visier. Den Bürgermeister, Leandras Vater, und in den Nachrichten habe ich gesehen, dass auch eine Reporterin getötet wurde. Und die ersten Opfer waren wohl auch Staatsanwälte, Ärzte und Ähnliches. Klar, erst der Tod des Bürgermeisters hat die Aufmerksamkeit aller auf den Blutlinien-Killer gelenkt, aber er war auch schon davor aktiv.«

»So viel wissen wir auch, Mann«, entgegnete Ben. Er wirkte ein bisschen genervt. Oder vielleicht auch einfach angespannt. Kein Wunder bei allem, was in der letzten

Zeit passiert war.

»Es geht ihm um soziale Gerechtigkeit, ist doch klar«, meinte Tom.

Ich schüttelte den Kopf. »Warum sollte er dann ganze Familien auslöschen? Die Frau des Bürgermeisters, sogar die Kinder.«

»Vermutlich Kollateralschäden«, mutmaßte Tom. »Ganz ehrlich, um solche eingebildeten Säcke wie Leandras Vater finde ich es echt nicht schade.«

Ich sah Tom ungläubig an, Ben blickte stumm auf den Sitz vor uns, vielleicht nachdenklich.

»Nicht schade, hm …«, wiederholte er.

»Nicht du auch noch«, sagte ich.

Ben sah mich an, sein Ausdruck war ernster, als ich ihn je gesehen hatte.

»Ganz ehrlich, eine Familie auszulöschen, ist verabscheuungswürdig. Sogar die Kinder, wie kann man das tun? Wir sollten alle füreinander einstehen, jeder sollte gleich viel wert sein.«

»Mit den anderen Morden wärst du also einverstanden?«, fragte Tom mit einem sarkastischen Unterton in der Stimme.

»Das habe ich nicht gesagt, nur das dein Motiv definitiv nicht für alle Morde zutreffend sein kann«, sagte Ben.

Ich nickte. »Sehe ich auch so.«

»Wie ihr meint«, sagte Tom und verschwand wieder hinter seiner Sitzlehne.

Eine Familie auszulöschen. Sogar Jugendliche, deren ganzes Leben noch vor ihnen gelegen hätte. Wäre irgendeiner meiner Kommilitonen dazu in der Lage? Bisher hatte ich nie so richtig darüber nachgedacht, primär betroffen hatte mich der Tod meines Erzeugers. Und ein winziger wütender Teil von mir hatte die Familie, für die mein Vater mich und meine Mutter im Stich gelassen hatte, stets gehasst. Aber sie konnten nichts dafür. Es war seine Entscheidung gewesen, der Betrug und auch der Umgang mit den Konsequenzen. Er hatte sich für seine Frau und für die gemeinsamen Kinder mit ihr entschieden und somit gegen mich und meine Mutter. Ob ihm das leichtgefallen war?

Ich seufzte. »Es muss jemand aus unserer Arbeitsgruppe sein, oder nicht?«, murmelte ich.

»Oder der Butler«, meinte Ben.

Ja, das waren die Fakten. Aber begreifen konnte ich das noch immer nicht. Oder vielleicht wollte ich es nicht akzeptieren.

Toms Aussagen waren wenig sensibel, aber würde der Killer so offen über diese Dinge sprechen? Wenn er seine Taten verbergen wollte, wäre das mehr als unklug. Immerhin hatte er zugegeben, dass er den Tod eines der Opfer wenig bedauernswert fand. Das würde der Schuldige doch nie tun, oder?

Mein Handy vibrierte in meiner Tasche und ich zog es hervor. Eine Nachricht im Gruppenchat zu unserer Studienarbeit. Leandra hatte geschrieben.

Glaubt nicht, dass ich unsere Gruppenarbeit schleifen lasse. Ich erwarte euch heute um 16 Uhr bei mir. Ausreden akzeptiere ich nicht.

»Freundlich wie eh und je«, murrte Ben.

»Die hat Nerven«, hörte ich Toms Stimme.

Ich hatte nicht damit gerechnet, dass sie nach dem Tod ihres Vaters so schnell zu alter Form zurückfinden würde. Aber im Prinzip war das gut, ich hätte ihr diese

Woche ohnehin geschrieben und gefragt, wie wir weitermachen wollten. Wenn sich alle bei ihr versammelten,
ergab sich bestimmt eine Gelegenheit für Gespräche und
eventuell könnte ich mich ins Arbeitszimmer ihres
Vaters schleichen und mithilfe einer Vision mehr
herausfinden.

WAHRHEIT ODER PFLICHT

Josh

»Setzt euch«, forderte Leandra in ihrem üblichen Befehlston.

Nach meiner Vorlesung hatte ich in der Stadt etwas gegessen, war dann zurück nach Celle gefahren und schließlich mit dem Fahrrad zu Leandras Haus aufgebrochen.

Es war wieder der Butler, Herr Morris, gewesen, der mich hereingelassen hatte. Und nun waren wir alle hier, sämtliche Studenten aus der Arbeitsgruppe waren erschienen, leisteten der unfreundlichen Bitte Folge und setzten sich auf die Stühle und die Couch im Salon.

Wir starrten Leandra an, die sich drastisch verändert hatte. Statt der schicken Blusen und Röcke, die sie vorher immer getragen hatte, trug sie ein langes T-Shirt und eine Jeans mit weiten Beinen und Löchern darin.

Ihre blonden langen Haare hatte sie bis auf wenige Millimeter abrasiert. Ein Nasen- und ein Lippenpiercing

134

rundeten den neuen Look ab.

Alle schwiegen, wahrscheinlich wusste keiner, was er sagen sollte. Als wir das letzte Mal hier gewesen waren, wurde Leandras Vater ermordet. Einer von uns war der Täter oder die Täterin. Wieso sollte Leandra uns erneut einladen? War die Studienarbeit für sie so wichtig oder verfolgte sie ein anderes Ziel?

Sie positionierte sich mittig vor uns allen und blickte von oben auf uns herab. Herr Morris stellte sich mit verschränkten Armen neben sie. Er war groß und breit gebaut, und allein dadurch ein wenig einschüchternd.

Ich hatte Schwierigkeiten, mich an ihre neue Erscheinung zu gewöhnen. Nach einem Verlust war eine drastische Veränderung nicht allzu ungewöhnlich, aber das war schon eine extreme Kehrtwende.

»Ich werde nicht um den heißen Brei herumreden«, begann Leandra. »Weder ich noch Herr Morris haben meinen Vater getötet, das weiß ich«, setzte sie nach.

»Also war es einer von euch. Und ich werde herausfinden wer«, sagte sie so entschlossen, dass der Killer die Worte wohl als Drohung auffassen könnte.

Ich schaute mich um, musterte die Gesichter der anderen. Amy sah mich an, sie zog ihre Augenbrauen hoch, vermutlich dachte sie genau das Gleiche wie ich.

Liam hatte seinen Zeichenblock sinken lassen und betrachtete Leandra aufmerksam.

Tom saß mit verschränkten Armen und finsterem Gesichtsausdruck auf der Couch.

Ben bemerkte meinen Blick und hob die Hände in einer irritierten Geste. Vermutlich wollte er damit sagen: *Was ist hier los, Kumpel!?* Als stumme Antwort zuckte ich mit den Schultern.

»Ich sage euch genau, wie das ablaufen wird, und ihr

hört besser aufmerksam zu«, verlangte sie.

Tom machte ein schnaubendes Geräusch. Liam schüttelte den Kopf. Leandra ließ sich davon jedoch nicht beeindrucken.

»Nachmittags arbeiten wir an der Gruppenarbeit. Denn die Deadline bleibt unverändert«, erklärte sie.

»Wie sollen wir uns bei all dem konzentrieren?«, murmelte Ben.

Liam nickte ihm zu.

»Ist mir völlig egal. Hauptsache, ihr kriegt euren Teil auf die Reihe«, meinte Leandra. »Oder ist euch das Studium egal?«

»Klingt nicht so, als hätten wir eine Wahl«, murrte Tom.

»Richtig, ich werde mich deutlich ausdrücken. Wenn ich euch hierher einlade, habt ihr zu erscheinen. Kommt jemand nicht, betrachte ich diese Person als schuldig«, stellte Leandra klar.

»Schön, und dann? In den Augen der Polizei ist das wohl kaum ein Beweis«, meinte Liam.

Herr Morris verließ plötzlich den Raum, was alle Anwesenden dazu brachte, sich gegenseitig fragende Blicke zuzuwerfen.

Als er wieder zurückkam, hatte er eine Pistole in der Hand.

»Was soll das denn?«, rief Ben.

»Ist das euer Ernst?«, entkam es Liam, der seinen Zeichenblock achtlos auf die Couch hatte fallen lassen.

Herr Morris nahm ein Magazin und lud die Waffe gekonnt. Ich hatte keine Ahnung von solchen Dingen, aber seine Bewegungen waren fließend und in keiner Weise zögerlich. Es war sicher nicht das erste Mal, dass er eine Pistole in der Hand hatte.

Er steckte die Waffe in einen Holster, den er anscheinend angelegt hatte, als er den Raum verlassen hatte.

»Ich habe jahrelang beim Militär als Aufklärer gearbeitet. Verhöre von Gefangenen waren mein Spezialgebiet. Glaubt nicht, ich würde zögern, meine *P8* zu nutzen. Und seid euch gewiss, es gibt Schlimmeres, als durch einen schnellen Schuss zu sterben.«

Ben sprang auf, woraufhin Herr Morris die Waffe aus dem Holster zog und auf ihn richtete.

»Setzen!«, forderte der ehemalige Aufklärer.

»Glaubt ihr, das ist gerecht?«, fragte Liam.

»Das geht zu weit«, murmelte Amy.

Bens Hände hatten sich fest verkrampft, seine Beine zitterten sichtlich, aber er setzte sich. Wer würde das nicht, wenn eine geladene Waffe auf einen gerichtet war. Ich beobachtete, wie er nervös in seiner Tasche kramte.

»Was machst du da?«, fuhr Herr Morris ihn an, die Waffe noch immer auf meinen Freund gerichtet.

Ben atmete hörbar schwer, Stress war bei ihm schon immer ein Auslöser für Asthmaanfälle gewesen.

»Ich brauche mein Spray«, brachte er keuchend hervor.

Der Butler nickte ihm zu.

Mein Freund fand seine Medizin und nahm gleich zwei Züge hintereinander. Seine Atmung beruhigte sich glücklicherweise rasch.

Leandra sprach, völlig gelassen und unbeeindruckt von dem Chaos. »Wir haben kein Problem mit Selbstjustiz, also könnt ihr euch denken, was demjenigen blüht, den wir für den Täter halten. Kooperiert und euch geschieht nichts.«

»Was hast du vor?«, fragte ich.

Leandra sah mich an, ihre Augen schimmerten und

waren rot umrandet, so als hätte sie die letzten Tage oft und viel geweint.

»Einer von euch ist der Mörder. Ich will demjenigen in die Augen sehen und hören, warum er es getan hat. Und dann ...« Sie stockte.

Herr Morris legte seine Hand auf ihre Schulter. »Du bist ihnen keine Erklärung schuldig.«

Leandra nickte. »Am Abend werden wir ein Spiel spielen. Simpel und einfach.«

Sie sah uns nacheinander an. »Wahrheit oder Pflicht. Lügen ist keine Option. Herr Morris erkennt Anzeichen für Lügen sofort. Er ist dafür ausgebildet worden.«

»Wahrheit oder Pflicht?!«, rief Tom. »Ist das hier alles ein schlechter Scherz?«

»Ich meine das todernst. Das Erbe meines Vaters gehört mir, ich habe die Mittel, um alles, was hier passiert, notfalls zu vertuschen und um euch fertigzumachen, falls ihr meint, hier einfach nicht wieder aufzutauchen, wäre eine Option. Die Polizei könnt ihr gerne verständigen, aber ich glaube kaum, dass irgendjemand von euch das Geld hat, um sich mit den besten Anwälten anzulegen. Offiziell arbeiten wir hier nur an der Gruppenarbeit, was auch immer ihr sonst erzählt, entspringt nur eurer kranken Fantasie.«

Ich sah Amy an, sie schob ihre Unterlippe vor, wie sie es oft tat, wenn sie nachdachte.

Alle waren entsetzt, verwirrt und durcheinander. Die geladene Waffe erzeugte Anspannung und Furcht, ebenso wie das Gefühl, Leandra und dem ehemaligen Soldaten ausgeliefert zu sein.

Ich war mir nicht sicher, was ich denken sollte. Den Killer ausfindig zu machen, war mein Ziel. Dieses Spiel von Leandra könnte eine gute Möglichkeit sein, mehr zu erfahren und unbequeme Fragen zu stellen.

Leider hatte ich selbst aber auch einiges zu verbergen. Wie sollte ich es schaffen, meine Visionen und meine Verwicklung in den Fall zu verschleiern und gleichzeitig die Informationen zu erlangen, die ich benötigte? Mal ganz abgesehen davon, dass Leandra und Herr Morris mich für den Schuldigen halten könnten, wenn sie merkten, dass ich viel zu viele Details kannte, die eigentlich niemandem bekannt sein dürften. Dieses vermeintlich harmlose Spiel könnte sich für mich um Leben und Tod drehen.

Bist du der Mörder?

Josh

W ie es zu erwarten gewesen war, fabrizierte niemand von uns etwas Produktives für die Studienarbeit. Alle waren angespannt und unruhig. Wir erwarteten voller Ungewissheit den Abend und Leandras Spiel.

Nach all ihren Drohungen hatte es niemand gewagt, sich zu verdrücken. Wir warteten wie Lämmer auf unsere Schlachtbank. Ein Spiel, in dem wir dem willkürlichen Urteil einer trauernden Tochter ausgeliefert sein würden.

»Sie ist verrückt«, beschwerte sich Tom, während er auf seinen Laptop starrte, ohne irgendetwas einzutippen oder zu suchen.

»Definitiv«, stimmte Ben zu.

Ich konnte nicht behaupten, dass sie unrecht hatten. Leandra hatte sämtliche Moral über Bord geworfen, um zu ermitteln, wer ihren Vater ermordet hatte.

Amy und ich saßen wieder ein Stück abseits neben dem Bücherregal in der kleinen Leseecke auf den Sitzsäcken. Sie hatte eine Weile schweigend auf ihren Laptop geschaut, aber nun blickte sie auf und tippte gegen meinen Arm.

»Alles gut?«, fragte ich.

Sie zuckte die Schultern und strich sich dann ihre Haare hinters Ohr.

»Wir können gerade nichts ändern, also versuche ich, ruhig zu bleiben«, entgegnete sie.

»So sehe ich das auch«, ließ ich sie wissen.

Ein leichtes Lächeln breitete sich auf ihrem Gesicht aus. Ich freute mich auf unser erstes Date. Allein schon deshalb musste ich das hier klug angehen. Den Killer zu entlarven, ohne mich selbst in ein verdächtiges Licht zu rücken, das war mein Ziel.

»Was bedeutet das Mario-Tattoo für dich?«, fragte Amy plötzlich und brachte mich damit ein wenig aus dem Konzept.

»Mario hüpft durch die Welt, besiegt Monster, rettet die Prinzessin und bei allem hat er stets ein Lächeln auf dem Gesicht. Egal ob unter ihm eine Stachelfalle oder der tiefe Ozean lauert, er zögert nicht. Er hat sogar Spaß dabei. Das hat mir immer imponiert, schon als Kind. Vielleicht muss ich deshalb immer lächeln, wenn ich das Tattoo ansehe. Es macht mich glücklich«, versuchte ich, zu beschreiben, welche Emotionen ich mit der Tinte unter meiner Haut verband.

Meine Mutter hielt es für kindisch, selbst Ben hatte die Augen verdreht, als ich ihm mein Tattoo zum ersten Mal gezeigt hatte, Amy jedoch strahlte.

»Jetzt bekomme ich glatt Lust, das Spiel auch mal auszuprobieren«, meinte sie.

Ich fasste mir an die Brust und tat, als würde ich zur Seite kippen. »Du kennst es nicht?«, entkam es mir.

Sie prustete und schüttelte den Kopf.

»Lass es uns zusammen spielen«, sagte sie.

»Unbedingt«, bestätigte ich.

Wir sahen uns an und ich fühlte wieder diese Verbundenheit, niemand außer Amy löste solche Gefühle in mir aus. Es war keine Schwärmerei mehr, ich war verliebt.

»Dann muss der Herr aber auch ein Buch lesen«, verlangte sie.

»Abgemacht. Such mir das beste Buch aus«, forderte ich.

Amy streckte mir die Hand entgegen und sah mich mit hochgezogenen Brauen abwartend an.

»Soll das ein Schwur werden?«, fragte ich.

Sie nickte. Natürlich umfasste ich ihre Hand, allein schon, um sie zu berühren. Aber gegen dieses Versprechen hatte ich auch nichts. Ich hoffte so sehr, dass wir es würden einhalten können.

»Damit, mein Herr, ist es besiegelt. Sie können Ihrem Schicksal als zukünftige Leseratte nicht mehr entgehen!«

»Ich bitte darum«, entgegnete ich.

Doch dann endete die Unbeschwertheit abrupt. Ich hatte völlig vergessen, wo wir waren, für eine kurze Zeit hatte es nur Amy und mich gegeben. Aber Leandras Stimme, direkt neben uns, zerstörte die Idylle.

»Genug geflirtet. Es ist Zeit für Wahrheit oder Pflicht«, verkündete sie mit verschränkten Armen. Ich hatte nicht mitbekommen, dass sie zu uns gekommen war oder überhaupt den Raum betreten hatte.

Nach ihrer Ansage marschierte sie zur Tür des Salons, zog diese auf und warf noch mal einen Blick über ihre Schulter. »Folgt mir«, befahl sie.

Wenige Minuten später saßen wir alle an einem großzügigen Esstisch. Leandra befand sich am Kopfende,
rechts neben ihr hatte sich Herr Morris positioniert.

Liam starrte missmutig in Leandras Richtung, Tom
hatte die Arme verschränkt und lehnte sich im Stuhl zurück. Die beiden saßen mir gegenüber. Ben tippelte mit
seinen Fingern auf dem Tisch herum, etwas, das mich
fast wahnsinnig machte, da er links neben mir saß. Auf
meiner anderen Seite befand sich Amy, die wie ver-
steinert auf ihrem Platz ruhte.

»Die Regeln von Wahrheit oder Pflicht kennt wohl
jeder«, begann Leandra.

Liam verdrehte die Augen. »Wir drehen jetzt keine
Flasche, oder?«

»Das ist ein anderes Spiel«, meinte Ben.

»Wenn ihr sonst keine Probleme habt, lasst ihr mich
vielleicht einfach erklären, wie unser Spiel ablaufen
wird«, herrschte Leandra die beiden an.

»Sie meinte doch, dass wir die Regeln kennen
sollten«, murrte Tom.

Wie immer beeindruckte die junge Frau der Unmut
ihrer Mitmenschen kein Stück.

»Ich beginne und lasse jemanden von euch zwischen
Wahrheit oder Pflicht wählen. Wählt ihr Wahrheit, stelle
ich eine beliebige Frage und ihr müsst antworten. Herr
Morris ist darin ausgebildet, Lügen zu erkennen, seid
euch dessen bewusst. Verweigern ist keine Option, die
Konsequenzen sollten euch mittlerweile bewusst sein«,

stellte sie nochmals klar, woraufhin Herr Morris die Waffe anhob, so als wollte er uns an den Ernst der Lage erinnern.

»Wählt ihr Pflicht, so glaubt nicht, dass das die sichere Wahl ist. Ich werde das nutzen, um an Beweise zu kommen und euch in die Enge zu treiben«, kündigte sie an. »Allerdings darf Pflicht nicht zweimal hintereinander gewählt werden!«, setzte sie nach.

»Fein, aber du musst auch mitspielen«, forderte Liam.

Zu meiner Überraschung nickte Leandra sofort. »Das ist nur fair. Ich habe nichts zu verbergen.«

»Und Herr Morris?«, fragte ich.

Leandra sah ihren Angestellten an, der mit den Schultern zuckte. »Mir ist es gleich«, sagte er.

»Wenn ihr an der Reihe seid, könnt ihr jeden von uns auswählen«, sagte Leandra.

»Irgendwie fühlt sich das alles surreal an«, murmelte Ben.

Ein Aufklärer vom Militär mit einer Waffe saß mit uns am Tisch, hatte uns heute bereits bedroht und trotzdem diskutierten wir hier gänzlich ruhig über die Regeln eines gewöhnlichen Jugendspiels, das man gern auf Partys spielte. Ich schob den Gedanken von Gefahr von mir und konzentrierte mich nur auf die Situation. Vielleicht ging es den anderen auch so. Und vermutlich hofften wir alle, dass die Drohungen nur ein Bluff waren. Würden sie wirklich jemanden von uns erschießen? War Leandra bereit, so weit zu gehen?

Die Gefahr war da, aber sie fühlte sich nicht real an. Nicht greifbar.

»Gut«, sagte Leandra, ihr Blick erfasste Ben. »Wahrheit oder Pflicht?«, fragte sie.

Ben riss die Augen auf. »Jetzt schon?«, fragte er.

Leandra sah ihn ungeduldig an.

»Wahrheit«, sagte mein Freund leise.

Unsere Gastgeberin lächelte. »Bist du der Mörder?«, wollte sie wissen.

Alle saßen mit einem Mal kerzengerade am Tisch und Liam japste. Mit so einem direkten Ansatz hatte niemand gerechnet. Leandra ging direkt in die Vollen.

Die Qual der Wahl

Der Blutlinien-Killer

F amilienalben, ein sentimentaler Schatz, den
Großeltern gern hervorholten und ihren Enkeln
stolz präsentierten, so als beinhalteten die über-
belichteten Fotos alles, was ihr Leben ausgemacht hatte.

Nach ihrem Tod verrotteten die ach so wertvollen Er-
innerungen dann oftmals auf dem Dachboden.

Nicht dass es ihn störte, im Gegenteil, ihm gefiel die
Ironie daran. Es zeigte die menschliche Natur, die selbst-
gefällige Verleugnung, mit der die meisten der Welt ent-
gegentraten.

Alle Finkens hatte er mit der Familie des Bürgermeisters ausgelöscht. Seinen Feldzug führte er nun also
gegen die Nachfahren der Walds. Gegen sein eigenes
Blut.

Nach seiner Tante war er eine Weile unsicher gewesen, wen er als Nächstes ins Visier nehmen sollte. Sie
war alleinstehend gewesen, ihr Familienzweig endete

also mit ihrem Tod.

Seinen Onkel, dessen Frau und deren zwei gemeinsame Kinder, die er brav Geschwister nennen sollte, hatte er erst mal hintangestellt, da ihr Tod viel Aufmerksamkeit auf ihn lenken könnte.

Seine Mutter war bereits bei seiner Geburt gestorben und sein Vater war ebenfalls tot. Echte Geschwister hatte er nicht.

Auch sein Großvater, zu dem er stets aufgeblickt hatte, lebte nicht mehr. Ansonsten hätte er ihn gern um Rat gefragt.

Im Familienalbum hatte er jedoch alte Fotos von einem weiteren Onkel gefunden. Kontakt hatten sie seit Jahren nicht gehabt, warum auch immer, es war ihm egal. Ein weiterer direkter Nachfahre. Ihn und seine Familie würde er sich als Nächstes vornehmen.

Und dafür lag er bereits auf der Lauer. Im Büro seines Ziehvaters hatte er nach einigem Suchen eine alte Telefonnummer seines Ziels gefunden. Zwar lebte sein Onkel nicht mehr in dem Haus, zu dem der Anschluss gehörte, doch die alte Dame, die dort eingezogen war, hatte einem charmanten und freundlichen Anrufer, der sich wieder Kontakt zu seiner Familie wünschte, gern geholfen.

Hier war er nun also, vor dem hübschen, kleinen Einfamilienhaus in Westercelle, und sammelte Informationen. Für seine Kunst nahm er sich Zeit. Denn nur, wenn er Perfektion walten ließe, ginge sein Plan auf.

DAS SPIEL

Josh

»Das kannst du nicht machen«, beschwerte sich Liam.

»Alle Fragen sind erlaubt«, stellte Leandra klar.

Ben blickte auf den Tisch, seine Hand war verkrampft.

»Also?«, wandte sich Leandra wieder an ihn. »Bist du der Mörder?«

Mein Freund sah zu ihr auf. »Ich bin nicht der Blutlinien-Killer«, sagte er.

Für mich klang er aufrichtig, seine Stimme und seine Haltung waren angespannt, aber das war der Situation geschuldet.

Leandra fixierte Ben einen Moment, bevor sie Herr Morris ansah.

»Er ist nervös, aber kein Lügner«, sagte der Hausangestellte.

Leandra nickte. »Dann bist du dran«, ließ sie Ben wissen.

Ben schien nicht groß überlegen zu müssen, er brach den Blickkontakt mit Leandra nicht ab. »Du hast einige merkwürdige Dinge gesagt, als du neben …«, er stockte kurz, »… neben der Leiche gesessen hast. Was meintest du damit, dass du nicht normal bist, nicht so, wie er es will?«

Gute Frage.

»Ich habe noch nicht Wahrheit gewählt«, sagte sie.

»Oh«, entkam es Ben.

»Aber in Ordnung, ich hätte sowieso Wahrheit ausgewählt«, lenkte sie ein. »Mein Vater wollte immer, dass ich ein schick zurechtgemachtes Vorzeigepüppchen bin. Ein braves und ruhiges Mädchen, mit guten Noten und einem erfolgreichen Mann.«

Leandra stoppte kurz, sie sah uns nicht länger an, als sie die nächsten Worte sprach: »Ich bin trans. Auch wenn ich als Frau geboren wurde, fühle ich mich als Mann.«

Ihre rechte Hand, die auf dem Tisch lag, zitterte, ihre Stimme brach bei den Worten beinahe. Ein leises, freudloses Lachen entkam ihr. »Mein Outing findet also ausgerechnet vor einer Gruppe von Studenten statt, von denen einer meinen Vater ermordet hat«, sagte sie.

Leandra schüttelte den Kopf, schien sich wieder zu fangen und fuhr fort: »Mein Vater konnte nicht akzeptieren, wie ich mich fühle, er hielt mich für geisteskrank und schickte mich in Therapie. Geändert hat das natürlich nichts, außer dass uns seine Intoleranz entzweit hat.«

»Ein ziemlich starkes Motiv«, murmelte Tom.

Leandra sah ihn mit blitzenden Augen an. »Ja, ich habe ihn manchmal gehasst. Das leugne ich nicht. Aber ermordet habe ich ihn nicht.«

Tom zuckte mit den Schultern. »Ist mir egal«, sagte er. »All das hier ist Aufgabe der Polizei.«

»Das entscheidet nicht ihr«, sagte Herr Morris, der die meiste Zeit nur still und aufmerksam dasaß, mit einer Hand am Waffengürtel, bereit, jeden aufzuhalten, der aus der Reihe tanzte.

Tom wandte den Blick ab und schwieg. Vor dem ehemaligen Aufklärer hatten wir alle Respekt – und vor seiner Waffe.

Hass auf den eigenen Vater war ein starkes Motiv, eines, das ich mir mit Leandra teilte, wenn man den Tod des Bürgermeisters betrachtete. Aber ich glaubte ihr. Oder ihm. Es war ungewohnt, anders von ihr zu denken. Leandras Transsexualität erklärte dann wohl auch ihre optische Veränderung. Ein Zeichen der Freiheit. Losgelöst von den Erwartungen und dem Druck, den ihr Vater ihr auferlegt hatte, konnte sie endlich sie selbst sein.

»Wie möchtest du denn angesprochen werden?«, fragte Amy Leandra.

Leandras Augen weiteten sich. Sie schien nicht damit gerechnet zu haben. »Leon und er«, entgegnete sie. Ihre übliche Schroffheit war einer unsicheren Sanftheit gewichen, die ihr eine ganz neue Dimension verlieh.

»*Ihm*«, verbesserte ich mich innerlich. Ich würde mich erst daran gewöhnen müssen.

Amy nickte. »Schön, dich kennenzulernen, Leon«, sagte sie lächelnd.

Leon schnaubte. »Einschleimen ändert nichts«, stellte er klar.

»Ob Mann oder Frau, unfreundlich bleibt sie«, beschwerte sich Liam.

Leon nutzte die Eröffnung und warf ihm entgegen: »Wahrheit oder Pflicht, Mr. Höflichkeit-in-Person?«

Liam verdrehte die Augen und sagte sofort: »Pflicht.«

Leon lächelte, fast ein wenig böse, und verlangte: »Leere den Inhalt all deiner Taschen auf dem Tisch aus.«

»Ernsthaft?«, wollte Liam wissen.

Herr Morris' Hand am Waffengürtel zuckte. Leons starre Miene ließ keinen Zweifel daran, dass keiner von uns sich diesem Spiel entziehen konnte.

Liam zögerte noch kurz, doch dann holte er seinen Laptop aus der zugehörigen Tasche und kippte den restlichen Inhalt achtlos auf den Tisch. Leere Süßigkeitenpapiere, ein paar Krümel, alte Bons und einige Geldscheine lagen nun quer verteilt vor uns.

»Zufrieden?«, fragte er.

Doch Leon verneinte. »Ich sagte alle Taschen. Auch die an deinem Körper.«

Liam atmete tief durch. »Kriegt das nicht in den falschen Hals«, sagte er, als er in die Innentasche seiner Strickjacke griff und einen Pinsel hervorholte. Die Borsten waren verfranzt und der hölzerne Stiel voller Farbe. Er umklammerte das Malwerkzeug fast schon verzweifelt und legte es sichtlich ungern auf dem Tisch ab.

»Krass«, stieß Tom hervor.

»Hey! Es ist ein Geschenk! Ein Erbstück meines verstorbenen Vaters, okay? Sieht blöd aus, kapier ich, aber das hat nichts mit den Morden zu tun«, ereiferte sich Liam.

Herr Morris hob den Kopf und fixierte Liam so kalt, dass es selbst mir fröstelte.

Liam sank regelrecht in sich zusammen. »Ich hab nichts Falsches getan«, jammerte er.

»Wir sollten ihn im Auge behalten«, bestimmte Herr Morris.

Mir schwirrte der Kopf. Keiner erschien mir verdächtig, wir alle hatten Angst, waren verunsichert und standen unter so viel Druck, dass jeder von uns schuldig aussehen könnte. Ein Pinsel als Erbstück, klar, in Anbetracht der Blutlinie am Tatort war das mehr als nur ein Indiz, aber eben auch kein Beweis, Liam selbst studierte schließlich Kunst. Oder könnte er tatsächlich der Mörder sein?

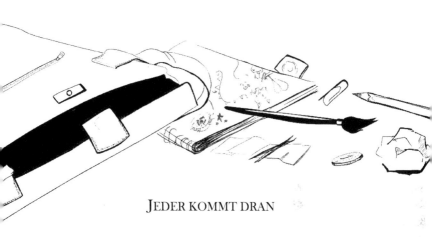

JEDER KOMMT DRAN

Josh

Liams Hände waren erhoben, er zitterte am ganzen Leib.

»Erschieß mich nicht«, wimmerte er und sah dabei Herr Morris an.

»Erst mal nicht«, sagte dieser.

»Du bist dran«, lenkte Leandra, äh, Leon, die Aufmerksamkeit zurück auf das Spiel.

Liam schüttelte den Kopf. »Ich kann das nicht«, entkam es ihm.

»Spiel«, verlangte Herr Morris.

Der Kunststudent biss sich auf die Lippe und sah uns Hilfe suchend und verzweifelt an. Ich würde gern irgendetwas tun, aber ich wusste nicht was. Wir alle waren Leon und dem Aufklärer ausgeliefert. Jedes Wort könnte unser Verhängnis sein.

Liam atmete hektisch, doch dann wandte er sich Herr Morris zu. »Wahrheit oder Pflicht«, flüsterte er mehr, als dass er es fragte. Seine Stimme zitterte.

»Wahrheit«, entgegnete der ehemalige Aufklärer.

Liam griff nach seinem Zeichenstift und drückte ihn fest, vermutlich, um sich zu beruhigen.

»Warum tun Sie das?«, fragte er.

»Leons Vater, Maximilian, war der Bruder meiner Frau Linda. Als sie starb, dahingerafft von Krebs, war er mir eine Stütze und bot mir hier Arbeit an. Fern vom Militär, den Kämpfen und dem Tod, die mich der wenigen kostbaren Zeit mit meiner Frau beraubt hatten. Er war ein guter Mann. Ich will wissen, wer ihn ermordet hat«, entgegnete er, ohne zu zögern.

Leon nickte ihm zu, er wischte sich über die glasigen Augen.

Kein einfacher Hausangestellter, so viel hatten wir alle längst begriffen, doch zu hören, in welcher Beziehung Herr Morris zu Leons Vater gestanden hatte, verschärfte den Ernst der Lage. Er hatte ebenfalls persönliches Interesse daran, den Mörder zu finden und Rache zu üben.

Wir haben kein Problem mit Selbstjustiz ...

Leons Worte hallten in mir wider und ließen mich erschaudern. Desto länger das Spiel dauerte, desto bewusster wurde ich mir der Situation.

Unter dem Tisch griff ich nach Amys Hand und umklammerte diese regelrecht. Sie sah mich an, ihre Augen waren geweitet und ihre Hand fühlte sich schwitzig an. Sie hatte ebenfalls Angst.

Doch wir bekamen keine Atempause. Herr Morris sah mich an und fragte: »Wahrheit oder Pflicht?«

Ich spannte mich unwillkürlich an und verfestigte meinen Griff um Amys Hand. Pflicht könnte die sichere Wahl sein, ich hatte nichts Verwerfliches dabei und mir fiel nichts ein, womit er mich in Bedrängnis bringen könnte.

»Pflicht«, sagte ich, so ruhig ich konnte.

Herr Morris lächelte. »Geh zum Tatort, in Maximilians Büro, und zeige mir, wo er getötet wurde.«

Meine Augen verengten sich. »Das weiß ich nicht«, sagte ich.

»Wenn du unschuldig bist, nicht, genau«, sagte er ruhig.

Meine Hand verkrampfte sich um die von Amy, woraufhin sie mit den Fingern ihrer freien rechten Hand gegen meinen Klammergriff stupste.

Erschrocken ließ ich locker. Meine Gedanken rasten. Ich verstand es nicht, was bezweckte Herr Morris mit dieser Aufgabe? Der Killer würde doch niemals den richtigen Ort zeigen. In meiner Vision hatte ich Leons Vater auf seinem Schreibtischstuhl gesehen, aber bedeutete dies, dass er zweifellos dort gestorben war?

Leon und Herr Morris hatten Herr Wald nach seinem Tod bewegt und die Krawatte um seinen Hals gelöst, weshalb die Leiche bei meinem Eintreten auf dem Boden gelegen hatte. Der Aufklärer wollte rausfinden, ob ich mehr wusste. Und vermutlich ging es ihm hauptsächlich um meine Reaktion auf den Tatort.

Ich atmete tief durch, ließ von Amy ab und schob meinen Stuhl zurück, um aufzustehen. Als ich den Speisesaal verließ und die Treppe ansteuerte, wusste ich, dass mir alle folgten. Mein Herz pochte heftig gegen meinen Brustkorb und ich schwitzte. Was, wenn der Tatort eine Vision bei mir auslösen würde?

Ich zwang mich dazu, voranzugehen, wenn ich zu sehr zögerte, wirkte das verdächtig oder so, als wollte ich Zeit schinden. Das zweite Stockwerk, und damit das

Büro von Leons Vater, kam immer näher. Mir blieb nichts anderes übrig, als zu hoffen, dass ich das unbeschadet überstehen würde.

Kurz zuckte mein Blick zurück, über meine Schulter, ich suchte Amy, konnte aber nur Herr Morris sehen, der mich kalt anstarrte. Hastig ging ich weiter und stoppte erst vor der Tür zum Büro wieder.

»Na los«, forderte Herr Morris.

Ich atmete tief durch, versuchte, den Kloß in meinem Hals hinunterzuschlucken, natürlich erfolglos, und öffnete schließlich die Tür.

Die Leiche war fort, mittlerweile wohl längst beerdigt. Schreibtisch, Stuhl und Regale waren unverändert und am selben Platz wie an jenem verhängnisvollen Tag, als der Blutlinien-Killer zugeschlagen und Leons Vater ermordet hatte.

Es roch nach frischer Farbe, da die Blutlinie an der Wand nicht mehr sichtbar war, hatten sie sie wohl überstrichen.

Ich machte ein paar Schritte vorwärts und hatte das ungute Gefühl, jetzt genau an dem Fleck zu stehen, an dem die Leiche von Leons Vater gelegen hatte. Unruhig bewegte ich mich ein Stück weiter nach vorn und wandte mich zu Herr Morris um.

Der Hausangestellte und Leon standen direkt vor mir, die anderen hinter ihnen.

Amy biss sich auf die Unterlippe, stärker als sonst, und sah mich offenkundig besorgt an. Sie war die Einzige, die wusste, was diese Aufgabe für mich bedeuten könnte.

»Worauf wartest du?«, fragte Leon.

»Wo wurde Maximilian getötet?«, setzte Herr Morris nach.

Erst jetzt bemerkte ich, dass ich die Luft angehalten hatte, und stieß sie unwillkürlich aus. Meine Hand zitterte, als ich mich umdrehte und den Schreibtisch betrachtete.

Vermutlich hatte er dort gesessen, als der Killer hereinkam, immerhin hatten wir ihn nicht bei der Arbeit stören sollen. Oder hatte er vielleicht gerade eine Pause gemacht und am Fenster gestanden, um hinauszuschauen?

Hatte der Killer sich von hinten angeschlichen oder hatte Herr Wald seinen Mörder gesehen?

Es gibt nur einen Weg, das herauszufinden, durchfuhr es mich.

Natürlich, das hier könnte die Gelegenheit sein, mehr herauszufinden, die einmalige Möglichkeit, den Tatort zu untersuchen und mit dem Opfer zu sprechen.

Niemals vor allen anderen, mahnte ich mich selbst.

Wie würde es aussehen, wenn ich plötzlich zuckend zu Boden fiel und womöglich noch irgendetwas Verdächtiges von mir gab?

»Wir haben nicht den ganzen Tag Zeit und ich bin nicht gern in diesem Zimmer«, beschwerte sich Leon.

Für einen kurzen Moment schloss ich die Augen. Am sichersten war die offensichtlichste Wahl.

Ich tat ein paar Schritte nach vorn, stand nun direkt neben dem Schreibtisch, und deutete auf den teuer aussehenden Lederstuhl. »Lea… entschuldige, Leons Vater hat an diesem Tag hier gearbeitet. Also saß er wahrscheinlich am Schreibtisch. Vermutlich hat der Killer ihn also hier getötet«, schlussfolgerte ich.

Herr Morris zog die Brauen hoch, er fixierte mich, doch ich hielt seinem Blick stand.

Ich zuckte heftig zusammen und taumelte, als ich aus

dem Augenwinkel jemanden auf dem Stuhl sitzen sah, nur für einen winzigen Augenblick, doch es reichte, um mich aus dem Gleichgewicht zu bringen.

Instinktiv stützte ich mich auf dem Schreibtisch vor mir ab und erzitterte, als etwas meine Hand umklammerte.

»Nein … Nicht jetzt«, entkam es mir, doch es war längst zu spät.

Mit Gewalt wurde ich von den Füßen gezerrt und stürzte auf die Tischplatte zu. Panisch schloss ich die Augen und keuchte, als ich heftig auf dem Bauch aufschlug. Die Luft wurde mir aus der Lunge gepresst.

Mir war klar, ich war nicht auf dem Schreibtisch aufgeschlagen. Ich musste die Augen nicht öffnen, um zu wissen, dass ich erneut die Totenwelt betreten hatte. Der widerliche, doch mittlerweile fast vertraute Geschmack von Essig, brannte auf meiner Zunge. Es fühlte sich an, als würde mein Hals verätzt.

Jeder Atemzug schmerzte und die Gewissheit, dass die anderen mich in der echten Welt sehen konnten, schürte meine Angst weiter.

Trotzdem musste ich jetzt ruhig bleiben. Dieser Ort war gefährlich.

Ich öffnete die Augen und stellte fest, dass ich auf dem Boden vor dem Schreibtisch von Leons Vater lag. Der goldene Untergrund glänzte so sehr, dass ich mich eigentlich darin spiegeln müsste, aber ich konnte mein Ebenbild nicht sehen.

Die Wände waren hoch und wurden von geschwungenen Säulen gestützt, breite Fensterfronten boten den Blick auf eine Stadt, die einem altem Ölgemälde glich.

Ich rappelte mich auf und sah Leons Vater, der mich in diese Welt gezerrt hatte und nun zurück zu seinem

Schreibtisch ging. Er beachtete mich nicht. Stattdessen widmete er sich einem Berg von Papieren, die sich auf seinem Arbeitsplatz stapelten. Er nahm eines nach dem anderen auf und zerriss es, dabei murmelte er: »Abgelehnt, abgelehnt, abgelehnt.«

Rechts und links neben ihm hingen Portraits, eines zeigte Leandra, die auf dem Bild einer Prinzessin glich, das andere könnte seine Ehefrau sein, denn es zeigte eine Dame mit Krone und prunkvollem Kleid.

Er schielte über seine Papiere hinweg und betrachtete mich herablassend.

»Was willst du?«, fragte er.

Sein Blick wandte sich nach rechts. Auf der Wand, neben Leandras Bild, begann sich ein dunkler Fleck zu bilden, der rasch wuchs.

»Nicht viel Zeit, er kommt bald«, wisperte er.

Dann sah er wieder mich an. »Bist du einer von Leandras Freunden?«

Wie immer fühlte sich mein Hals wie zugeschnürt an, aber ich schaffte es, Worte zu formen: »Wer hat Sie getötet, Herr Wald?«

Ich versuchte es direkt und ohne Umschweife, da ich nicht wusste, wie viel Zeit mir blieb.

Er lachte. »Getötet«, brachte er hervor. »Wie kommst du darauf? Was hast du angestellt, Junge? Nur weil du ein Bekannter meiner Tochter bist, darfst du nicht glauben, dass ich dich aus irgendwelchem Blödsinn rausboxe.«

Leons Vater wedelte mit der Hand. »Und jetzt verschwinde, habt ihr nicht mit der Studienarbeit zu tun?«

War ihm nicht bewusst, dass er tot war?

Erneut nahm er sich eines der Papiere, doch diesmal zerstörte er es nicht. Herr Wald hämmerte mit der Faust auf den Tisch und schüttelte den Kopf.

»Nein, nein, nein«, sagte er.

Er schmiss den Zettel von sich, direkt vor meine Füße. Ich beugte mich vor und hob das Papier auf. Nur ein paar Zeilen standen auf dem Blatt.

Ich hasse dich, Vater.

Mutter hat dich ebenfalls gehasst.
Deine ganze Familie hasst dich.

Wieso siehst du mich nicht?

Ich bin nicht Leandra, ich bin keine Frau. Akzeptiere mich!

Herr Wald fasste sich an den Kopf. »Warum? Meine eigene Familie, meine Leandra, warum hasst sie mich?«

Der dunkle Fleck neben der Abbildung seiner Tochter war gewachsen, hatte das Bild verschlungen und war nun so groß, dass eine Person hindurchpassen könnte.

Tatsächlich trat jemand aus der Schwärze hervor. Ein Mann, breit und groß. Erkennen konnte man ihn nicht, er glich einem Schatten, komplett aus Schwärze bestehend, sah man nur Konturen. Die Umrisse wirkten unnatürlich, etwas kantig, so als würde das Geschöpf eine Art Rüstung tragen.

Ich bewegte mich nach links, weg von der Kreatur, die auf mich zukam. Die Schattengestalt schritt um den Schreibtisch herum und kam schließlich dort zum Stehen, wo vor wenigen Sekunden noch ich gestanden hatte.

»Sie halten sich für etwas Besseres, doch in Wahrheit richten Sie über uns, ohne jedes Recht dazu«, presste die

Schattengestalt zwischen rasselnden Atemzügen hervor. Sie bewegte sich nach vorn. Bevor sie erneut sprach, ertönte ein Geräusch, als würde sie die Luft scharf einziehen. »Wer erlaubt Ihnen, zu entscheiden, wer verteidigt werden sollte? Sie helfen Monstern und lassen unschuldige Klienten ohne Geld fallen.«

»Geh weg«, wetterte Leons Vater. »Nicht schon wieder, das bilde ich mir nur ein«, wisperte er dann und verdeckte sein Gesicht mit den Händen.

Auch er war in einer Schleife gefangen, in einer abstrakten Version seiner Wahrnehmung der Welt. Und wenn das stimmte, dann war die Schattengestalt direkt vor mir der Killer.

Wenn es so war wie bei dem Mädchen in der Eisdiele, dann würde diese Welt sich verlieren, sobald der Tod von Leons Vater erneut eintrat.

Mir blieb also nicht viel Zeit. Ich näherte mich dem vermeintlichen Killer und betrachtete ihn. Nur Schwärze, die Augen waren leere Höhlen in einer wabernden schwarzen Masse, der Mund war verborgen von einer Art Maske mit Löchern darin. Ich war kein großer Science-Fiction-Fan, aber ein wenig erinnerte das Wesen mich an eine düsterere Version von Darth Vader aus Star Wars.

Ich zuckte zurück, als die Gestalt abrupt nach vorn stürmte und vor dem Schreibtisch innehielt.

Der Killer hob seine Hand an und mit der Bewegung wurde auch Leons Vater angehoben. Er schwebte nach oben, umklammerte mit angstvoll geweiteten Augen seinen Hals und röchelte.

Das Monster wirbelte herum, wodurch sein Opfer durch die Luft geschleudert wurde und hart auf dem Boden aufschlug. Blut spuckend krabbelte Leons Vater davon, doch das Monster stellte sich über ihn und drückte die Hände in der Luft zusammen. Ich sah, wie der Mann langsam bläulich anlief, beobachtete, wie der Hals von einer unsichtbaren Macht gequetscht wurde.

Die Welt um mich herum verlor sich, versank in Schwärze. Wie damals in der Eisdiele konzentrierte ich mich mit aller Macht auf das Büro in der realen Welt.

Als ich die Augen öffnete, sah ich das Zimmer vor mir, ich lag vor dem Schreibtisch. Auf dem Stuhl saß Herr Wald.

Um seinen Hals war eine Krawatte geschlungen, an der die Schattengestalt unnachgiebig zog. Er schnappte vergebens nach Luft, griff nach dem Stoff und wand sich. Mit aller Kraft stieß der Mann sich mit den Beinen am Schreibtisch ab, wodurch der Stuhl mit Schwung nach hinten rollte und den Killer gegen die Wand drängte.

Leider brauchte Herr Wald zu lange, um wieder zu Atem zu kommen und aufzustehen. Der Mörder fasste sich und würgte sein Opfer weiter.

Bis jede Gegenwehr erstarb.

Die Bilder schwanden und ich sah, wie Herr Morris, Leon, Amy, Ben und die anderen beiden auf mich zukamen.

Galle brannte in meinem Hals und ich war schweißgebadet. Doch mehr Angst als die Visionen und das Schattenmonster machte mir Herr Morris, dessen Hand auf seinem Waffengürtel ruhte und der mich so finster anstarrte, dass ich mir sicher war, die nächsten fünf Minuten nicht zu überleben.

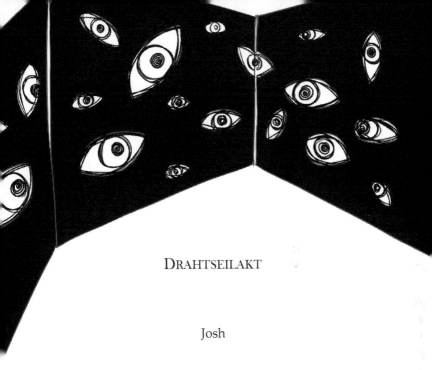

DRAHTSEILAKT

Josh

Alle Augen ruhten auf mir. Was genau sie gesehen hatten, war mir nicht klar. Amy hatte mir erzählt, dass ich auf dem Friedhof umgekippt war und ausgesehen hätte, als hätte ich einen Anfall. Damals jedoch war ich der Totenwelt hilflos ausgeliefert gewesen und dem Tode nahe. Wie mein Körper sich in der realen Welt verhielt, wenn ich mich während der Vision unter Kontrolle hatte, wusste ich schlicht nicht.

»Erkläre dich«, verlangte Herr Morris.

Ich räusperte mich und krächzte: »Ich brauche … etwas … zu trinken.«

Amy kam zu mir, ungeachtet der verächtlichen Blicke von Herr Morris und Leon, hockte sie sich neben mir hin und half mir auf.

Dann sah sie Leon an. »Er ist krank. Er hatte einen Anfall. Bitte hilf ihm.«

Ben kam nun ebenfalls näher. »Alles okay, Kumpel?«, fragte er.

Ich nickte ihm zu. Es war nicht so schlimm wie damals auf dem Friedhof, aber doch schlimmer, als bei der Vision in der Eisdiele, als ich mich selbst dazu entschieden hatte, die Totenwelt zu betreten. Vielleicht weil ich dieses Mal überrumpelt worden war. Außerdem würde ich mich nie daran gewöhnen, Menschen direkt vor meinen Augen grausam sterben zu sehen. Es waren Visionen, aber sie fühlten sich real an.

Ben trat an meine linke Seite und half Amy dabei, mich zu stützen.

Zu dritt standen wir vor Herr Morris und Leon.

»Was für einen Anfall?«, wollte Letzterer wissen.

Ich hustete und schluckte, um meinen Hals irgendwie zu beruhigen. Überraschenderweise trat Liam hinter unseren Gastgebern hervor und reichte mir eine Wasserflasche. »Trink ruhig«, meinte er und das ließ ich mir nicht zweimal sagen.

Das Wasser tat gut und beruhigte meinen, von der Säure in Mitleidenschaft gezogenen Hals.

»Danke«, brachte ich hervor.

»Hab immer was dabei, sonst trink ich zu wenig«, winkte er ab.

»Rührend, aber ganz ehrlich, du hast dich auf den Schreibtisch meines verstorbenen Vaters geworfen. Dabei waren deine Augen komplett verdreht und du hast wirres Zeug geredet. Das sieht schlecht aus, sehr schlecht«, ließ Leon mich wissen.

»Das war ein Krampfanfall, oder nicht?«, meinte Tom plötzlich aus dem Hintergrund. Er stand an die Wand angelehnt da und wirkte wie immer recht unbeeindruckt von dem Chaos um ihn herum.

»Meine Tante hatte so was auch manchmal, wird durch Stress ausgelöst«, setzte er nach.

Liam zuckte mit den Schultern. »Ich glaub, dabei redet man eigentlich nicht«, mutmaßte er.

»Josh, bist du wirklich krank?«, fragte Ben mich.

Er wusste nichts von meinen Visionen, bei allem, was mir in der letzten Zeit widerfahren war, hatte ich ihn außen vor gelassen und jetzt war definitiv nicht der richtige Zeitpunkt, um ihn einzuweihen.

Ich nickte. Das war die beste Ausrede, die ich hatte. Geistesgegenwärtig präsentiert von Amy.

»Welche Diagnose?«, fragte Herr Morris.

Ich riss die Augen auf. Von medizinischen Dingen hatte ich keine Ahnung, doch es war erneut Amy, die mich rettete.

»Er leidet unter dissoziativen Anfällen«, antwortete sie, ohne zu zögern. Ich war überrascht, dass sie direkt eine Diagnose parat hatte, andererseits hatten wir Bücher gewälzt und nach möglichen Erklärungen gesucht und dabei waren auch medizinische Abhandlungen gewesen. Vermutlich war die Krankheit, die sie genannt hatte, die, welche am besten zu den sichtbaren Symptomen bei meinen Visionen passte.

»Wir sollten ihn ebenfalls im Auge behalten«, sagte Herr Morris daraufhin an Leon gewandt. Dieser nickte.

Mir war ein wenig schwindlig und ein stechender Schmerz hinter meiner Schläfe machte es mir schwer, mich zu konzentrieren.

»Es geht ihm nicht gut«, meinte Amy. »Reicht es denn nicht erst mal?«

Leon schüttelte sofort den Kopf. »Ich sage, wann es genug ist.«

Wie üblich durfte ich von unseren Gastgebern keine

Gnade erwarten. Leon und Herr Morris bedeuteten uns, das Zimmer zu verlassen. Ben und Amy halfen mir bei der Treppe.

Ich ließ mich regelrecht auf meinen Platz fallen und stützte meinen Kopf in meine Hände, aber Leon gönnte mir keine Ruhe.

»Du bist dran«, sagte er.

Ich atmete tief durch und bemühte mich, die Kopfschmerzen irgendwie zu ignorieren. Als ich aufblickte, sahen mich alle an. Amy und Ben mitfühlend, die anderen interessiert oder abwartend.

Bereit fühlte ich mich nicht, dieser Tag war bereits zu lang, zu ereignisreich. Dennoch bemühte ich mich, analytisch zu denken. Bisher war die Spieldynamik klar definiert, Leon und Herr Morris befragten uns, wir wiederum nutzten unsere Chance, die beiden zu befragen. Wenn ich das jetzt änderte, würde das noch mehr Aufmerksamkeit auf mich lenken. Und aufgrund des zusätzlichen Wissens, das Amy und ich besaßen, war Leon der wahrscheinlichste Täter. Er gehörte zur Familie Wald, er war am Tatort gewesen und er hatte ein starkes Motiv. Nur mein Gefühl sagte mir, dass irgendetwas nicht passte, dass er sich nicht wie der Täter verhielt. Trotzdem sollte ich ihn wählen, allein, um mich heute nicht noch mehr in den Fokus der anderen zu lenken.

»Wahrheit oder Pflicht?«, fragte ich Leon.

»Wahrheit«, entgegnete er sofort.

»Du sagst selbst, dass du deinen Vater manchmal gehasst hast. Warum dann dieses Spiel? Warum so viel Einsatz, um seinen Mörder zu finden?«, fragte ich.

Leon öffnete den Mund, schloss ihn wieder und schien zu überlegen, wie er mir antworten sollte. Er schob sein neues Lippenpiercing mit der Zunge hin- und her.

»Das ist schwer zu beantworten«, begann er. »Es ist kompliziert.«

»Mit der Antwort lassen wir dich nicht durchkommen«, bestimmte Tom und in diesem Fall gab ich ihm recht. Leon bestand die ganze Zeit darauf, dass wir weitermachen mussten, gab nicht nach und versuchte nun selbst, sich rauszureden.

Leon machte ein schnaubendes, abfällig klingendes Geräusch, doch er begann, zu reden: »Gerade weil ich ihn gehasst habe und unser letztes Gespräch ein Streit war, kann ich schwer loslassen. Ich frage mich, ob es meine Schuld ist. Ob er sich gegen den Killer hätte wehren können, wenn er nicht meinetwegen so aufgebracht gewesen wäre. Vielleicht war er abgelenkt. Ich habe kaum Zeit mit ihm verbracht und wenn, dann stritten wir. Er hatte eine Wunschvorstellung von mir, diese hat er wohl geliebt, aber nicht mich.«

Seine Augen wurden glasig und seine Stimme klang brüchig, als er fortfuhr: »Ein Teil von mir war erleichtert, als er starb. Aber das ist falsch, nicht wahr?«

Er schluckte schwer und fuhr fort: »Ich will wissen, wer ihn ermordet hat. Ich will demjenigen in die Augen sehen und herausfinden, was ich dann fühle.«

Da waren eine Menge unverarbeiteter Emotionen im Spiel. Ich glaubte ihm. Und für mich war es undenkbar, dass der Killer so offen sein würde, so verletzlich.

»Genug?«, fragte Leon an Tom gewandt.

Dieser zuckte mit den Schultern.

»Wahrheit oder Pflicht?«, fragte Leon ihn.

Er lächelte. »Wahrheit, bringen wir es hinter uns.«

»Bist du der Mörder?«, fragte Leon ohne Umschweife.

Alles klar, er würde jeden von uns fragen und die Reaktion auswerten. Das begriff ich in diesem Moment. Und um ehrlich zu sein, hatte ich Angst davor, wenn ich an der Reihe war. Denn der leise Zweifel, dass meine Visionen mir verlorene Erinnerungen zeigten, lebte noch immer in mir. Auch wenn Amy das als abwegig betitelt hatte.

»Nein«, sagte Tom schnörkellos und ohne weitere Erklärungen.

Er sah so emotionslos aus wie immer. Herr Morris nickte. Was auch immer das bedeutete, Leon war damit zufrieden.

Tom musste er nicht extra auffordern, weiterzuspielen. »Wahrheit oder Pflicht?«, fragte dieser an mich gewandt und brach damit als Erster das stille Protokoll, dass wir, die zu diesem Spiel gezwungen wurden, unsere Gastgeber befragten.

»Pflicht«, sagte ich, ohne groß nachzudenken, doch Leon erinnerte mich an die Regeln: »Du hast schon einmal Pflicht gewählt, zweimal hintereinander geht nicht.«

Seufzend rieb ich mir meine pochende Schläfe und sagte: »Dann Wahrheit.«

Verdammt, ich war nicht in bester Verfassung und dieses Spiel war schon unter optimalen Umständen ein Drahtseilakt für mich.

»Wie ist das für dich, wenn du diese Anfälle hast?«, wollte Tom wissen.

»Was ist das denn für eine Frage?«, mischte sich Ben ein.

Tom zuckte mit den Schultern. »Ich darf doch alles fragen, oder nicht? Ich finde das spannend.«

Verdammt, das war so ziemlich die ungünstigste

Frage, die er mir hätte stellen können. Was bezweckte er damit? War Tom der Killer? Falls ja, suchte er dann nicht jemanden, der meine Fähigkeiten hatte? Glaubte er, zufällig auf sein Ziel gestoßen zu sein? Von meiner Verbindung zur Familie Finken dürfte er allerdings nichts wissen …

Ich verspannte mich und überlegte fieberhaft, wie ich mit dieser Frage umgehen sollte. Lügen war nicht gerade meine Stärke. Im besten Fall hatte er tatsächlich nur ein morbides Interesse an den Mordfällen, wenn man unseren Austausch im Zug bedachte, und fand meinen Anfall im Arbeitszimmer von Maximilian Wald spannend.

»Ich hasse es«, sagte ich. »Ich kann kaum atmen, es fühlt sich jedes Mal so an, als wäre mein Mund voller Essig. Manchmal glaube ich, dass mein Kopf gleich zerspringt, jeder Atemzug brennt und bei jedem Anfall habe ich Angst, nicht mehr zu mir zu kommen.«

»Heftig«, entgegnete Tom.

Ben legte mir eine Hand auf die Schulter. »Tut mir leid, das klingt krass«, sagte er.

»Danke«, sagte ich. Es fühlte sich seltsam an, mit allen über meine Visionen zu reden. Klar, ich hatte mich ihnen nicht wirklich offenbart, aber dennoch kannten sie nun einen Teil der Wahrheit. Es war fast ein wenig erleichternd.

Ich bemerkte Leons Blick und wusste, gleich würde ich wieder ermahnt werden.

»Wahrheit oder Pflicht?«, fragte ich Tom.

Dass ich ihn im Gegenzug auch auswählte, sollte für alle verständlich sein.

»Wahrheit«, sagte er und sah mich abwartend an.

»Wir haben im Zug über mögliche Motive des Blutlinien-Killers geredet. Du hattest eine klare Vorstellung und wirktest abgeklärt. Was denkst du wirklich über die Morde?«

Tom kratzte sich am Kopf und lehnte sich im Stuhl zurück. »Ganz ehrlich?«, fragte er, offensichtlich rhetorisch. »Ich kann die meisten Menschen nicht ausstehen. Sie alle winseln nach Aufmerksamkeit, verbiegen sich, um anderen zu gefallen. Ich nicht. Wenn ich keine Lust auf etwas habe, mache ich es nicht. Generell tue ich, was ich will. Und ja, ich finde die ganze Sache mit dem Serienkiller spannend. Er mischt unser kleines Städtchen auf und versetzt alle in Aufruhr. Und um die meisten Opfer ist es kaum schade.«

Er hob die Arme an und ließ sie dann wieder fallen.

»Genauso gut könntest du ein Geständnis ablegen«, murmelte Ben.

Tom zeigte ihm den Mittelfinger, sagte aber nichts mehr.

Leon fixierte Tom kalt und Herr Morris zog die Brauen hoch.

Tom leckte sich über die Lippen und sah mich an.

»Wahrheit oder Pflicht?«, wollte er wissen.

»Schon wieder Josh? Ist das zulässig?«, fragte Amy.

Leon antwortete sofort. »Ihr dürft fragen, wen ihr wollt, wenn ihr dran seid. Mir ist es egal, Infos kriege ich so oder so.«

Ich wollte weder das eine noch das andere. Aber um ehrlich zu sein, fühlte ich mich von Sekunde zu Sekunde schwächer, nach meinem Erlebnis in der Eisdiele war ich nach Hause gegangen und hatte mich ausgeruht, heute jedoch wurde mir sowohl körperlich als auch geistig alles abverlangt. Und aus irgendeinem Grund schien Tom sich auf mich eingeschossen zu haben.

»Pflicht«, meinte ich kraftlos.

»Steh auf und leg demjenigen die Hand auf die Schulter, den du für den Mörder hältst«, verlangte Tom.

Mir war schwindlig und Übelkeit stieg in mir auf. Ich wusste nicht, wie lange ich noch durchhalten würde. Und ehrlich gesagt, glaubte ich nicht, dass ich noch mal aufstehen könnte.

»Ich kann nicht …«, brachte ich hervor. Die Übelkeit übermannte mich, für Gedanken über Peinlichkeit blieb keine Zeit, ich erbrach mich mitten auf den Tisch, direkt vor allen anderen.

»Shit«, entfuhr es Liam.

Amy umfasste meinen Arm und sah mich besorgt an. Ich wünschte, sie würde das nicht tun. Sie war die Letzte, die mich so sehen sollte, aber alles drehte sich und ich hatte das Gefühl, gleich noch einmal erbrechen zu müssen. Kraft zum Protestieren hatte ich gewiss nicht mehr.

Sie wandte sich Leon und Herr Morris zu. »Josh ist kreidebleich und steht völlig neben sich! Es reicht!«

Leon und Herr Morris tauschten Blicke aus, dann nickte Ersterer. »In Ordnung. Ihr dürft gehen. Fürs Erste. Ich melde mich, wann das nächste Spiel stattfindet.«

Liam sprang auf und verließ den Raum sofort, ohne Verabschiedung, vermutlich wollte er einfach nur weg.

Tom erhob sich und schlurfte auf seine ganz eigene Art davon.

Ben und Amy halfen mir, sie stützten mich und führten mich hinaus. Ich bekam nicht mehr viel mit, vielleicht übergab ich mich draußen ein weiteres Mal. Heute war in jeder Hinsicht zu viel gewesen und ich wollte nur noch schlafen.

PAUSE

Josh

Als ich erwachte, fühlte ich mich desorientiert und erschöpft. Ich brauchte einen Moment, um zu rekapitulieren, was geschehen war. Das Letzte, woran ich mich erinnerte, waren Amys blaue Augen. Sie hatte so besorgt ausgesehen. Ich rieb mir mit der linken Hand über die Stirn, weil dahinter ein dumpfes Pochen lauerte, und betrachtete den zugezogenen Vorhang, der meine kleine Bettnische vom Rest meiner Wohnung abgrenzte.

»Wie bin ich hierhergekommen?«, murmelte ich, drehte mich auf die Seite und zog die Beine an.

Ich fühlte mich besser, aber noch immer ausgelaugt.

»Josh!«, rief eine Stimme, erschrocken zuckte ich zusammen.

Der Stoff wurde eilig beiseitegeschoben und ich erkannte meine Mum. Sie stürmte heran und hockte sich vor mein Bett. Ihre Hand fuhr über meine Stirn, doch ich schob sie weg.

»Mum, was ist los?«, fragte ich.

»Das frage ich dich! Du wurdest gestern von deinen Freunden halb bewusstlos nach Hause getragen. Sie sagten, du wärst in einer Bar zusammengebrochen. Du trinkst doch eigentlich gar nicht, oder?«, fragte sie.

Ich versuchte, hinterherzukommen und zu begreifen, was hier passierte, warum meine Mum völlig aufgelöst bei mir hockte, doch es gelang mir nicht.

»Was …«, brachte ich hervor.

Sie seufzte und ließ zum Glück von meinem Gesicht ab.

»Gestern hattest du Fieber«, sagte sie. »Wir waren verabredet, wir wollten zusammen Pizza essen. Aber du warst nicht da. Ich habe gewartet und habe mich so erschreckt, als Amy und Ben dich herbrachten. Du warst so blass und hast gezittert.«

Ich fuhr mir mit den Fingern durchs Haar und presste die Augen zusammen, um das Licht kurz auszublenden. Mein Kopf tat noch immer weh.

»Ich hatte es völlig vergessen«, gab ich zu. Das stimmte, bei allem drum herum und Leandras, äh, nein, Leons Einladung, hatte ich die Verabredung mit meiner Mum vergessen.

»Macht nichts, Josh«, sagte sie liebevoll. »Komm erst mal zu dir. Möchtest du Frühstück?«, fragte sie.

»Nein.« Allein der Gedanke an Essen bescherte mir einen Würgereiz.

»Vielleicht hast du dir einen Magen-Darm-Infekt eingefangen«, mutmaßte meine Mum.

Ich hörte ihre Schritte und dann fließendes Wasser. Als sie zurückkam, stützte sie mich und gab mir zu trinken. Die Flüssigkeit benetzte meinen Hals und fühlte sich angenehm kühl an.

»Danke«, seufzte ich.

Meine Mum lächelte. »Gern, Schatz. Schlaf noch ein wenig. Ich bleibe hier.«

Protestieren wollte ich nicht, und schlafen klang himmlisch, daher drehte ich mich auf den Bauch, kuschelte mich in mein Kissen und fiel fast sofort in einen traumlosen Schlaf.

Ein paar Stunden später saß ich mit meiner Mum auf der Couch. Wir beide hatten Teller mit Toast auf dem Schoß. Mein Appetit war zurückgekehrt und meine Kopfschmerzen waren fast weg. Der Geruch nach warmem Brot und Käse war herrlich und mir lief der Speichel im Mund zusammen. Ich biss ab und kaute genüsslich.

»Für solche Gelegenheiten wäre ein Tisch wirklich nützlich«, meinte meine Mum, bevor auch sie begann, zu essen.

Ich schmunzelte und lehnte mich zufrieden auf der Couch zurück. Das alles war so alltäglich. Dabei hatte ich erst gestern eine perfide Variante von Wahrheit oder Pflicht mit meinen Kommilitonen spielen müssen. Es erschien mir weit weg und nichtig. Wie ein lebhafter Albtraum. Die Türklingel ertönte und ich horchte erstaunt auf. Mein Zeitgefühl war ein wenig durcheinander, aber es war vermutlich schon Nachmittag, etwas spät für die Post.

»Ich mach das, bleib sitzen«, sagte meine Mum und eilte zur Tür.

Ich lehnte mich zurück und nahm einen weiteren Bissen. Es war schön, ein wenig ausruhen zu können. Eine Pause von all dem Wahnsinn.

Meine Mum öffnete die Tür und sagte: »Ah … Amy, oder? Komm doch rein.«

»Oh … Danke«, antwortete Amy.

Ich fühlte mich ein wenig steif, als meine Mutter und meine Freundin auf mich zukamen.

Meine Mum lächelte. »Amy ist so ein liebes Mädchen. Sie hat dich gestern zusammen mit Ben hergebracht, du solltest dich bedanken«, meinte sie.

Amy schmunzelte leicht und brachte mich damit auch zum Lächeln. Ich erhob mich und stand ihr nun gegenüber.

»Danke, Amy«, sagte ich.

Sie blickte zu Boden. »Na klar«, entgegnete sie.

Meine Mum betrachtete Amy forschend, dann mich. Was auch immer sie glaubte, zu sehen, sie sah viel zu zufrieden aus.

»Seid ihr gut befreundet?«, fragte sie.

Amy biss sich auf die Unterlippe und sah mich Hilfe suchend an. Tja, um sie meiner Mum offiziell als meine Freundin vorzustellen, war es wohl noch etwas zu früh, immerhin stand unser erstes richtiges Date noch aus. Und ich wollte Amy nicht noch mehr in Verlegenheit bringen, als es dieses unverhoffte Treffen ohnehin tat.

»Wir arbeiten gemeinsam an einem Studienprojekt und haben uns angefreundet«, antwortete ich.

»Soso«, sagte meine Mum.

»Frau Benton, ich wollte nicht stören. Ich wollte nur sehen, wie es Josh geht. Ich sollte wohl gehen«, erklärte Amy, woraufhin meine Mum sofort den Kopf schüttelte.

»Bleib gerne noch ein bisschen. Ich muss sowieso los.

Josh freut sich bestimmt über die Gesellschaft.«

Bei den letzten Worten zwinkerte sie mir zu und ich wäre am liebsten im Erdboden versunken.

»Du kannst gerne bleiben«, bestätigte ich Amy trotzdem. Ich wollte sowieso unbedingt mit ihr reden, über alles, was gestern passiert war.

»Okay«, entgegnete sie.

Meine Mum drückte mich und sagte: »Pass auf dich auf, Josh, jag mir nicht wieder so einen Schreck ein«, forderte sie, bevor sie uns zuwinkte und meine Wohnung verließ. Amy und ich verfielen in verlegenes Schweigen. Allein mit ihr bei mir zu Hause zu sein, war unerwartet und machte mich nervös. Sie tappte von einem Fuß auf den anderen und blickte an mir vorbei zur Couch.

»Oh, setz dich ruhig«, sagte ich ein wenig unbeholfen und deutete auf die Sitzgelegenheit.

Amy rückte ihre Brille zurecht und folgte meiner Aufforderung. Ich stand nun vor ihr und sie sah zu mir auf. Mein Herz versuchte, Saltos zu schlagen, und mein Mund wurde ganz trocken.

Ich räusperte mich und fragte: »Möchtest du was trinken? Oder auch einen Toast?« Bei den letzten Worten deutete ich auf die Überreste meines Essens, die auf dem Couchtisch lagen.

»Ich brauche nichts, danke«, sagte Amy.

Ich leckte mir über die Lippen und setzte mich neben sie auf das Sofa, nicht zu dicht.

Plötzlich prustete Amy los. »Wieso sind wir so angespannt?«, fragte sie mich.

Und irgendwie war das genau das Richtige, um die komische Stimmung zu durchbrechen. Ich grinste und meinte: »Du, liebe Dame, bist in meinen Unterschlupf eingedrungen und kannst nun meine dunkelsten

Geheimnisse ergründen.«

»Der Herr verbirgt also Geheimnisse?«

»Vielleicht«, entgegnete ich bewusst verschwörerisch.

Wir sahen uns an und lachten dann beide. Amy kannte mich gut genug, um zu wissen, dass ich nicht der Typ dafür war, irgendetwas zu verbergen. Jedenfalls definitiv nicht vor ihr.

Nach einer Weile beruhigten wir uns und ich beschloss anzusprechen, was mir auf dem Herzen lag.

»Was habe ich getan, als ich die Vision im Arbeitszimmer von Leons Vater hatte?«, wollte ich wissen.

»Du hast dich auf den Schreibtisch geworfen, dann bist du herumgetaumelt und schließlich hast du am Boden gezuckt. Dabei hast du unverständliche Dinge vor dich hin gemurmelt.«

»Glaubst du, die anderen verdächtigen mich jetzt?«, wollte ich ihre Einschätzung hören.

»Ehrlich gesagt kann ich besonders Leon und Tom sehr schlecht einschätzen. Ich weiß nicht, was sie denken.«

»Tom ... Nach dem Spiel erscheint er mir verdächtiger ...«, sprach ich mein Gefühl aus.

Amy nickte. »Es war merkwürdig, wie er sich auf dich versteift hat. Das könnte dazu passen, dass der Blutlinien-Killer nach jemandem sucht, der deine Gabe hat.«

Sie sah mich nachdenklich an. »Was hast du gesehen? Hat Leons Vater dir etwas Neues offenbart?«

Ich versuchte, mir die Details meiner Vision in Erinnerung zu rufen. »Wenn ich die Vision betrachte, ist es Leon, der verdächtig erscheint. Ich weiß nicht genau, wie ich es beschreiben soll, aber die Visionen, die ich durch das Berühren des Tatorts erhalte, sind anders. Ich denke, ich betrete die Totenwelt.«

Amy betrachtete mich unverwandt, bei meinen letzten Worten weiteten sich ihre Augen, aber sie schwieg, offenbar wartete sie auf weitere Ausführungen von mir.

Also fuhr ich fort: »Diese Welt ist für jeden Verstorbenen anders, und spiegelt die jeweilige Sicht auf die Welt wider, die die Person hatte. Leons Vater hatte ein Bild seiner Tochter neben seinem Arbeitsplatz, darauf war sie gekleidet wie eine Prinzessin. Ihr Bild wurde von Finsternis verschlungen und eine Gestalt trat daraus hervor. Dieser Schatten tötete Herr Wald.«

Amy schwieg und dachte vermutlich über meine Worte nach. »Dieser Schatten könnte die männliche Version von Leandra sein, die ihr Vater nicht akzeptieren wollte. Dann könnte Leon tatsächlich der Mörder sein. Aber ich weiß nicht …«

»Leons Verhalten passt nicht dazu, oder?«, führte ich ihren unausgesprochenen Gedanken fort.

»Ja, genau!«, bekräftigte Amy mein Gefühl.

Ich zögerte ein wenig, ein weiteres Detail mit ihr zu teilen, aber ich wollte ihr nichts vorenthalten. »Und, na ja, dieser Schatten, der Killer, er sah aus wie Darth Vader«, meinte ich.

»Was?«, entkam es Amy.

Ich sah ihr ernst entgegen, auch wenn ich wusste, wie bescheuert das klang.

Amy zog die Brauen hoch. »Mein Herr, vergeben Sie mir, aber es steht fest, Sie sind verrückt.«

Ich musste lachen. »Fall gelöst, ich bin wahnsinnig und der Killer«, gestand ich scherzhaft. Dabei streckte ich die Hände nach vorn, damit sie mich festnehmen könnte. Amy drückte meine Hände sanft herab und schüttelte den Kopf.

»Auch wenn du der Killer wärst, ich verhafte dich nicht«, sagte sie.

»Das, meine Dame, ist sehr unvernünftig«, entgegnete ich.

Sie hob den Kopf an und schob ihre Unterlippe ein wenig vor. Warum war sie immer wieder so süß?

»Vielleicht bist du verrückt, aber ein Mörder nicht«, bestimmte sie.

Sie tippte mit dem Finger gegen ihre Wange und schien nachzudenken. »Du sagtest, die Totenwelt zeige die Wahrnehmung des Verstorbenen. Darth Vader bedeutet in diesem Fall sicherlich irgendetwas. Wir sollten das im Hinterkopf behalten.«

»Danke, Amy«, sagte ich.

Sie sah überrascht aus. »Wofür?«, wollte sie wissen.

»Dafür, dass du mich ernst nimmst«, ließ ich sie wissen.

Sie lächelte und nickte. Weiter gekommen waren wir nicht, aber es tat gut, dass ich mit Amy offen reden konnte. Und zu wissen, dass ihre Einschätzung mit meiner übereinstimmte, half mir, meine Eindrücke zu sortieren. Außerdem hatte sie vielleicht recht, wenn wir verstehen könnten, worauf die Wahrnehmung von Leons Vater basierte, könnten wir eventuell neue Hinweise zur Lösung des Falls finden.

»Leons Spiel macht mir Angst, aber es könnte uns auch helfen, den Mörder zu entlarven«, sagte Amy nach einer Weile.

»Wäre doch bloß keine Waffe im Spiel«, entkam es mir.

»Das stimmt, ich habe darüber nachgedacht, ob wir doch zur Polizei gehen sollten.«

»Ich glaube, dass könnte nach hinten losgehen. Sie hat Geld und die besten Anwälte und wir haben keinerlei Beweise für das, was bei ihr passiert ist. Am Ende mache ich mich nur noch verdächtiger als ohnehin schon«, sprach ich meine Sorgen aus.

Das Verhör durch Marie Laute hing mir noch immer nach. Ihre Fragen, der unterschwellige Vorwurf, diese Anspannung wollte ich nicht noch einmal durchleben. Wenn ich nun zur Polizei marschierte und behauptete, in ein verrücktes Spiel verwickelt worden zu sein, stand am Ende ich als der Wahnsinnige da.

»Hat der Herr Lust auf Ablenkung?«, wollte Amy wissen.

Mein Mund klappte auf und ich sah sie unbeholfen an. »Ablenkung?«

Sie meinte doch nicht etwa …?

Amy piekte mich wieder mal in die Seite und zog die Brauen hoch. »Woran denkst du denn?«

»Ich … äh …«, stammelte ich und Amy lachte.

»Ich meinte, dass der Herr mir das Super-Mario-Spiel zeigen kann«, erklärte sie.

Ich brauchte einen Moment, um meine Gedanken aus Bahnen zu lenken, die ich hier allein mit Amy besser nicht einschlagen sollte. Nach einem Räuspern sagte ich: »Die Dame wünscht also die absolut perfekte Spielerfahrung, kein Problem«, verkündete ich, erhob mich und holte zwei Controller.

»Bereit?«, fragte ich.

Amy nickte und ich schaltete den Fernseher sowie die Konsole ein. Das Intro mit der fröhlichen Musik und Mario, der Peach aus Bowsers Klauen rettete, beruhigte mich sofort. Amy hatte recht, Ablenkung war jetzt genau das Richtige. Einfach nur eine kleine Auszeit.

WIEDERSEHEN

Der Blutlinien-Killer

»Onkel Fabian? Bist du das?«, fragte der Blutlinien-Killer gespielt aufgelöst. Der Mann vor ihm hatte Ähnlichkeit mit seinem verstorbenen Vater, man sah, dass sie Brüder gewesen waren.

Verstorben ..., dachte er innerlich schmunzelnd. Das klang nach einer natürlichen Todesursache, dabei war es ein fingierter Selbstmord gewesen, dirigiert von ihm. Sein Vater war sein erstes Opfer gewesen. Der Beginn seines Feldzugs. Damals war seine Methodik noch nicht ausgereift, doch jeder fing klein an.

»Warte, du siehst aus wie ... Bist du Benedikts Sohn?«, wollte er wissen.

Der Blutlinien-Killer nickte und blickte sich um. »Darf ich reinkommen? Ich fürchte, ich stecke in Schwierigkeiten.«

Kurz zögerte sein Onkel, dann trat er beiseite und gab den Weg ins Innere frei. »Komm erst mal rein, dann sehen wir weiter«, sagte er.

Ein paar Stunden später lag er auf einer Matratze in Lisas Zimmer. Seine 15-jährige Cousine übernachtete heute bei einer Freundin. Und sein volljähriger Cousin Alexander war bereits ausgezogen.

»Glück gehabt«, murmelte er.

Sie mussten nicht zwingend sterben, und in diesem Fall rettete ihnen ihre Abwesenheit das Leben. Zeugen hinterließ er nicht, nie, aber wer nicht da war, konnte auch nichts sehen.

Er sah auf seine Uhr. Kurz nach Mitternacht. Es herrschte schon eine Weile Ruhe.

»So leichtgläubig«, entkam es ihm.

Sein Onkel hatte die Geschichte vom geschlagenen und verstoßenen Sohn sofort geglaubt. Offenbar traute er seinem Bruder so einiges zu. Doch war Fabian nicht bewusst, wem er Unterschlupf gewährte. Der Blutlinien-Killer grinste. Die eigene Familie zu töten, brachte den Vorteil mit sich, dass er nie einbrechen musste. Allerdings wäre das auch ein Hinweis für die Polizei, weshalb er sich im Nachhinein trotzdem immer an den Schlössern zu schaffen machte. Details waren wichtig.

Er zupfte seine Einmal-Handschuhe zurecht, bevor er die Decke leise von sich schob und sich erhob. Er hatte alles dabei, was er brauchte. Seiner Tante Lydia hatte er das Gift schon beim Abendessen untergejubelt, beim

Betäubungsmittel hatte er nur eine geringe Dosis verwendet, damit sie nicht zu früh zusammenbrach. Als netter, großzügig behandelter Neffe, hatte er ihr gern ein Glas mit Saft und Wasser aus der Küche geholt. Sie würde erwachen, ja, aber nur, um panisch nach Luft zu japsen und sich zu verkrampfen. Ihr Ende stand fest, fehlte nur ihr Mann.

Gewissenhaft legte er die Decke zusammen und entließ die Luft aus der Matratze. Niemand sollte glauben, dass die Familie einen Gast willkommen geheißen hatte. Jedenfalls nicht in dieser Nacht. Klar, seine Fingerabdrücke und sein Speichel waren vielleicht am Besteck vom Mittagessen und an der Decke könnten kleine Haare von ihm sein, aber war das verwunderlich? Ein Neffe besuchte seinen Onkel und übernachtete ab und zu auch dort, das war nichts Ungewöhnliches.

Er verstaute alles dort, wo Onkel Fabian es hergeholt hatte. Dabei nutzte er nur das Licht seines Smartphones, um den Herrn des Hauses nicht zu wecken.

Dann schlich er die Treppe hinunter, zum Glück knarzte sie nicht. Er hatte die Familie beobachtet, wusste, wo welches Zimmer war, und kannte die Gewohnheit von Fabian, am Wochenende beim Fernsehen einzuschlafen.

Lydia küsste ihn dann, deckte ihn zu und ging allein ins Bett. Rücksichtsvoll.

Wie erwartet lag der Mann auf der Couch und schnarchte. Der Blutlinien-Killer hielt eine Krawatte aus dem Schrank seines Onkels in den Händen. Er erstickte seine Opfer mit dem Zeichen ihres Wohlstandes.

Er stand nun direkt neben der seitlichen Couchlehne, über Fabians Kopf gebeugt. Selbst wenn er sich wehrte oder lauthals schrie, seine Frau würde nicht mehr zu ihm kommen, dazu zirkulierte das Gift schon zu lange durch ihre Adern.

Mit einem Ruck schlang er die Krawatte um den Hals des Mannes und zog mit aller Kraft an beiden Enden.

Wie erwartet riss Fabian die Augen auf, er starrte ihn an, ungläubig. Doch sein Peiniger ließ nicht locker, Gnade war nichts als eine Schwäche.

Die Hände seines Opfers griffen panisch nach den seinen, kämpften darum, den Griff zu lösen. Sein Onkel zappelte mit den Beinen und öffnete den Mund, doch die Schlinge hielt erbarmungslos.

Alles sinnlos, der Tod hatte längst gewonnen, im Schlaf überrascht, fehlten seinem Onkel die nötige Klarheit und Reaktionsgeschwindigkeit, um sich effektiv zu wehren.

Ein aussichtsloser Kampf, den der Stärkere gewann. Seine Ambition würde alle bezwingen, jeden, der zwischen ihm und dem, was er begehrte, stand.

Sein Onkel zuckte, die Augen verloren ihren Fokus, blickten ins Nichts.

Der Blutlinien-Killer machte dennoch weiter, er wollte lieber auf Nummer sicher gehen. Erst nach mehreren Minuten ließ er vom toten Körper ab.

Wie jedes Mal schnitt er seinem Opfer mit einer Klinge in die Handfläche, holte einen Pinsel hervor und tunkte diesen ins Blut.

Auch dieses Haus wurde nun von seinem Zeichen geschmückt, von der Linie aus Blut, die für das Erbe seiner Familie stand.

»Ich höre nicht auf«, versprach er. Ein Schwur, den er sich selbst gegeben hatte. Einmal begonnen, würde er seinen Feldzug zu Ende bringen. Egal wer versuchte, ihn aufzuhalten.

Du und Ich

Josh

»Amy!«, rief ich aus. »Pass auf, der Feuerball!«

»Nein, nein, nein!«, schrie sie und hämmerte nahezu hilflos auf ihrem Controller herum, aber zu spät, Bowsers Angriff erwischte sie und streckte sie nieder.

»Ich bin tot«, wimmerte sie und ließ sich in die Kissen meiner Couch fallen.

»Du hast dich gut geschlagen«, log ich.

»Ich habe völlig versagt«, lachte sie und drehte ihren Kopf in meine Richtung.

Die rötlichen Locken fielen ihr ins Gesicht. Am liebsten hätte ich über ihre süßen Sommersprossen gestreichelt und ihr das Haar hinters Ohr gestrichen, doch ich hielt den Impuls zurück.

»Ich muss wohl noch etwas üben«, meinte sie schmunzelnd.

»Jederzeit«, sagte ich vielleicht ein wenig zu emotionsgeladen. Irgendwie wurde mir gerade wieder so richtig bewusst, dass Amy hier bei mir war, in meiner Wohnung.

Nur wir beide, durchfuhr es mich.

Ich atmete tief durch und wandte den Blick von ihr ab. Was war los mit mir?

Ein Zucken durchfuhr meinen gesamten Körper, als ich eine weiche Berührung an meiner linken Hand spürte. Erstaunt wandte ich den Kopf und blickte direkt in Amys blaue Augen. Ich konnte mich nicht losreißen, der Impuls, mich ihr zu nähern, wurde nahezu übermächtig. Es war so viel passiert, dass die wenigen Wochen, die wir zusammen verbracht hatten, sich wie Monate anfühlten.

Unwillkürlich biss ich mir auf die Lippe, nervös, aufgeregt und unsicher. Wie lange dieser Moment andauerte, wusste ich nicht, wir betrachteten uns forschend und abwartend. Ganz langsam, fast unbewusst, näherte ich mich ihrem Gesicht mit meinem. Sie roch süß, nach Erdbeeren, ich mochte das. Ihre Hand auf meiner zitterte, dieses Zeichen von Angst brachte mich dazu innezuhalten.

»Ich würde dich gern küssen«, sagte ich.

Sie presste ihre Lippen aufeinander und ich hörte, wie sie schluckte.

»Darf ich?«, wollte ich wissen.

Für einen Moment schloss sie die Augen, dann öffnete sie sie wieder und nickte. Mein Herz überschlug sich fast. Mit der rechten Hand streichelte ich ihr Gesicht, strich über ihre Sommersprossen. Sie seufzte und das zu hören, war wunderschön.

Meine Lippen waren nun direkt vor ihren. Ein letztes

Mal sah ich in ihre Augen, suchte nach einem Zeichen von Ablehnung, gab ihr Zeit. Doch sie wich nicht zurück.

Ich überbrückte die letzte Distanz und spürte sie. So weich. Sanft schmiegten unsere Lippen sich aneinander, vorsichtig. Mehr wollte ich gerade auch gar nicht. Nur ihre Nähe. Der Kuss war nicht leidenschaftlich, sondern emotional, das Knüpfen eines zarten Bandes, das über Freundschaft hinausging.

Nach einer Weile lösten wir uns voneinander. Amy lächelte mit geschlossenen Augen. So schön. Dieses Bild von ihr würde sich für immer in mein Gedächtnis brennen. Als sie mich wieder ansah, röteten sich ihre Wangen und sie biss sich auf die Unterlippe.

»Und das noch vor unserem ersten richtigen Date«, sagte sie, was mich zum Lachen brachte.

»Ich würde mich ja entschuldigen, doch das würde implizieren, dass ich mich schuldig fühle«, begann ich schmunzelnd. »Aber ich bin einfach nur glücklich«, beendete ich meinen Satz und verschränkte meine Finger mit Amys. Unsere Hände lagen auf meinem Bein.

»Ich auch«, entgegnete sie. »Schade, dass es nicht immer so unbeschwert ist«, sagte sie.

Ich seufzte. »Wäre schön, wenn der Killer einfach aufhören würde«, meinte ich lapidar, denn ich glaubte selbst nicht an meinen Wunsch.

»Wir entlarven ihn und dann …«, fing Amy an, offenbar unschlüssig, wie sie weitermachen sollte.

»Und dann gibt es nur noch dich und mich«, sagte ich voller Entschlossenheit. Normalerweise war ich nicht unbedingt kitschig oder romantisch, aber ich meinte meine Worte genau so. Nichts wollte ich mehr, als mich auf Amy und unsere Beziehung zu konzentrieren, ohne dass unsere gemeinsame Zeit von der Angst vor einem Killer oder einem Militäraufklärer überschattet wurde.

Sie lächelte. »Du wärst ein guter Bookboyfriend«, meinte sie plötzlich.

Ich starrte sie irritiert an. »Ein was?«

Amy lachte. »Na ja, du bist mutig, sagst das Richtige. Wir Leseratten verlieben uns manchmal regelrecht in die männlichen Hauptpersonen aus Liebesromanen. Das nennt man dann Bookboyfriend«, erklärte sie.

Ich zog die Brauen hoch. »Dann nehme ich das mal als Kompliment«, bestimmte ich.

Sie nickte eifrig.

»Das mag ich an dir, du bist einfach du«, entkam es mir.

»Ich kann gar nicht anders«, sagte sie.

»Gut so«, bekräftigte ich Amy.

Sie strahlte und diesmal streichelte sie mein Gesicht. »Darf ich dem Herrn vielleicht noch einen Kuss stehlen?«, wollte sie wissen.

Mein Herz schien vor Glück fast zu explodieren. »Ausnahmsweise«, sagte ich in gespielt ernstem Tonfall. Ich sah das Leuchten in ihren Augen, bevor sie sie schloss und die kleine Distanz zwischen uns überbrückte. Sie war so warm. Erneut fühlte ich ihre Lippen, so weich. Ich liebte es, Amy zu küssen, und ich hoffte, dass wir noch oft Gelegenheit dazu haben würden.

Ein wenig später schauten wir einen Film. Wir hielten

Händchen und saßen dicht nebeneinander. Wenn es nach mir ginge, könnte dieser Abend ewig andauern. Wer wusste schon, was morgen auf uns wartete.

Die Bilder in dem Fernsehapparat flackerten vor sich hin, den Inhalt erfassen konnte ich nicht. Gedanklich war ich nur bei Amy.

Irgendwann tippte sie mich an.

Ich wandte mich ihr zu und lächelte.

»Ich bekomme nichts vom Film mit«, meinte sie schmunzelnd.

Kurzerhand schaltete ich die Flimmerkiste aus und sagte: »Ich auch nicht.«

Wir hatten uns ein wenig ablenken wollen, aber eigentlich war es viel schöner, mit Amy zu reden.

»Wie wohnst du eigentlich?«, wollte ich wissen.

»Ich wohne noch bei meinen Eltern. Oh, und wir haben einen dicken Kater«, erzählte sie strahlend.

»Wie heißt er?«, hakte ich nach. Katzen waren eigenwillig und flauschig, ich mochte diese Tiere.

»Brummer«, prustete sie.

Ich stimmte mit ein. »Echt? War er schon als Baby dick?«

»Ein regelrechter Fellball«, bestätigte Amy.

Wir lachten zusammen und sahen uns dann mit glänzenden Augen an. Am liebsten hätte ich Amy an mich gezogen und wieder geküsst, aber irgendetwas hielt mich zurück. Es war so ein Gefühl, dass Amy mit ihren Gedanken woanders war.

»Woran denkst du?«, fragte ich sie.

Amy presste die Lippen zusammen und fuhr sich mit den Fingern durch ihre Locken.

»Ich …«, begann sie.

Ich sah sie nur an, mein Herz pochte in meiner Brust

und meine Kehle schnürte sich zu. Ein Teil von mir fürchtete, dass sie unsere Beziehung beenden wollte, bevor sie richtig begonnen hatte.

»Seit du mir von der Totenwelt erzählt hast, geht mir durch den Kopf, dass du die Möglichkeit hättest, noch mal mit deinem Vater zu sprechen«, sagte sie schließlich.

Eher unbewusst, löste ich meine Hand von ihrer und verschränkte meine Arme vor der Brust.

»Du verschließt dich, ich glaube, nicht nur jetzt vor mir, sondern generell, wenn es um deinen Vater geht«, stellte sie fest.

»Ich will ihn nicht sehen«, brachte ich hervor. Mein Kiefer und mein gesamter Körper waren angespannt.

»Das musst du auch nicht. Aber du hast die Möglichkeit dazu. Und ich glaube, du würdest es vielleicht bereuen, ihn nicht wenigstens zu fragen, warum er keinen Kontakt wollte.«

Ich kämpfte mühsam um Beherrschung, ich hatte das Gefühl, dass ich Amy anschreien würde, wenn ich jetzt den Mund aufmachen würde.

Sie legte ihre Hand auf meinen Arm und sagte: »Es ist okay. Du kannst wütend sein, du hast jedes Recht dazu. Wenn du ihn siehst, kannst du deinen Vater anschreien, du kannst die Gefühle rauslassen, die du in dir vergraben hast.«

Wie? Wie war das möglich? Meine Mutter hatte es jahrelang versucht, hatte probiert, mich zu erreichen, zum Reden zu bringen. Diese ganze Geschichte mit meinem Vater war wie ein Geschwür, das ich tief in meinem Inneren vergraben hatte. Verborgen von Plattitüden und Gleichgültigkeit, alles nur eine Maske. Ich hatte nie eine männliche Bezugsperson in meinem Leben. Meine Mutter hatte vermutlich andere Partner gehabt, doch vorgestellt hatte sie mir niemanden. Ich wusste, sie fühlte sich schuldig, glaubte, wiedergutmachen zu müssen, dass mein Vater ein Monster war. Und ich glaubte, sie schützen zu müssen, in dem ich ihr das Gefühl gab, dass es mir nichts ausmachte. Aber in Wahrheit hatte ich mich manchmal verloren gefühlt. Allein mit Fragen, die man seiner Mutter in einem bestimmten Alter nicht ohne Scham stellen konnte. Allein mit Sorgen, die ein Vater vielleicht eher verstanden hätte. Für andere gab es eine Familie, für mich nur meine Mum. Das war genug, aber gleichzeitig blieb immer die Frage, was ich verpasst hatte.

Ich schluckte im verzweifelten Versuch, den Kloß in meinem Hals loszuwerden. Tränen hatte ich beim Gedanken an meinen Vater schon lange nicht mehr vergossen, dafür waren meine Gefühle zu ihm viel zu verworren.

»Ich habe Angst vor seiner Reaktion, vor seiner Antwort«, gab ich zu. »Wenn ich ihn frage, warum … Was könnte er schon sagen? Gibt es irgendeine Antwort, die etwas ändern würde?«

»Muss sie etwas ändern?«, stellte Amy eine Gegenfrage. »Oder reicht es nicht, die Antwort einfach nur zu hören?«

Ich ließ meine Arme herabsinken, die Anspannung in mir ebbte langsam ab.

»Du bist unglaublich«, sagte ich. Zum ersten Mal, seit das Gespräch sich um meinen Vater drehte, sah ich Amy wieder direkt in die Augen.

»Sicher, dass du nicht Psychologie studierst?«, wollte ich wissen.

Sie schmunzelte leicht. »Ich bin belesen«, sagte sie stolz.

»Belesen … Benutzt irgendjemand dieses Wort?«, meinte ich, froh, dass wir wieder scherzten.

»Nur kluge Menschen«, konterte sie.

»Das erklärt es, du bist der klügste Mensch, den ich kenne«, bestätigte ich ihre scherzhaft gemeinten Worte.

Amy riss die Augen auf, niedliche Röte zierte ihre Wangen.

»Der Herr muss aufpassen, irgendwann macht mein Herz das nicht mehr mit«, ließ sie mich wissen.

Meine Hand suchte ihre erneut, ich streichelte sie und näherte mich ihrem Gesicht.

»Du hast alle Zeit der Welt, dich daran zu gewöhnen.«

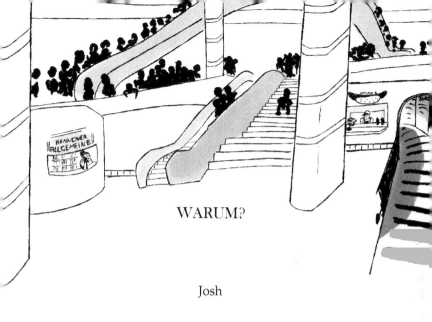

WARUM?

Josh

Am Dienstagvormittag lief ich durch die Straßen von Hannover, völlig in Gedanken versunken. Es fühlte sich unwirklich an, zur Uni zu gehen. Amy war am Abend zuvor kurz nach unserem Gespräch über meinen Vater gegangen. Wäre sie noch länger geblieben, hätten ihre Eltern sich Sorgen gemacht. Und wer wollte schon direkt am Anfang einer Beziehung einen schlechten Eindruck bei den Eltern seines Partners erwecken? Ich jedenfalls nicht.

Ich war auf dem Weg zum Kröpcke, um die Stadtbahn zu nehmen. Als ich an den Gleisen wartete, rief plötzlich jemand nach mir.

»Hey, Josh!«

Ben, der einen der wenigen Sitzplätze am Bahnsteig ergattert hatte, erhob sich und kam auf mich zu.

»Hi«, entgegnete ich.

»Alles gut? Dein Anfall hat mich ganz schön erschreckt«, meinte mein Freund.

Ich nickte. »Zum Glück passiert das nicht ständig«,

erklärte ich ihm.

Er sah ein wenig unbehaglich aus und kratzte sich am Kopf.

»Warum hast du nie was gesagt?«, wollte er wissen.

»Ich weiß nicht, du kennst mich, ich rede nicht so gern über mich«, entgegnete ich unbeholfen.

Ben klopfte mir auf die Schulter und lachte. »Stimmt, du warst schon immer so.«

Sein Lächeln wurde ein wenig verschmitzt. »Aber, Kumpel, was läuft da mit Amy? Da ist was zwischen euch, oder?«, wollte er wissen.

Meine Mundwinkel schoben sich ein wenig nach oben.

Ben strahlte. »Ich wusste es!«

»Sag das nicht weiter, wir stehen noch ganz am Anfang«, sagte ich.

»Kein Problem, verlass dich auf mich«, entgegnete er sofort.

Die Stadtbahn fuhr ein, wie immer gab es einiges Gedrängel, doch wir hatten Glück und ergatterten eine der selten freien Vierersitzgruppen.

Ben rutschte auf seinem Sitz hin und her.

»Das mit Leandra ist echt verrückt, oder?«, sagte er.

»Leon«, verbesserte ich ihn. Vielleicht auch weil die Umgewöhnung mir selbst schwerfiel.

»Stimmt, bei der Pistole und allem hätte ich das fast vergessen«, meinte Ben.

Ich musste ein wenig prusten, weil er das so lapidar dahinsagte.

»Das ist nicht witzig«, beschwerte sich Ben, aber als wir uns ansahen, mussten wir trotzdem beide lachen. Doch wir wurden schnell wieder ernst.

»Es klingt ja echt wie ein Witz, weil es so surreal ist,

aber sie bedrohen uns und ich weiß nicht, wie ich damit umgehen soll«, gab Ben zu.

»Momentan erscheint mir das weit weg«, setzte ich an. Kurz überlegte ich, dann fuhr ich fort: »Aber ich weiß, dass Leon uns jederzeit wieder einladen kann. Und eine andere Wahl, als zu tun, was er will, haben wir nicht wirklich.«

Ben ballte die Hände zu Fäusten. »Sieht wohl so aus.«

Mein Handy vibrierte und ich zog das Gerät aus meiner Hosentasche. Kurz glaubte ich, es wäre Leon, dass meine Worte das befürchtete Unheil heraufbeschworen hätten, doch auf dem Display wurde eine Nachricht aus einer neuen WhatsApp-Gruppe angezeigt.

»Krisensitzung« lautete der Name.

Geschrieben hatte Liam.

Hey, ich dachte mir, ich mache eine neue Gruppe auf. Leon bleibt außen vor. Ich habe die letzte Nacht kein Auge zugetan. Ich will nicht noch mal dieses kranke Spiel spielen. Wie seht ihr das? Gehen wir zur Polizei?

Ben und ich sahen uns an. Sein Ausdruck sprach von Unsicherheit. Nur Amy wusste von meinem Fehler beim Verhör mit Marie Laute, und auch wenn ich meinen Freund gern einweihen wollte, so schien es mir gerade nicht der passende Zeitpunkt zu sein.

Ich biss mir auf die Lippe und begann, zu tippen.

Leon hat sehr deutlich gemacht, dass es keinen Sinn ergeben würde, sich an die Polizei zu wenden.

Liam antwortete sofort.

Der blufft doch!

Ben neben mir schüttelte den Kopf. Ich sah, wie er tippte.

Die besten Anwälte hat er bestimmt, bei dem Einfluss, den sein Vater hatte. Aber so weit würde es gar nicht kommen. Selbst wenn wir alle bei der Polizei aussagen, würde das erst mal nur zu einer Befragung führen. Denn verletzt wurde ja niemand. Es stünde also Aussage gegen Aussage. Aber wir sind nur einfache Studenten, kleine Lichter. Am Ende stellen Leon und Herr Morris das so dar, als hätten wir uns während der Gruppenarbeit besoffen oder dergleichen.

»Du hast das echt durchdacht«, sagte ich anerkennend.

Ben zuckte mit den Schultern. »Klar habe ich nachgedacht. Ich will diesem Aufklärer nicht ausgeliefert sein. Aber mitzumachen, ist aktuell das Sicherste für uns.«

Liam antwortete auch diesmal zügig.

Es stünde nicht Aussage gegen Aussage. Fünf gegen zwei, wenn ihr alle mitzieht.

Ich verstand ihn, aber ich wollte unter keinen Umständen eine weitere Konfrontation mit der Polizei riskieren. Das Handy blieb stumm, anscheinend, waren auch die anderen nicht auf Liams Seite.

Ich seufzte. Die Durchsage verkündete, dass wir unsere Haltestelle erreicht hatten.

Ben und ich gingen gemeinsam zur Uni, dann mussten wir jedoch zu unterschiedlichen Hörsälen. Mein Professor erinnerte uns alle daran, dass für die Gruppenarbeiten nur noch zweieinhalb Wochen blieben. Wie weit weg mir die Sorgen um meine berufliche Zukunft erschienen. Viel präsenter waren Gedanken darüber, ob der Blutlinien-Killer mich als Teil der Familie Finken entlarven, und ins Visier nehmen würde. Mit Todesangst im Nacken erschien einem eine Deadline für eine Universitätsarbeit plötzlich unbedeutend.

Ich starrte auf den Grabstein meines Vaters, die Denkmäler für die Ruhestätten zogen lange Schatten hinter sich her. Es war mir ganz recht, dass der Friedhof am späten Nachmittag wie *ausgestorben* war. Amy hatte ich nicht erzählt, dass ich heute hierherkommen wollte. Einerseits weil es eine spontane Entscheidung gewesen war, andererseits weil ich nicht wollte, dass sie mich schon wieder zuckend und krampfend am Boden liegen sah.

Auch wenn ich sie gern an meiner Seite hätte, so wollte ich dieses lange ausstehende Gespräch mit meinem Vater allein führen.

Vorsichtig balancierte ich über die Grabeinfassung. Vorm Stein hielt ich inne. In meinem Kopf legte ich mir die Worte zurecht, bemühte mich, die Wut und Enttäuschung, die sich über die Jahre in mir angestaut hatten, hinunterzuschlucken.

Ich atmete tief durch und legte meine Hand auf den Grabstein. Es fühlte sich an wie eine Ewigkeit. Mit geschlossenen Augen lauschte ich dem Rauschen des Windes, Blumenduft erfüllte die Luft, es war friedlich.

Als eine eiskalte Hand die meine umklammerte, kehrte mit einem Schlag Ruhe ein. Der blumige Duft wich staubtrockener Luft. Sofort spürte ich den Geschmack von Essig auf meiner Zunge. Ich würgte und gab mir Mühe, nicht zu brechen.

Mein Vater saß neben mir, die dunkelrote Krawatte hing als loser Strick um seinen Hals. Er sah mich nur an, ruhig, abwartend. Es gab so viel, was ich ihm sagen wollte, musste, um ihn endlich vergessen zu können, aber mir entkam nur ein gepresstes Wort.

»Warum?«

Er zog die Brauen hoch. Sein Blick beinhaltete keine Wärme, keine Reue. Ich schluckte, fühlte, wie mir die Tränen kamen.

Das Atmen fiel mir immer schwerer, weshalb ich tief durchatmete und mich konzentrierte. Hier durfte ich mich nicht in meinen Gefühlen verlieren.

»Gut, du begreifst langsam«, lobte mich mein Vater.

Meine Hand ballte sich zur Faust.

»Ist das alles?!«, fuhr ich ihn an. »Meine Gabe, deine Rache, mehr interessiert dich nicht?«

»Ich habe mich zu Lebzeiten dagegen entschieden, dir ein Vater zu sein, jetzt zu versuchen, damit anzufangen, wäre unpassend«, stellte er klar.

Mein Herz fühlte sich an wie ein Eisklumpen.

»Sag mir wenigstens warum«, verlangte ich.

Er nickte. »Aber weißt du es nicht längst?«

»Du hattest bereits eine Familie, eine Karriere, du hast dich für sie entschieden und gegen mich und meine Mum.«

»Ja«, sagte er.

»War es eine schwere Entscheidung?«

Mein Vater hielt inne. Er schien zu überlegen.

»Es war die einzig mögliche Entscheidung«, entgegnete er schließlich.

»Wie meinst du das?«, wollte ich wissen.

Mit jedem weiteren Satz breitete sich mehr Kälte in mir aus.

»Die Finkens sind eine Familie mit Tradition. Meine Ehe war arrangiert, ich musste meine Cousine heiraten, um das Blut reinzuhalten. Damit die Gabe stark bleibt.«

Kurz stoppte er, blickte an mir vorbei.

»Als ich jünger war, fand ich das ungerecht. Ich rebellierte, betrog meine aufgezwungene Frau mit deiner Mutter. Dass du daraus hervorgehen würdest, war nie der Plan. Auch solltest du nie die Bürde unseres Familienerbes tragen müssen. Beim Tod des Vaters, erhält der Erstgeborene die Gabe. Ich hätte nie gedacht, dass jemand so weit gehen würde, mich und all meine lebenden Verwandten zu ermorden«

»Mir geht es nicht um die Gabe …«, wiederholte ich.

Er hob die Schultern an. »Für mich ging es den Großteil meines Lebens nur darum. Von klein auf wurde mir eingebläut, wie wichtig unser Erbe ist. Dass nur wir die verstorbenen Seelen leiten und befreien können. Es gab nie etwas Bedeutenderes in meinem Leben.«

»Also waren meine Mum und ich dir egal …«

Er schwieg, was mir einen Stoß ins Herz versetzte. Erneut hatte ich mit den Tränen zu kämpfen.

»Ich werde dich nicht belügen, damit du dich besser fühlst. Ich wusste, wo meine Pflichten liegen. Das Erbe meiner Familie, mein Amt als Bürgermeister, diese Dinge haben mich erfüllt. An dich und deine Mum habe ich lange nicht gedacht.«

Ich fühlte mich leer. Die Antworten zu hören, tat weh, aber gleichzeitig erfüllten sie mich mit Ruhe. Eine Bindung wäre zwischen meinem Vater und mir nie entstanden. Es gab keine verpasste Chance, denn er wollte uns nie eine geben.

»Du solltest langsam gehen«, sagte er.

»Ich weiß nicht wie«, gab ich zu. Meine Stimme war belegt.

»Aber du hast die Totenwelt bereits öfter betreten, oder nicht?«, wollte dieser Mann wissen. »Vater« würde ich ihn nie wieder nennen.

»Ich kam immer dann zurück, wenn der Tod sich wiederholte.«

»Das wird hier nicht passieren. Da ich einst die Gabe besaß, kann ich diesen Ort kontrollieren. Leider bin ich gefangen, weil ich gewaltsam aus dem Leben gerissen wurde. Erst wenn der Mörder gefasst ist, bin ich frei.«

Ich presste die Zähne zusammen. Erwartete er von mir Mitgefühl? Nach allem, was er mir an den Kopf geworfen hatte? Die Tränen konnte ich nicht länger zurückhalten, es war zu viel.

»Geh jetzt!«, sagte mein Erzeuger, er stieß mich mit beiden Händen gegen die Brust und ich glaubte, zu fallen.

Die Farben verschwammen um mich herum, als alles wieder an Schärfe gewann, fühlte ich rauen Untergrund an meinem Rücken und blickte in den blauen Himmel.

Ich lag auf dem Kiesweg vor dem Grab meines Erzeugers. Tränen rannen meine Wangen hinab.

Hastig rappelte ich mich auf. Jetzt von einem Fremden angesprochen zu werden, war das Letzte, was ich brauchte. Ich wollte nur noch nach Hause. Ich musste verarbeiten, was ich gehört und erlebt hatte.

KONSEQUENZ

Josh

N atürlich war mir keine Ruhepause vergönnt. Nach einer nahezu schlaflosen Nacht voller wirrer Gedanken und hilfloser Wut erwartete mich am Morgen, als ich den Flugmodus meines Handys aufhob, bereits eine Flut von Nachrichten.

Leon hatte geschrieben.

Heute, 16 Uhr, denkt nicht mal dran, nicht aufzutauchen.

Die anderen Nachrichten kamen aus dem Chat »Krisensitzung«, den Liam gestern eröffnet hatte. Ebenjener hatte wohl in Reaktion auf Leons Nachricht erneut seinen Unmut kundgetan.

Im Ernst? Wir machen das einfach mit?

Geantwortet hatte Tom.

Was sonst? Find dich einfach damit ab.

Auch Amy hatte mitgemischt.

Wir sind alle verunsichert, aber Ben hat das gestern schon gut zusammengefasst. Was sollten wir denn sonst tun?

Liam war anderer Meinung.

Mir egal was ihr macht, ich komme nicht.

Ich fuhr mir mit den Fingern durchs Haar und massierte meine Schläfen ein wenig. Nach dem Abend gestern war eine weitere Runde *Wahrheit oder Pflicht* das Letzte, was ich jetzt gebrauchen konnte. Aber in diesem Fall waren Toms schroffe Worte wahr. Wir mussten uns alle damit abfinden. Leon und Herr Morris dirigierten dieses Spiel und hielten alle Trümpfe in den Händen.

Ich sah auf der Anzeige, dass Amy tippte, ihre Nachricht tauchte nach kurzer Zeit auf.

Überleg dir das gut. Es könnte Konsequenzen haben.

Liam antwortete nicht. Ich steckte mein Handy in die Tasche und schlurfte ins Bad. Rasch putzte ich mir die Zähne, kämmte grob durch mein wuscheliges Haar und setzte mich dann auf meine Couch.

Heute hatte ich keine Vorlesung, also schnappte ich mir meinen Laptop und arbeitete weiter an der Chat-KI. Amy hatte mir bereits einige Textbausteine geliefert und die Ablenkung half mir. Die Programmierung war logisch und spannend, ich hatte Spaß und vergaß für ein paar Stunden, das in meinem Leben gerade alles drunter und drüber ging.

Als ich Leons Salon erneut betrat, die Laptoptasche um meine Schulter gehängt, fiel es mir schwer, zu begreifen, dass es heute nicht einfach nur um die Studienarbeit gehen würde. Nach der wunderschönen Auszeit mit Amy und dem aufwühlenden Gespräch mit meinem Vater erschienen mir die Ereignisse des ersten Wahrheit-oder-Pflicht-Spiels wie ein abstruser Albtraum.

Leons finsteres Gesicht und der Waffengürtel an Herr Morris' Hüfte verdeutlichten mir jedoch, dass dem nicht so war. Auch heute würden wir den beiden Rede und Antwort stehen müssen.

Wie immer leitete der Hausangestellte mich in den Salon. Amy und Tom saßen bereits auf der Couch. Nur wenige Minuten später erschien Ben.

Liam jedoch ließ wie angekündigt auf sich warten.

»Wisst ihr etwas? Hat Liam vor, noch aufzutauchen?«, fragte Leon.

Amy biss sich auf die Lippe, Tom zuckte mit den Schultern und Ben sah mich fragend an.

»Er hat geschrieben, dass er heute nicht kommen will«, sagte ich schließlich.

Was brachte es, die Information zurückzuhalten? Bemerken würden sie es so oder so.

Leon sah Herr Morris an, der ihm zunickte.

»Ich kümmere mich darum«, versicherte er, bevor er sich umdrehte und den Salon verließ.

»Jetzt fehlt dein Druckmittel«, bemerkte Tom.

Leon fixierte ihn mit einem eisigen Blick. »Oh, geh ruhig, wenn du glaubst, du kommst damit davon. Herr

Morris kommt zurück und er wird Liam herbringen. Das kann er später gerne auch mit dir machen«, verkündete er merkbar großspurig.

Tom schüttelte den Kopf, spielte kurz an seinem Lippenpiercing herum und widmete sich dann seinem Laptop.

»Habt ihr Neues für unser Projekt vorzuweisen?«, wollte Leon wissen.

Ben kramte in seiner Tasche und holte einen kleinen Roboter hervor. Er sah putzig aus und glich tatsächlich der Zeichnung, die Liam ganz am Anfang angefertigt hatte.

»Echt? Du hast gearbeitet?«, wollte Tom wissen.

Ben zuckte mit den Schultern. »Ich kann es mir nicht erlauben, im Studium eine schlechte Note zu kassieren«, meinte er.

»Kann ich ihn mitnehmen? Ist er fertig?«, wollte ich wissen.

Mein Freund strahlte und nickte mir zu. »Ja, er sollte funktionieren, du kannst ihn programmieren.«

»Sehr schön, wenigstens etwas geht voran«, stellte Leon fest. »Den Businessplan habe ich fertig. Ich brauche nur noch die Materialienliste von dir, Ben, und eure Arbeitsstunden, um die Kosten zu finalisieren.«

Es tat gut, sich auf das Projekt zu konzentrieren, ohne den Aufklärer und seine Waffe war das Gefühl einer Bedrohung gewichen. Obwohl uns allen klar war, dass es nur eine kleine Verschnaufpause sein würde. Sich der Illusion hinzugeben, wir würden tatsächlich nur zusammenarbeiten, war verlockend.

»Hast du ethische No-Gos ausgearbeitet?«, fragte Leon Tom.

Dieser nickte knapp. »Schicke ich Amy«, meinte er.

»Du hast ja auch gearbeitet«, neckte Ben ihn, doch Tom reagierte nicht darauf.

Ich hielt den kleinen Roboter in den Händen und freute mich bereits darauf, meinen aktuellen Entwicklungsstand auszuprobieren. In der Theorie sollte die KI bereits funktionieren, aber die Praxis war immer noch mal etwas anderes.

»Dann machen wir weiter, wir arbeiten circa zwei Stunden, was danach kommt, wisst ihr ja«, ließ Leon uns wissen.

Für Amy und mich waren die Sitzsäcke vor dem Regal so was wie unsere Stammplätze geworden. Nach einem kurzen Blickwechsel setzten wir uns dorthin. Amy positionierte sich direkt neben mir. Einen Großteil ihrer Arbeit hatte sie bereits erledigt, nun wollte sie sehen, was ich damit angestellt hatte.

Ich fuhr meinen Laptop hoch, startete die Entwicklungsumgebung und verband den Roboter per Kabel mit meinem Gerät. Die Platine musste mit meinem Code bespielt werden, anschließend würde sich zeigen, wie gut ich vorgearbeitet hatte.

Auf Anhieb funktionierte es nicht, ich musste mehrmals ein paar Anpassungen vornehmen und einige Fehler ausmerzen, doch nach etwas mehr als einer Stunde hob ich den Roboter stolz hoch und verkündete: »Es geht!«

Die gesamte Truppe versammelte sich um mich und Amy.

Ich setzte den Roboter auf den Tisch und sagte: »Hallo!«

Auf dem Bildschirm erschien ebenfalls das Wort: »*Hallo.*«

»Nicht schlecht«, bemerkte Ben.

Der Roboter zeigte etwas Neues an: »*Sogar einsame Spitze!*«

Ben prustete los und Amy neben mir kicherte. »Ich habe mir bei den Textbausteinen ein paar Spielereien erlaubt«, gab sie zu.

»Das macht es charmant«, sagte ich.

Amy lächelte mich an und Glück flutete mich. Ihre Wirkung auf mich war immens.

Wir spielten ein wenig mit unserem kleinen KI-Freund herum, dessen Antworten sich aus einer Datenbanktabelle mit Amys Textbausteinen intelligent zusammensetzten, bis das Knallen der Eingangstür unsere Aufmerksamkeit erregte.

Die Tür zum Salon schwang auf und Herr Morris schleifte Liam am Arm herein. Als der Aufklärer von ihm abließ, brachte Liam sofort Abstand zwischen sich und den Mann. Sein Blick fuhr herum wie bei einem in die Ecke gedrängten Tier.

Leon baute sich vor Liam auf und trotz der kleineren Größe wirkte er imposant, es war seine Ausstrahlung, voller Entschlossenheit, die unweigerlich Respekt einflößte.

»Das alles ist nicht rechtens!«, rief Liam.

»Und doch bist du mit der Erlaubnis deiner Eltern hier«, sagte Herr Morris.

Liam wandte sich dem Aufklärer zu. »Weil Sie gelogen haben! Es geht hier nicht um die Studienarbeit, ich drücke mich nicht vor Hausaufgaben! Was ihr hier spielt, ist krank!«

»Irrelevant«, bestimmte Leon.

Liam schaute mich an, offensichtlich Hilfe suchend, dann Ben und Amy. Doch wir alle sahen nur wie erstarrt zu.

»Du hast dich meiner Einladung verweigert, die Konsequenz habe ich bereits am ersten Tag genannt.«

Mein Kommilitone wurde kreidebleich, sein Blick zuckte zur Waffe von Herr Morris.

»Du bist der Killer«, sagte Leon.

Liam schüttelte den Kopf und wich zurück, so lange, bis er gegen die Wand stieß.

»Ich war es nicht, ich war es nicht!«

»Ein Pinsel als Erbstück. Angst und Unbehagen beim Wahrheit-oder-Pflicht-Spiel und nun wolltest du dich drücken. Klingt das nicht auch für dich sehr verdächtig?«, fragte Leon.

Der Beschuldigte schüttelte wieder und wieder den Kopf und wimmerte: »Ich war es nicht.«

Herr Morris' Hand lag auf seiner Waffe, bereit, diese zu ziehen. Mein Herz hämmerte in meiner Brust, der krasse Wechsel der Stimmung und die neue Situation überforderten mich. Ich hatte gewusst, dass wir nicht für die Studienarbeit hier waren, nicht primär jedenfalls, aber das alles passierte viel zu schnell. Wenn der Aufklärer jetzt seine Waffe zöge, könnte niemand von uns etwas tun, um Liam zu helfen.

RUNDE ZWEI

Josh

»Ich war es nicht … Ich war es nicht«, wiederholte Liam unablässig.

»Dann beweise es«, verlangte Leon.

Der Kunststudent riss die Augen auf. »Beweisen?«, entkam es ihm.

»Wir werden heute noch einmal Wahrheit oder Pflicht spielen. Allerdings mit etwas anderen Regeln. In meinen Augen bist du der Killer, ich werde also nur dich befragen. Du hingegen solltest deine Chance nutzen, Informationen aus einem der anderen herauszubekommen. Wenn du mich überzeugen kannst, dass einer von ihnen der Täter ist, darfst du heute nach Hause gehen, ansonsten …« Den letzten Teil ließ er offen, vermutlich bewusst. So konnte unsere Fantasie den Rest erledigen und angstvolle Gedanken schüren.

»Das …«, begann Liam.

»Eine Wahl hast du nicht«, unterbrach Leon ihn.

Ich sah, wie Liams Hände sich verkrampften, sein Blick ruhte auf der Waffe von Herr Morris. Niemand von uns hatte eine Wahl. Die Regeln machten die Stärkeren und die Rangordnung in diesem Raum war unumstößlich.

Als wir erneut im Esszimmer saßen, um den Esstisch verteilt, fühlte sich das wie in einem Traum an. Eben noch hatten wir unbeschwert zusammengearbeitet, nur um dann einem Drama voller Todesangst beizuwohnen und jetzt erneut ein Jugendspiel zu spielen, von dem alles abhing.

Ob Liam der Mörder war, wusste ich nicht. Auf mich wirkte er normal, ein verängstigter Student, der sich einer furchterregenden Situation zu entziehen versucht hatte.

Mal abgesehen von Tom, der ziemlich schräg war, erschien mir niemand der Anwesenden verdächtig. Nun, eventuell noch Leon, der sich abgebrüht und gnadenlos verhielt, beim letzten Spiel aber auch eine andere Seite gezeigt hatte. Seine Zugehörigkeit zur Familie Wald und die Vision von seinem Vater machten ihn trotz meines persönlichen Gefühls, das ihn nicht als Täter wahrhaben wollte, zum Hauptverdächtigen. Wobei der Sinn dieses Spiels sich mir in diesem Fall nicht erschloss.

Ich massierte mir die Schläfen und war dankbar, als ich spürte, wie Amy meine Hand unterm Tisch mit der ihren umschloss. Ich nickte ihr zu.

»Wahrheit oder Pflicht?«, begann Leon ohne Umschweife, selbstverständlich an Liam gerichtet.

»Wahrheit«, murmelte dieser schicksalsergeben. Vermutlich hing ihm die erste schlechte Erfahrung mit seiner Pflicht-Wahl nach.

»Nun, zu fragen, ob du der Mörder bist, ist sinnlos. Du leugnest es. Also anders. Wie und womit hast du meinen Vater getötet?«, wollte Leon wissen.

Mir schnürte sich der Hals zu, Unwohlsein durchflutete mich. So ein Mist, natürlich, Leon und Herr Morris hatten die Krawatte um den Hals von Herr Wald entfernt, sie kannten das Detail, das mich vor Marie Laute bereits in ein verdächtiges Licht gerückt hatte. Wenn irgendjemand auf die Idee käme, mich zur Todesursache oder zur Tatwaffe zu befragen, hätte ich ein echtes Problem.

»Ich habe ihn nicht getötet«, beteuerte Liam. Seine Augen waren geweitet und von roten Ringen untermalt. Von seiner sonst so unbeschwerten Art war nichts mehr übrig.

»Wie? Womit?«, bohrte Leon nach.

Liam hob die Schultern hilflos an. »Ich weiß es doch nicht! Ich weiß nicht, was der Mörder getan hat! Ich habe nicht mal die Leiche gesehen!«

»Er sagt die Wahrheit«, mischte sich Herr Morris ein.

»Ja doch!«, sagte Liam deutlich hoffnungsvoll.

»Mmh«, machte Leon.

»Der Junge hat Angst und macht sich fast in die Hose. Er ist kein Mörder«, stellte der Aufklärer fest.

»So müssen Sie das auch wieder nicht sagen«, nuschelte Liam.

Herr Morris hob die Brauen. »Bist du es doch?«, wollte er provokant wissen.

Sofort schüttelte Liam den Kopf. »Ich bin unschuldig«, beteuerte er.

»Ich glaube dir«, sagte Leon völlig unerwartet. Er

hob den Kopf an. »Heute Abend werden wir den Killer entlarven, daran besteht kein Zweifel. Hilfst du mir, alles zu beschleunigen?«

Liam nickte eifrig.

»Dann mache es genauso wie ich, frage denjenigen, der dir am verdächtigsten erscheint, dasselbe wie ich dich gerade.«

Ich befand mich knietief im Morast. Viel schlimmer konnte es nicht werden. Außer der Mörder wurde vor mir gefragt und verriet sich. Vermutlich hatten Leon und Herr Morris sich diese Taktik nach dem letzten Spiel überlegt. Eine Frage, die alles klären könnte.

Meine Hände waren schwitzig, aber ich bemühte mich, möglichst ruhig zu bleiben, wenn ich mich jetzt verdächtig verhielt, würde das Liam nur anstacheln, mich zu fragen.

Der Blick des Kunststudenten erfasste mich, dann sah er Amy an und schließlich Tom. Letzterem stellte er die Frage: »Wahrheit oder Pflicht?«

Tom nickte mit verschränkten Armen. »Klar, dass du mich verdächtigst. Okay, ich spiele mit, Wahrheit«, sagte dieser.

Ich atmete tief durch. Liam zögerte nicht lange und wiederholte die Frage, die Leon ihm gestellt hatte.

»Wie und womit wurde Leons Vater getötet?«

»Da er ein Opfer des Blutlinien-Killers war, wurde er wohl stranguliert«, sagte Tom emotionslos.

Er sah Herr Morris herausfordernd an.

»Du hast die Frage nach dem ›Womit‹ nicht beantwortet«, stellte Leon klar.

Tom zuckte mit den Schultern. »Vielleicht mit einem Seil?«

Herr Morris nickte Leon zu, welcher Tom mit einer

211

Handbewegung bedeutete, weiterzumachen. Offenbar wollten sie sich jetzt nicht mehr in die Karten schauen lassen.

Tom sah Ben an, dann mich und schließlich Amy.

»Du warst noch nicht ein einziges Mal dran, keiner kann sich hier drücken. Wahrheit oder Pflicht?«, fragte er sie.

Amy biss sich auf die Lippe, ganz kurz erhaschte ich einen Blick in ihre Augen, sie wirkte unsicher, ich wollte ihre Hand drücken, doch sie entzog sie mir.

»Wahrheit«, entgegnete sie mit zittriger Stimme.

Tom schien zu überlegen, vermutlich, dachte er darüber nach, ob er Leons Spiel mitspielen oder sein eigenes Ding machen sollte.

»Ich mache mit, scheint, als wäre das ein schneller Weg, das hier zu beenden. Also, Amy, wie und womit wurde Leons Vater getötet?«

Amy wirkte angespannt und in diesem Moment traf mich die Erkenntnis wie ein Schlag. Als sie begann, zu sprechen, wäre ich am liebsten aufgesprungen.

»Er wurde mit einer Krawatte stranguliert«, sagte sie.

Ein lautes Geräusch ertönte, vermutlich war Leons Stuhl umgestürzt, weil er aufgesprungen war. Ich sah es nicht, weil ich Amy ungläubig fixierte. Ja, ich hatte ihr davon erzählt, von diesem vermaledeiten Detail, das mich fast hinter Gitter gebracht hätte, und jetzt wurde es ihr zum Verhängnis. Doch dass sie nicht mal versucht hatte, zu lügen, hatte einen anderen Grund, ich erkannte es, als sie sich mir zuwandte. Ihr trauriges, fast entschuldigendes Lächeln verriet sie. Sie hatte das für mich getan, weil ich mich ansonsten vielleicht verraten hätte. Lieber wollte sie die Schuld auf sich nehmen.

»Nein!«, rief ich aus, bevor irgendjemand anderes etwas sagen konnte.

Ich stand auf und betrachtete Leon, der mit ausgestrecktem Arm vor dem Tisch stand, auf meine Freundin deutend, ebenso wie Herr Morris, der seine Waffe gezogen und auf Amy gerichtet hatte.

»Sie weiß das von mir!«, sagte ich und lenkte damit die Aufmerksamkeit der beiden auf mich.

»Überleg dir gut, ob es angebracht ist, das Mädchen zu beschützen«, warnte mich Herr Morris.

Seine Waffe schwenkte zu mir.

»Ich lüge nicht, sie weiß es, weil ich ihr davon erzählt habe«, bekräftigte ich meine Worte.

Amy, die an meiner Schulter rüttelte, ignorierte ich.

»Herzzerreißend«, spie Leon das Wort beinahe aus.

Er deutete auf mich und Amy. »Sie wusste also, was du getan hast, und hat dich gedeckt? Im Ernst, ein Komplizenpärchen?«

»Josh ist nicht der Mörder!«, rief Amy.

Leon zog die Brauen hoch. »Woher sonst könnte er das mit der Krawatte wissen?«

»Dieses Detail wurde von der Polizei nicht veröffentlicht, sie haben uns explizit gebeten, öffentlich nicht darüber zu sprechen«, setzte er nach.

Ich schluckte. Verdammt, ich wusste nicht, wer der Mörder war. Wie sollte ich diese Situation umkehren?

Herr Morris kam auf mich zu und hielt mir die Waffe direkt an den Kopf. Ich fühlte, wie Amy meine Hand umklammerte, hörte ihr Schluchzen. Mein Herz schlug mir bis zum Hals.

Ben, der noch immer auf seinem Stuhl saß, atmete keuchend, zwischen gepressten Atemzügen brachte er hervor: »Tötet ihn nicht, bitte.«

»Ich werde gleich von zehn runterzählen. Entweder sagst du mir die Wahrheit, bevor ich bei null ankomme, oder ich schieße«, verkündete Herr Morris.

»Nein«, wimmerte Amy.

Ich konnte nicht begreifen, was geschah. Wollte er mich wirklich erschießen?

»Zehn ...«

Das Eisen an meinem Kopf war kühl, alles erschien mir verlangsamt und gleichzeitig viel zu schnell.

»Neun ...«

Ich schaute mich um, Liam beobachtete das Geschehen mit weit aufgerissenen glasigen Augen. Tom, den sonst nichts aus der Ruhe bringen konnte, starrte mit offenem Mund in meine Richtung. Amy war schräg hinter mir und umklammerte meinen Arm.

Ben kramte in seiner Tasche, ich hörte seinen rasselnden Atem, er hatte einen Asthmaanfall.

»Acht ...«

Das Geräusch von Bens Inhalator erschien mir viel lauter als sonst, sein tiefer Atemzug, der stoßartige Sauerstoffschub, normalerweise fiel mir das gar nicht groß auf.

»Sieben ...«

Amy rüttelte an mir, erst sanft, dann hartnäckiger. Ich spürte ihren Atem an meinem Ohr.

»Sechs ...« Herr Morris' Stimme war fern und dumpf, denn Amy flüsterte mir etwas zu: »Darth Vader!«

Mein Gehirn versuchte, die scheinbar zusammenhanglose Aussage zu verarbeiten. Bis ich begriff.

»Fünf ...«

Die Totenwelt repräsentierte die Wahrnehmung der verstorbenen Person. Leons Vater hatte seinen Mörder als eine Art finstere Version von Darth Vader wahrgenommen. Zum einen vermutlich deshalb, weil er seinen eigenen Tod nicht akzeptiert hatte, also hatte sein Gehirn eine Art fiktiven Bösewicht erschaffen, eine Gestalt, die nicht aus der realen Welt stammte.

»Vier …«

Und andererseits vielleicht deshalb, weil sein Mörder rasselnd geatmet hatte, weil dieser tatsächlich schlecht Luft bekommen hatte und deshalb ein Asthmaspray benutzt hatte. Das Geräusch klang ähnlich, wie das Einziehen von Sauerstoff durch eine Maske, vergleichbar mit dem Science-Fiction-Schurken Darth Vader.

»Drei …«

Mein Blick ruckte zu meinem Freund, zu Ben, dessen Atem sich langsam beruhigte.

»Nein …«, murmelte ich.

»Rede!«, verlangte Leon.

»Zwei …«, sagte Herr Morris und drückte die Waffe stärker gegen meine Stirn.

Ich sah dem Aufklärer direkt in die Augen.

»Ich habe niemanden getötet. Vielleicht bin ich verrückt, aber ein Mörder bin ich nicht«, sagte ich.

Der Mann ließ die Waffe sinken.

»Was machst du denn?«, fuhr Leon ihn an.

»Er sagt die Wahrheit.«

»Aber er wusste es! Wie sollte er davon wissen?«

»Erkläre es uns«, verlangte Herr Morris.

»Ich bin nicht krank«, begann ich.

»So viel war mir klar«, behauptete der Aufklärer.

»Ich habe Visionen. Ich sehe die letzten Minuten von Verstorbenen. Als ich die Leiche von Leons Vater am Tatort sah, habe ich gesehen, wie die Krawatte ihm die Luft abschnürte.«

»Das ist absurd«, urteilte Leon.

Herr Morris schien nachdenklich. »Was du sagst, ist unmöglich, aber du glaubst es wirklich.«

Leon gestikulierte wie wild mit den Händen, Speichel flog aus seinem Mund, als er sprach: »Dann ist er wohl offensichtlich der Killer! Er glaubt vielleicht, dass es Visionen sind, aber er war es!«

»Genau davor hatte er selbst Angst«, sagte Amy, die hinter mir hervortrat.

»Aber er hat eine Gabe. Es ist keine Lüge. Er ist nicht verrückt und gewiss kein Mörder«, beteuerte Amy.

»Maximilian hat mal so etwas erwähnt und Linda auch«, meinte Herr Morris. »Sie erzählten, dass in ihrer Familie verrückte Gerüchte von einer ominösen Gabe umgehen. Visionen, die Geheimnisse offenbaren, eine Fähigkeit, die viel Geld einbringen könnte. Manche ihrer Verwandten hatten wohl Angst, weil sie glaubten, dass Leute bereit wären, dafür zu töten. Angeblich sollte diese Kraft vererbt werden, immer an den direktesten lebenden Nachfahren.«

»Das war doch bloß ein dummes Märchen«, entkam es Leon.

»Außerdem ist er nicht mit uns verwandt!«, rief er dann aus und deutete auf mich.

»Oder doch?«, wollte Herr Morris wissen.

Jetzt konnte ich ebenso gut alles offenbaren, es war meine einzige Chance, sie zu überzeugen. »Ich bin der uneheliche Sohn von Henry Eberhard Finken, vom verstorbenen Bürgermeister.«

»Die Finkenwalds spalteten sich in zwei Familienzweige, die Walds und die Finkens«, erklärte Amy.

»Ich weiß«, sagte Herr Morris.

»Was soll das alles bedeuten?«, wollte Leon wissen.

»Es steckt mehr hinter Maximilians Tod, als wir dachten«, sagte der Aufklärer.

»Unabhängig davon, ob diese Gabe *echt* ist, es scheint, der Täter wollte sie für sich. Deshalb tötete er den Bürgermeister und wandte sich dann dem zweiten Familienzweig, den Walds, zu. Doch offenbar wusste er nicht, dass der Bürgermeister noch einen Sohn hatte. Josh ist der Faktor, der dem Killer unbekannt war.«

»Nichts davon ergibt Sinn!«, ereiferte sich Leon.

»Wenn Josh der Killer wäre, und es wäre ihm um die Gabe gegangen, dann hätte er sein Ziel bereits erreicht. Einen der Walds zu töten, hätte keinen Sinn gehabt.«

»Das ist ein fiktives Motiv, das auf einem Märchen und seinen Wahnvorstellungen basiert«, beharrte Leon.

»Vielleicht, oder es ist die Wahrheit.«

»Es ist die Wahrheit«, beteuerte Amy.

Leon starrte mich mit weit aufgerissenen Augen an, er schien etwas in meinem Blick oder meiner Haltung zu suchen, vielleicht ein Zeichen dafür, dass ich ein heimtückischer Lügner und Mörder war.

Amys Stimme erklang neben mir, woraufhin ich leicht zusammenzuckte, die Anspannung in der Luft war nahezu greifbar.

»Wir wissen, wer deinen Vater ermordet hat. Joshs Vision im Arbeitszimmer von Herr Wald hat es offenbart. Nur haben wir es nicht sofort verstanden.«

Ich sah Ben an, doch er wich meinem Blick aus. Vielleicht suchte ich nach etwas, nach der Bestätigung des furchtbaren Verdachts, den Amy in mir geweckt hatte. Konnte es sein? War mein Freund ein Mörder? Konnte er mich nicht ansehen, weil er fürchtete, dass Amy ihn enttarnt hatte?

Nun ja, er war kräftig und wenn auch nicht in bester

Form, so war er allein durch sein Gewicht und die Körpergröße dazu in der Lage, einen Menschen zu überwältigen. Zusätzlich war er am Todestag von Leons Vater im zweiten Stock gewesen, ein Detail, das ich bisher für mich behalten hatte.

Aber im Zug, im Gespräch mit Tom, war er so emotional geworden, als es um den Tod des Bürgermeisters und seiner Familie gegangen war. Vielleicht weil er sich diese sogenannten *Kollateralschäden* selbst nicht verzeihen konnte? Hatte sein schlechtes Gewissen zu einer stärkeren Reaktion geführt? War sein Motiv tatsächlich *soziale Gerechtigkeit*?

Aber das ergab keinen Sinn. Das Motiv war nie die Frage gewesen. Es ging um meine Gabe. Um das Erbe der Familie Finken.

Mir schwirrte der Kopf.

»Wer ist es?«, wollte Leon wissen.

Amy sah mich an, dann unsere Peiniger.

»Gerade halten wir den Killer hier fest, niemand weiß, wen wir verdächtigen. Wenn wir diese Situation nutzen, können wir Beweise sammeln, handfeste Beweise, die zu seiner Verhaftung beitragen können.«

»Ihr glaubt, ich lasse euch gehen?«, schnaubte Leon.

»Du könntest ja mitkommen«, schlug Amy vor.

Ich brachte kein Wort heraus, keine Ahnung, was Amy plante. Beweise, wollte sie zu Ben nach Hause? Glaubte sie, dort etwas zu finden?

»Ich soll allein mit zwei Wahnsinnigen losziehen?«, fragte Leon. Der Sarkasmus triefte aus seinen Worten.

»Es wäre unsere beste Chance, diese Mordserie zu beenden«, versuchte Amy es weiter.

»Wohl eher zu entkommen, bevor ich die Polizei rufe«, stellte Leon klar.

Herr Morris starrte uns mit verschränkten Armen an und schien die Situation zu observieren. Liam wirkte wie eingefroren und Tom genoss vermutlich die Show. Jedenfalls schätzte ich ihn mittlerweile so ein. Ben starrte schweigend zu Boden.

»Wenn sie versuchen, zu fliehen, haben wir den Beweis, dass sie schuldig sind. Kommen sie zurück, finden wir vielleicht den wahren Täter«, sagte der Aufklärer plötzlich.

»Das ist verrückt«, insistierte Leon.

»Das war unsere ganze Aktion von Anfang an«, warf Herr Morris ein.

Leon schüttelte immer wieder den Kopf. Doch plötzlich holte er sein Handy aus der Tasche und tippte darauf herum.

Dann nickte er.

»Ihr habt eine Stunde, in 15 Minuten dürft ihr gehen. Bringt mir Beweise für eure abstrusen Behauptungen.«

NIE UND NIMMER

Josh

Wir begriffen schnell, warum wir 15 Minuten hatten warten sollen, bevor wir aufbrachen und auch, warum Leon uns tatsächlich hatte gehen lassen.

Während ich mit Amy auf dem Rücksitz so schnell radelte, wie es mir nur möglich war, fuhr die ganze Zeit ein schwarzes Auto mit getönten Scheiben hinter uns her. Wir wurden beschattet. Anscheinend hatte Leon, als er auf seinem Handy herumgetippt hatte, jemanden damit beauftragt uns zu folgen.

»Wie in einem Kriminalroman«, hörte ich Amys Stimme gedämpft, da sie gegen den Fahrtwind anredete.

Normalerweise hätte mich ihre Literaturbegeisterung amüsiert, aber gerade fühlte es sich an, als wäre meine ganze Welt auf den Kopf gestellt worden.

Ich wusste, wir hatten keine Zeit, aber ich hielt an, vorsichtig, damit Amy nicht vom Gepäckträger rutschte.

Sie ließ sich vom Fahrrad gleiten und sah mich forschend an.

»Warum hast du Wahrheit gewählt und dich direkt verraten?«, wollte ich wissen. Vor den anderen hatte ich sie nicht fragen können.

Amy biss sich auf die Unterlippe. »Ganz ehrlich? Die Situation hat mich fertiggemacht, ich konnte nur noch daran denken, dass sie dich fragen und verdächtigen würden. Ich hatte Angst, dass Herr Morris dich erschießen würde. Ich bekam Panik und sah keine andere Lösung.«

»Wir hätten sie hinhalten können, hätten Ben die Frage stellen können«, sagte ich.

»Da haben wir ihn ja noch nicht verdächtigt«, warf Amy ein. Sie seufzte. »Es war nur eine Frage der Zeit, bis einer von uns gefragt werden würde. Ich habe überlegt, dich auszuwählen, und dir eine einfache Frage zu stellen. Aber was dann? Es hätte das Unvermeidliche nur hinausgezögert und Leon stutzig gemacht. Dann hätte er dich erst recht gefragt.«

»Tut mir leid, Amy, gerade schwirrt mir der Kopf. Ben ist schon seit Jahren mein Freund, zu denken, dass er ...«

Amy legte ihre Hand auf meine Brust, direkt über mein Herz, und sah mich aufrichtig an. »Vielleicht liegen wir falsch, lass es uns herausfinden.«

Ich schluckte und nickte. Das war der einzige Weg. Ben saß bei Leon und Herr Morris fest, genauso wie Liam und Tom. Das war die einmalige Gelegenheit, sein Zimmer zu durchsuchen.

Amy stieg erneut aufs Fahrrad und ich trat wieder in die Pedale. Noch nie war mir der Weg zum Haus von Bens Familie so weit vorgekommen. Ich hatte ihn früher öfter besucht, aber seit Beginn unseres Studiums hatten wir uns, nur in Bars oder in der Stadt getroffen.

Als wir das Reihenhaus erreichten, stieg Amy von meinem Fahrrad und ich schloss es am Zaun an. Ich hatte einen Plan, der hoffentlich funktionieren würde.

Ein Blick auf mein Handy verriet mir, dass allein der Weg uns 15 Minuten gekostet hatte, blieb also nur eine halbe Stunde, um zu finden, was auch immer wir suchten, damit wir genug Zeit für die Fahrt zurück hätten.

»Bereit?«, fragte ich Amy, sie nickte und gemeinsam näherten wir uns der Eingangstür.

Ich klingelte und nur kurze Zeit später öffnete Bens Vater die Tür. Für einen kurzen Moment betrachtete er mich skeptisch, bis sich schließlich ein Lächeln auf seinem Gesicht ausbreitete.

»Ah, Josh, nicht wahr? Du warst lange nicht mehr hier, Ben ist nicht da, arbeitet ihr heute nicht eigentlich zusammen?«

Ich bemühte mich, sein Lächeln möglichst aufrecht zu erwidern, und nickte. »Genau. Leider hat Ben ein Zubehörteil für seinen Roboter vergessen. Dürfen wir in sein Zimmer und danach suchen?«

Bens Vater schüttelte den Kopf, ich fürchtete bereits, dass wir uns einen anderen Plan würden ausdenken müssen, doch bei seinen Worten atmete ich auf: »Typisch, dass er dich vorschickt, bloß keinen Weg zu viel gehen.«

Er trat einen Schritt nach hinten und zog die Tür weiter auf.

»Kommt rein, du weißt ja, wo sein Zimmer ist«, lud Herr Hagen uns ein.

Als wir über die Schwelle traten, wandte er sich Amy zu: »Bist du auch eine Freundin von Ben?«, wollte er wissen.

»Ich bin Amy Carpendale, freut mich sehr, Sie kennenzulernen«, erwiderte Amy höflich. »Ben ist ein kluger Kopf und eine Bereicherung für unser Projekt.«

Das war vielleicht ein wenig dick aufgetragen, aber Bens Vater strahlte. »Das würde er sicher gerne hören, ich hoffe ihr findet, was ihr sucht.«

Mir schnürte sich der Hals zu, während wir die enge Treppe hinaufgingen. Wüsste Herr Hagen, was wir hier tatsächlich suchten, wäre er sicher nicht so freundlich. Jahrelang tauchte ich hier nicht auf, nur um jetzt nach einem Beweis zu suchen, dass mein Freund der Blut-linien-Killer war.

»Das ist ein fiktives Motiv, dass auf einem Märchen und seinen Wahnvorstellungen basiert.«

Leons Worte kamen mir in den Sinn, vermutlich weil sie viel vernünftiger waren, als verrückte Visionen von einem Science-Fiction-Schurken, die mich dazu brach-ten, meinen langjährigen Freund zu verdächtigen. Auch wenn ich mich für meine Wahrheit entschieden hatte, waren meine Zweifel nicht einfach verschwunden. Ich hatte Angst davor, dass Leon recht hatte.

Ich schob die Tür zu Bens Zimmer auf und Amy und ich schlüpften hinein.

Es war deutlich aufgeräumter als in meinen Er-innerungen, viele der Anime- und Game-Poster, die das Zimmer früher geschmückt hatten, fehlten. Ein Schreib-tisch mit Gaming-PC, ein Fernseher mit Sessel davor, Bens Kleiderschrank und ein schmales Bett standen in dem länglichen Raum.

»Dann mal los«, meinte Amy. Sie ging zum Schreib-tisch und zog die Schubladen auf.

»Was genau suchen wir eigentlich?«, fragte ich.

»Ich denke, das wissen wir, sobald wir es gefunden haben«, antwortete sie kryptisch.

Nicht dass mir das weiterhalf.

Seufzend zog ich die Nachttischschubladen auf, mal abgesehen von einem Schmuddel-Heftchen und Müll verbarg Ben dort nichts Ungewöhnliches.

Ich zog den Schrank auf. T-Shirts und Hemden hingen nach Farben sortiert auf Bügeln.

»Ich wusste gar nicht, wie ordentlich er ist«, entkam es mir.

»Der Schreibtisch ist auch ziemlich aufgeräumt, bisher sind hier nur Bilder, Papiere und Elektrokram«, entgegnete Amy.

Ich wollte die Schranktür bereits wieder schließen, als mir etwas Merkwürdiges ins Auge fiel. Hinter den Shirts, an der Rückwand vom Schrank, klemmte etwas, ein kariertes Stück Stoff.

Ich schob die Bügel zur Seite und griff danach. Was auch immer es war, es ließ sich nicht herausziehen, aber hinter der Schrankwand erzeugten meine Bemühungen ein dumpfes Geräusch.

»Hier ist irgendwas«, ließ ich Amy wissen.

Sie kam zu mir und blickte über meine Schulter in den Schrank. »Was hat der Herr entdeckt?«, fragte sie.

Ich schwieg und tastete an den Seiten der Rückwand entlang. Dann drückte ich leicht dagegen. Und sie gab nach.

Sie ließ sich zu einer Seite wegdrücken, wodurch ich sie greifen und aus dem Schrank ziehen konnte. So behutsam wie möglich stellte ich das dünne Holz ab und betrachtete das, was Ben offenbar zu verstecken versucht hatte. Krawatten, fein säuberlich zusammengelegt.

»Nein, nie und nimmer«, wisperte ich.

Die letzte Krawatte war grau-blau kariert und aus einem einfachen Stoff gefertigt. Sie glich der Krawatte, mit der Herr Wald in meiner Vision getötet wurde.

Ich schluckte und griff nach einem Zettel, der wie ein Etikett in Folie auf dem Stoff lag. Nur eine Zeile stand darauf:

Geschenk von einem Jäger.

In Herr Walds Haus hingen überall Hirschköpfe und im Garten standen Statuen von wilden Tieren, »Jäger« könnte sich also auf ihn beziehen.

Mir wurde schwindlig und übel.

»Er war es wirklich, es war Ben«, wisperte ich.

Amy umfasste meine Hand.

»Du konntest es nicht wissen«, sagte sie.

Natürlich hatte sie recht, aber gerade halfen mir ihre gut gemeinten Worte nicht. Ungläubig betrachtete ich die vielen Krawatten. Dazwischen lagen ein paar zu Schleifen gebundene Bänder, vielleicht Symbole für die ermordeten Frauen. Überall waren die Etiketten. An einem weißen Band stand folgendes geschrieben:

Geschenk von einer Göttin.

Ich entdeckte die schlichte dunkelrote Seidenkrawatte, die dem Bürgermeister das Leben geraubt hatte. Auf seinem Zettel stand etwas anderes.

Andenken an einen König.

»Warum ›Andenken‹ und nicht ›Geschenk‹?«, wunderte ich mich.

»Sieh mal«, sagte Amy plötzlich. Sie deutete auf ein kleines Fach rechts oben im Schrank, in dem eine Schatulle stand. Ich hielt den Atem an und zog das Holzkästchen heraus. Ein Zahlenschloss verhinderte, dass ich es öffnete.

»Mist«, fluchte ich.

Amy sah nachdenklich aus und ging zurück zum Schreibtisch.

»Ich habe hier vorhin etwas gefunden«, sagte sie, zurück kam sie mit einem Foto in der Hand.

Sie streckte es mir entgegen. Es zeigte Bens Mutter, Frau Hagen, die uns früher manchmal Kekse aufs Zimmer gebracht hatte, wenn wir wieder in einer ausgiebigen Zocker-Session versunken waren.

»Stimmt, sie war gar nicht da ...«, murmelte ich, während ich die freundlich lächelnde Frau auf dem Bild betrachtete.

Amy bedeutete mir mit der Hand, das Bild umzudrehen. Auf der Rückseite war ein Kreuz gezeichnet und ein Datum: 07.12.

Darunter stand nur ein Wort: *Gerechtigkeit*.

Ich sah Amy an, die mir zunickte.

»Sie ist tot, oder?«, sprach ich aus, was längst klar war. Wie konnte es sein, dass die Mutter meines Freundes starb, und ich wusste nichts davon? Ja, wir hatten kaum über ernste Themen gesprochen, die kindliche Freundschaft hatte sich ein wenig verloren und war nicht über gemeinsame Späße und Spiele hinausgewachsen, aber dass ich so wenig über ihn wusste, erschreckte mich doch.

»Aber das passt doch alles nicht«, sagte ich.

»Es steckt vielleicht mehr hinter allem, als wir dachten«, meinte Amy. »Aber wenn ihr Tod sein Antrieb ist, dann ist das Datum bestimmt ...«

Sie musste den Satz nicht beenden, ich hatte es bereits selbst vermutet, das einzelne Wort, in krakeliger, hektischer Schrift verfasst, ließ darauf schließen, dass Ben sehr emotional gewesen war, als er es aufgeschrieben hatte. *Gerechtigkeit* war, was er verlangte, und dafür hatte er begonnen, zu morden. Vielleicht wollte er die Gabe, um mit seiner Mutter sprechen zu können? War er ein Erbe der Walds und hatte irgendwie davon erfahren, dass die Fähigkeit den Kontakt mit den Toten ermöglichte?

Seufzend drehte ich das Zahlenschloss auf die vier Stellen *0712* und schluckte, als es sich tatsächlich öffnete.

Auf den Inhalt hätte mich nichts vorbereiten können. Mehrere kleine, durchsichtige Ampullen, die vermutlich das Gift beinhalteten, das die Frauen tötete, und ein Brief.

Ich zog ihn hervor, öffnete ihn und las die geschriebenen Zeilen:

Liebe Mama,

bitte vergib mir, ich weiß, du würdest nicht gutheißen, was ich tue.

Aber manchmal ist eine Reform der Gesellschaft wichtiger als das eigene Seelenheil.

Dein Leben wurde genommen, von Betrügern, Lügnern und Menschen, die sich für Götter hielten.

Ich kann es dir nicht zurückgeben, aber ich kann etwas tun. Ich kann aufstehen und kämpfen, gegen das Unrecht, für das Recht.

Meine Gerechtigkeit wird sich ihnen zeigen. Mit dem Zeichen ihres Wohlstands nehme ich ihnen alles und ich lasse sie ihre eigene Medizin schmecken.

Niemand kommt davon, ich verspreche es dir.

In Liebe

dein Sohn Ben

In meinem Hals bildete sich ein immer größerer Kloß. Das war ein eindeutiger Beweis. Ein Geständnis. Zusammen mit den Krawatten, bestand kein Zweifel mehr an der Schuld meines Freundes.

»Ich wünschte, wir hätten falsch gelegen«, sagte ich.

Amy drückte meine Hand.

Ich legte den Brief zurück in die Kiste und suchte nach etwas, womit wir die Beweisstücke transportieren könnten, als es plötzlich an der Tür klopfte.

»Alles gut?«, ertönte Herr Hagens Stimme von draußen.

»Ja!«, sagte ich, hastig stellte ich die Kiste zurück in den Schrank und schob die Tür zu.

Bens Vater kam herein und sah uns fragend an.

»Ihr seht mitgenommen aus«, stellte er fest.

Ich schüttelte hastig den Kopf und wie immer war Amy unfassbar geistesgegenwärtig.

Sie hielt eine Platine hoch und sagte: »Na ja, Ben hätte das hier wirklich nicht zwischen alte Socken legen müssen.«

Bens Vater lachte. »Na dann, schnell zurück mit euch«, meinte er.

Ich sah Amy panisch an, doch sie nickte mir zu und schob mich sanft aus dem Zimmer, hinter Bens Vater her.

Vor dem Haus, ein Stück vom Zugang zum Grundstück entfernt, platzte es aus mir heraus: »Alles ist noch da drinnen!«

Amy strahlte. »Genau so, wie es sein muss.«

Ich verstand gar nichts mehr.

»Josh, das sind alles Beweisstücke. Dinge, die die Polizei finden sollte«, erklärte Amy. »Schau hier.«

Sie hob ihr Telefon an und zeigte mir Fotos, die sie offenbar über meine Schultern hinweg gemacht hatte, während ich die Beweise ungläubig inspiziert hatte. Mein Mund stand offen und ich starrte sie einfach nur an.

Amy klappte den Schutzdeckel ihres Handys zu.

»Wir gehen zurück, konfrontieren Ben und bekommen ein Geständnis. Damit erwirkt die Polizei einen Durchsuchungsbefehl und der Fall ist gelöst!«

KONFRONTATION

Josh

Während ich erneut in die Pedale trat, wirbelten unzählige Gedanken durch meinen Kopf, wie ein Sturm wüteten sie. Ich konnte keine Erkenntnis festhalten oder näher betrachten. Da war Angst davor, wie die Konfrontation mit Ben ablaufen würde. Schmerz darüber, dass ich meinen Freund nicht wirklich gekannt hatte. Und Schuldgefühle gegenüber Bens Vater, der seinen Sohn durch uns unwissentlich ans Messer geliefert hatte.

Immer schneller trat ich, konzentrierte mich auf den Fahrtwind und den Weg vor mir. Ben hatte sich dazu entschieden, zu morden, er allein war verantwortlich für seine Taten, trotzdem, er tat mir leid. Sein Brief war emotional, zeigte seinen Schmerz und seine Wut. Er war kein Psychopath oder Wahnsinniger, er hatte seine Mutter verloren. Dennoch war es keine Rechtfertigung.

Wir erreichten Leons Anwesen, Amy ließ sich vom

Gepäckträger gleiten und ich stellte das Fahrrad hastig am Zaun ab.

Ich sah Amy an, die sich vor mich stellte und meine Hände umfasste.

»Du schaffst das«, sagte sie.

Ein leichtes Lächeln erfasste meine Mundwinkel.

»Danke«, entgegnete ich und zog sie an mich.

Vielleicht war das nicht der passende Zeitpunkt, aber ich brauchte ein wenig Wärme und Nähe, etwas Positives, das mir Halt gab.

Ich spürte Amys Hände an meinem Rücken, und für einen kurzen Moment vergrub ich meine Nase in ihren Locken. Sie roch süßlich.

»Josh, wir müssen rein«, meinte Amy.

Seufzend und widerwillig löste ich mich von ihr.

»Wenn das erledigt ist, gehen wir auf unser wohlverdientes Date«, versprach ich ihr.

Sie nickte lächelnd und drückte noch einmal meine Hand, bevor wir uns der Gegensprechanlage zuwandten. Nach einem kurzen Austausch mit Herr Morris wurden wir eingelassen und standen nur wenige Sekunden später im Eingangsbereich.

Leon starrte uns an, seine Arme waren verschränkt und seine ganze Haltung ablehnend. Ben, Liam und Tom standen nebeneinander. Mein Freund sah mich nicht an. Ich wünschte, er würde es tun, würde leugnen, was ich wusste, würde mir eine verdammt gute Erklärung für alles liefern, aber er tat es nicht.

»Ihr seid zurückgekommen, ich hoffe, nicht mit leeren Händen«, brach Leon das Schweigen.

Amy suchte meinen Blick, ich schloss die Augen und nickte. Wir mussten weitermachen. Ich konnte Ben nicht schützen.

»Ich möchte das machen«, sagte ich.

Amy entsperrte ihr Handy und gab es mir. Mit einem Kloß im Hals öffnete ich das Album und betrachtete die Fotos, die die schreckliche Realität festgehalten hatten.

Mit hämmerndem Herzen ging ich auf Ben zu.

Zum ersten Mal, seit alles so eskaliert war, sah er mich an. Aber ich konnte seinen Ausdruck nicht deuten.

»Warum?«, fragte ich.

Ich hielt das Telefon hoch, zeigte ihm die Fotos aus seinem Zimmer, die Krawatten, die Zettel, den Brief und die Ampullen, die vermutlich mit Gift gefüllt waren.

Ben seufzte und wandte den Blick ab.

»Ihr wart also in meinem Zimmer«, sagte er.

»Das ist alles, was du dazu zu sagen hast?«, entkam es mir. Ich kämpfte damit, meine Emotionen zurückzuhalten.

»Ich wollte nicht, dass du es so erfährst«, entgegnete er.

»So? Hättest du es mir denn je gesagt?«, fragte ich, eine Antwort erwartete ich nicht, doch Ben lieferte sie mir trotzdem.

»Vielleicht wenn du mich mal wieder besucht oder nach meiner Mutter gefragt hättest. Wenn ich das Gefühl gehabt hätte, dass es dich interessiert.«

Ich schluckte, aber schüttelte den Kopf.

»Wir haben lange nicht über ernste Themen gesprochen, vielleicht nie, aber ich habe dich immer als Freund betrachtet«, sagte ich.

»Ja, ich dich auch«, entgegnete Ben.

Er hob den Kopf und sah mich direkt an. Ich sah Tränen in seinen Augen.

»Du warst lange mein bester Freund, Josh. Aber du weißt nicht, was ich alles durchgemacht habe, du weißt gar nichts. Jeder interessiert sich nur für sich selbst, für Geld, für Erfolg und für sein Ansehen. Diese Welt ist mir zuwider. Ich musste etwas tun. Ich konnte nicht untätig bleiben.«

»Gerechtigkeit …«, wiederholte ich das eine Wort, das Ben auf die Rückseite des Fotos seiner Mutter geschrieben hatte.

»Ja, Gerechtigkeit. Die Menschen, die meine Mutter getötet haben, mussten bluten«, sagte Ben.

Er trat vor, an mir vorbei, und fixierte Leon.

»Dein Vater, der ach so tolle Anwalt, hat den Fall meiner Mutter abgelehnt. Er sagte, die Siegesaussichten seien gering und unser Budget viel zu niedrig. Er hat nicht mal versucht, zu helfen«, sagte Ben.

»Du hast ihn getötet«, sagte Leon.

»Ja, das habe ich«, gestand Ben.

Es zu hören, aus seinem Mund, war trotz allem ein Schock. Jedwede Hoffnung auf eine Verschwörung oder ein Missverständnis war dahin.

Leon ballte die Hände zu Fäusten. »Was für einen Fall? Erkläre es mir, warum musste mein Vater sterben?«

Ben hatte sichtlich zu kämpfen, er zitterte und atmete hörbar schwerer. Hastig griff er nach seinem Asthmaspray und nahm einen Stoß.

»Meine Mutter war krank. Sie hatte eine seltene Immunerkrankung. Doch die behandelnden Ärzte nahmen sie nicht ernst …« Er geriet ins Stocken, kämpfte offensichtlich mit den Tränen, doch fuhr nach einem kurzen Moment fort.

»*Myasthenia gravis*. Die Diagnose erhielten wir erst nach dem Tod meiner Mutter. Erst nach der tödlichen myasthenen Krise, durch die sie erstickte.« Er schluckte und schüttelte den Kopf. »Sie rannte von Arzt zu Arzt, weil sie die Augen manchmal kaum offen halten konnte. Ihre Muskeln taten weh und wollten nicht so, wie sie wollte. Ihre behandelnde Ärztin schob es auf Stress und Überarbeitung. Mama erhielt Schmerzmittel, aber sonst gar nichts. Es wurde schlimmer, manchmal konnte sie gar nicht mehr aufstehen. Trotzdem hieß es, als Kassenpatientin müsste sie bei Spezialisten sechs Monate auf einen Termin warten. Diese sechs Monate hatte sie nicht.«

Ben sah mich an, voller Emotionen.

»Als sie schließlich zusammenbrach, nicht mehr fähig zu sprechen, dabei, zu ersticken, dauerte es trotz unseres Notrufs 20 Minuten, bis Hilfe eintraf. Sie war längst tot, die Helfer versuchten, sie wiederzubeleben, aber vergebens.«

Er verkrampfte sich regelrecht und wurde bei den nächsten Worten lauter: »Sie entschuldigten sich später bei uns, sagten, es hätte weitere Notfälle gegeben, dass sie alles getan hätten. Aber das haben sie nicht. Die Ärztin, die meine Mutter damals mit Schmerzmitteln abgeschoben hat, war mein erstes Opfer. Mirabell Levis, sie war die Erste, die meine Mutter, durch ihre Arroganz, zum Tode verurteilt hat.«

Sein erstes Opfer, ich erinnerte mich an diesen Namen und daran, dass wir bei ihr keine Verbindung zur Familie Finkenwald hatten ermitteln können, aber stand sie tatsächlich als Erstes auf der Liste?

»Ich habe nicht sofort zu so drastischen Mitteln gegriffen, in unserer Trauer wandten mein Vater und ich uns an mehrere Anwälte, wir wollten die Ärztin verklagen. Doch sie wiesen uns ab, Maxwell Livingston genauso wie Maximilian Wald. Nicht genug Geld, keine guten Gewinnaussichten. Die Diagnose sei schwer zu stellen, niemand hätte Schuld. Nur, wenn wir einen unverschämt hohen Vorschuss gezahlt hätten, wären sie bereit gewesen, etwas zu tun. Aber woher hätten wir das Geld nehmen sollen?«

»Du hast aber noch viel mehr Menschen getötet«, sagte Herr Morris mit grimmiger Miene.

Ben schwieg und blickte zu Boden.

»Sag etwas!«, forderte Leon, deutlich emotional.

»Ich bin der Mörder deines Vaters, das ist doch, was du wissen wolltest, oder nicht? Was spielen die anderen Toten für eine Rolle?«

Leon schüttelte den Kopf.

»Als du sagtest, du wärst nicht der Blutlinien-Killer, deutete nichts auf eine Lüge hin. Wieso?«, fragte Herr Morris.

»Sie sind wohl nicht so unfehlbar, wie Sie glauben«, sagte Ben, doch er sah den Mann nicht an.

»Vielleicht, aber ich glaube, du verschweigst uns etwas«, sagte der Aufklärer.

Auch ich hatte das Gefühl, dass ein Detail fehlte, etwas passte nicht. Das Motiv war falsch, die Morde betrafen fast nur die Menschen, die wir nicht mit den Familien Wald oder Finken hatten in Verbindung bringen können.

Doch Ben schwieg.

Leon stellte sich direkt vor ihn.

»Ich weiß jetzt warum, und ich weiß, wer der Täter ist. Und doch ändert es nichts. Ich hätte es wissen müssen. Dein Tod ist es nicht wert, dass ich mein Leben wegwerfe. Die Polizei soll das ab hier übernehmen«, bestimmte er.

Ben nickte nur.

Das alles fühlte sich wie ein böser Traum an. Der Fall war gelöst, mein Freund war der Killer, aber war er tatsächlich derjenige, der nach mir und meiner Gabe trachtete? Er hatte nichts davon erwähnt, und er war erstaunlich kooperativ.

»Ben, ich habe von meiner Gabe erzählt, davon, was sie mir offenbart hat, hat das für dich irgendeine Bedeutung?«, fragte ich.

Er zuckte mit den Schultern. »Was willst du hören? Erst heißt es, du bist krank, dann hast du plötzlich Visionen und es gibt eine Familienverschwörung. Was soll ich davon schon halten? Das ist dein Problem, so wie der Tod meiner Mutter meines war.«

»Du bist wirklich nicht der Blutlinien-Killer«, sagte ich. »Du hast den Bürgermeister nicht getötet.«

Ben sah mich nicht an.

Leon hob die Stimme. »Die Polizei ist auf dem Weg. Sie soll entscheiden, welcher Verbrechen er sich noch schuldig gemacht hat.«

Mein Magen rumorte und ich fühlte ein Pochen hinter meiner Stirn. Was passierte hier? Nichts war geklärt, der Fall war nicht gelöst. Ja, Ben hatte Leons Vater getötet, die Ärztin und einen Anwalt. Aber nicht den Bürgermeister und auch nicht all die Mitglieder der Familie Finken. Es gab also einen weiteren Täter, einen Unbekannten, der nichts mit unserer Gruppenarbeit zu tun hatte. Urplötzlich standen wir wieder ganz am Anfang.

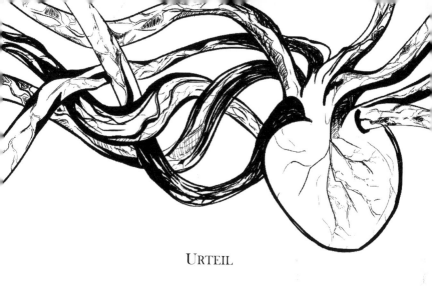

URTEIL

Josh

Unruhe und Verwirrung kämpften in mir um die Vorherrschaft, während wir auf die Polizei warteten. Ben hatte nichts mehr gesagt. Nun, genauer gesagt herrschte insgesamt eisige Stille, seit Leon verkündet hatte, dass die Polizei jeden Moment eintreffen würde.

Liam und Tom hatten sich kurzzeitig echauffiert, dass sie gehen wollten, aber Herr Morris war der Meinung, dass alle bleiben müssten, bis die Beamten entschieden hätten, wie es weitergehen sollte, und auch, um als Zeugen zu bestätigen, dass Ben die Morde zugegeben hatte.

Wir standen im Flur, wie bestellt und nicht abgeholt. Ich umklammerte Amys Hand und versuchte, die wirren Gedanken in meinem Kopf zu sortieren. Es musste noch einen Mörder geben und so wie Ben sich verhalten hatte, wusste er genau, wer dahintersteckte. Aus irgendeinem Grund wollte er den Täter, der hinter einem Großteil der Morde steckte, decken. Es schien keinen passenden Zeitpunkt zu geben, die Stille zu brechen, aber ich wollte noch einmal versuchen, mehr herauszufinden. Leon kam mir jedoch zuvor.

»Mit wem schreibst du da?«, fragte er Ben.

Mein vermeintlicher Freund blickte nicht auf, erst jetzt bemerkte ich, dass er auf seinem Handy herumtippte.

»Ich sage meinem Vater, dass ich heute vermutlich nicht nach Hause kommen werde«, entgegnete er.

»Das *vermutlich* kannst du streichen«, ließ Leon ihn wissen.

Ben reagierte nicht auf die Provokation. Nur der Schweiß, der seine Stirn herabperlte, zeugte von seiner Anspannung. Vielleicht war jetzt nicht der richtige Zeitpunkt, aber eine andere Gelegenheit würde ich nicht mehr bekommen, also fragte ich ihn: »Du weißt, wer die anderen Morde verübt hat, warum sagst du es nicht? Im Zug warst du so wütend, weil der Killer nicht mal davor zurückschreckt, ganze Familien auszulöschen. So jemanden willst du decken?«

Ich sah, wie Ben das Handy einsteckte, seine Hände ballten sich zu Fäusten und er schüttelte den Kopf.

»Du weißt gar nichts, Josh«, wiederholte er etwas, das er zuvor schon gesagt hatte.

»Dann erkläre es mir«, bat ich ihn.

»Jetzt willst du etwas über mich wissen, nur weil es für dich eine Bedeutung hat. Du bist echt der egoistischste Kerl, den ich kenne«, sagte er.

»Es reicht«, mischte sich Leon ein. »Auf euren Ehestreit habe ich keine Lust.«

»Wie war es?«, fragte plötzlich Tom, er sah Ben an, welcher den Blick mit zusammengezogenen Brauen erwiderte.

»Das Töten, wie war es?«, wollte er wissen.

»Du bist echt so krank«, meinte Ben.

Wäre die Stimmung nicht so verquer und der Kontext von allem so ernst, hätte ich vielleicht lachen müssen. Der Killer warf dem morbiden Studenten vor, krank zu sein. Verkehrte Welt.

»Wann hat man schon mal die Gelegenheit, mit einem Serienkiller zu sprechen?«, entgegnete Tom.

»Es reicht, hört auf mit dem Mist, oder Herr Morris sorgt für Ruhe«, drohte Leon.

»Er ist der Mörder meines Freundes«, begann der Aufklärer und deutete auf Ben. »Sagt er auch nur ein falsches Wort darüber, wie es sich angefühlt hat, Maximilian zu töten, dann sorge ich dafür, dass er für immer ruhig ist.«

»Ich hasse es, zu töten«, sagte Ben. »Aber es war der einzige Weg.«

»Es gibt immer einen anderen Weg«, sagte Herr Morris. »Wir hätten dich hier und jetzt richten können, aber haben entschieden, dich der Polizei zu übergeben. Inwiefern ist unsere Situation anders als deine? Du wolltest Rache für deine Mutter, wir für Leons Vater und meinen besten Freund.«

»Herr Wald wäre für sein Verbrechen aber nicht verhaftet oder verurteilt worden«, sagte Ben.

»Weil es kein Verbrechen war«, mischte sich Leon ein.

»Untätigkeit in Angesicht von Ungerechtigkeit sollte aber eines sein«, setzte Ben nach.

»Das ist nicht deine Entscheidung«, sagte Herr

Morris harsch.

»Deshalb war es ja der einzige Weg«, stellte Ben klar.

Leon schüttelte den Kopf. »Besser, du bist jetzt still, sonst entscheiden wir uns doch noch für Selbstjustiz.«

Es klingelte und wir alle blickten auf. Herr Morris schritt zur Gegensprechanlage, die Stimme eines Polizisten meldete sich. Der Aufklärer betätigte einen Knopf und nur kurz darauf hörte ich den Motor eines Autos.

Herr Morris öffnete die Tür und drei Beamte kamen herein. Marie Laute war auch bei ihnen, die Frau, die mich befragt hatte. Diejenige, bei der ich mir einen dummen Fehler erlaubt und die Mordmethode ausgeplaudert hatte.

Sie wandte sich Herr Morris zu.

»Also, wer ist es?«, wollte sie wissen.

Der ehemalige Aufklärer deutete auf Ben. »Er hat vor allen Anwesenden hier ein Geständnis abgelegt«, erklärte er.

Die Polizistin stellte sich vor meinen Freund oder vielmehr vermeintlichen Freund. Denn offenbar hatte ich nichts über ihn gewusst.

»Ben Hagen, Sie haben Maximilian Wald getötet?«, fragte sie.

Er blickte zu Boden und sagte nichts.

»Eben hat er es zugegeben und sogar sein Motiv preisgegeben«, sagte Leon. »Alle hier Anwesenden können das bezeugen.«

Maries Blick schweifte von einem Gesicht zum anderen. »Was ist hier überhaupt vorgefallen? Nach dem Mordfall habt ihr trotzdem noch die Studienarbeit fortgesetzt?«, fragte sie.

Leon antwortete sofort. »Mein Studium ist mir wichtig. Die Professoren an der Uni werden uns keine

Privilegien einräumen, egal wie die Umstände sind.«

»Wie vorbildlich«, meinte Marie, doch etwas schwang in ihrer Stimme mit, vielleicht Sarkasmus.

Sie wandte sich erneut Ben zu.

»Ich kann Ihnen nur ans Herz legen, mit uns zu kooperieren. Ihnen wird vorgeworfen Mirabell Levis, Maxwell Livingston und Maximilian Wald ermordet zu haben. Und das sind nur die Morde, die Sie vor den hier anwesenden Zeugen gestanden haben. Die Methodik entspricht der des Blutlinien-Killers, eines Serienkillers. Sie stehen demnach unter Verdacht, elf weitere Menschen brutal getötet zu haben.«

Ben sah an Marie vorbei, zu mir, er presste die Lippen zusammen und schwitzte noch stärker als zuvor, hastig nahm er einen Zug von seinem Asthmaspray. Er öffnete den Mund, aber sagte nichts. Trotzdem hatte ich das Gefühl, als würde er die Worte *Es tut mir leid* mit seinen Lippen formen.

»Aus den genannten Gründen werde ich Sie festnehmen, Herr Hagen. Auf dem Revier werden Ihnen Ihre Rechte verlesen. Außerdem werden Sie so bald wie möglich einem Ermittlungsrichter vorgeführt.«

Er sah zu Marie Laute auf. »Ich komme freiwillig mit Ihnen, aber vorher müssen Sie noch etwas wissen«, sagte er.

Die Polizistin nickte ihm zu. Einer ihrer Kollegen hinter ihr schrieb eifrig auf einem Block, der andere starrte uns alle finster an.

»Ich habe Mirabell Levis, Maxwell Livingston und Maximilian Wald ermordet. Aber niemanden sonst«, gestand er.

»Wer war es dann, Herr Hagen? Wer verübte die anderen Morde?«, fragte Marie.

Erneut warf Ben mir einen Blick zu, unbehaglich, zögernd. Ich bekam ein verdammt mieses Gefühl.

»Joshua Benton ist der Blutlinien-Killer«, sagte mein Freund.

Ich riss den Mund auf und starrte ihn fassungslos an. Ein Stück neben mir hörte ich Liam japsend die Luft einziehen und Leon fluchte.

Marie Laute fixierte mich, schien meine Reaktion auszuwerten, ich schüttelte hilflos den Kopf.

»Ich habe niemanden getötet!«, beteuerte ich.

Ben sprach weiter: »Das glaubst du, ich weiß. Aber deine Visionen, Josh, deine vermeintliche Gabe, das sind alles nur deine Wahnvorstellungen. Du glaubst, du siehst die letzten Minuten von Verstorbenen. Doch in Wahrheit siehst du das, was du getan hast, das, was der unschuldige Teil deiner Persönlichkeit nicht verkraften kann.«

Er sah mich an. »In den letzten Monaten habe ich einen anderen Josh kennengelernt. Einen, der voller Hass, Wut und Verzweiflung ist, weil sein Vater, der Bürgermeister, ihn verstoßen hat. Du warst es, der mich dazu anstiftete, Gerechtigkeit walten zu lassen. Du hattest die Idee, dieselbe Methode zu verwenden, um unsere Spuren zu verwischen. Und du warst es, der mir die benötigten Medikamente besorgt hat. Doch daran hast du dich nicht erinnert. Ich brauchte eine Weile, um zu verstehen, dass du psychisch krank bist. Du bist schizophren, Josh. Du hast keine Gabe.«

»Nein«, brachte ich hervor. Ich sah zu Amy, deren Hand noch immer in meiner ruhte.

Sie sah mich mit zusammengezogenen Brauen und glasigen Augen an.

»Ich war das nicht!«, sagte ich.

»Ich weiß, aber ich glaube, sie werden das nicht glauben«, entgegnete Amy leise.

Marie Laute kam auf mich zu.

»Joshua Benton, ist Ihr Vater, der verstorbene Bürgermeister, Henry Eberhard Finken?«

Ich schluckte. »Ja …«

Das war alles verdammt schlecht.

»Die genaue Mordmethode, die Sie mir in unserem ersten Verhör genannt haben, haben Sie diese in einer Vision vom Mordhergang gesehen?«

Ich presste meine Lippen aufeinander und fühlte mich ausgeliefert. Mein Kopf hämmerte, und mein Herz pochte so laut, dass ich die Polizistin kaum noch hören konnte. Ich glaubte, dass jedes weitere Wort mich ver-urteilen und zum Schuldigen verdammen würde. Was könnte ich sagen?

»Haben Sie die Opfer in Visionen gesehen?«, wieder-holte Marie Laute ihre Frage.

»Er hat das Recht auf einen Anwalt«, sagte plötzlich Amy.

»Das stimmt«, gab Marie ihr recht. »Und den wird er auch brauchen«, setzte sie nach.

Die Polizistin sah mich erneut an. »Herr Benton, aufgrund der Zeugenaussage ihres Komplizen und ihrer Kenntnis über die Mordhergänge, stehen Sie unter Verdacht, elf Menschen ermordet zu haben. Aufgrund des dringlichen Tatverdachts werde ich Sie ebenfalls festnehmen, und auch Sie werden einem Ermittlungs-richter vorgeführt. In Anbetracht der Umstände wird auch ein psychologisches Gutachten erstellt werden.«

Marie Laute und ihre Kollegen führten mich und Ben ab, wir wurden nicht gefesselt, aber die Waffengürtel der Gesetzeshüter waren einschüchternd genug, um keine Gegenwehr zu zeigen.

Ben blickte die ganze Zeit zu Boden, nicht einmal erwiderte er meinen vorwurfsvollen und fragenden Blick.

ZWEI SEITEN

Josh

Karg, das war das treffendste Wort, um die Zelle zu beschreiben, in der ich festsaß. Eiserne Gitterstäbe, mit einem verschlossenen Tor, und ein schmales Etagenbett sowie der Zugang zu einem winzigen Bad. Immerhin gab es nicht nur einen Eimer zur Erleichterung, wie in manchen Filmen.

Marie Laute hatte mich und Ben zum örtlichen Polizeirevier gebracht, unsere Personalien aufgenommen, uns unsere Rechte verlesen und unser Hab und Gut beschlagnahmt. Nicht mal mein Handy hatte ich behalten dürfen, die Kleidung an meinem Leib war das Einzige, was mir nicht abgenommen worden war.

Es hieß, wir würden die Nacht in der Zelle verbringen und morgen einem Ermittlungsrichter vorgeführt werden, der bestimmen würde, ob wir in Untersuchungshaft verbleiben müssten. Ein Gerichtsverfahren würde dann über die eigentliche Strafe entscheiden.

Diese Fakten ratterte ich in Gedanken auf und ab und versuchte verzweifelt, zu verstehen, wie ich in diese Lage geraten war.

Viele Geschichten suggerierten, dass man einen Telefonanruf frei hatte, wenn man verhaftet wurde, aber mir wurde so etwas nicht angeboten. Und ich hatte auch nicht danach gefragt. Meine Mum würde sich nur Sorgen machen, und das wollte ich so lange wie möglich aufschieben. Vielleicht hoffte ein Teil von mir auch auf einen lebhaften und verrückten Albtraum. Denn real erschien mir keines der Geschehnisse der letzten Stunden.

Ich hatte keine Ahnung, wie es für Ben gelaufen war. Insgesamt wusste ich nicht, was in ihm vorging. Er hatte mich beschuldigt und seitdem geschwiegen. Und auch jetzt hockte er ruhig und zu Boden starrend auf dem unteren Bett.

Dass ich eine Zelle mit ihm teilte, war mir unangenehm, aber gleichzeitig die Gelegenheit, ihn zur Rede zu stellen. Doch ich zögerte. Aus Angst vor dem, was er zu sagen hätte.

Ich lief auf und ab wie ein Tiger im Käfig, bis Ben irgendwann sagte: »Das macht mich verrückt, setz dich einfach hin!«

»Dich macht das verrückt?«, fuhr ich ihn an. »Deinetwegen bin ich hier! Obwohl ich nichts getan habe!«

Zum ersten Mal, seit er mich als Mörder gebrandmarkt hatte, sah Ben mich wieder an.

»Es ging nicht anders«, sagte er leise.

Ich atmete tief durch und näherte mich meinem ehemaligen Freund. Sein Verrat hatte das winzige bisschen Vertrauen, das ich selbst nach seinem Mordgeständnis noch gehabt hatte, zerschmettert.

»Warum?«, wollte ich wissen. Ich gab mir Mühe, ruhig zu bleiben. Kämpfte mit mir, um ihn nicht zu packen, zu schütteln und anzuschreien. Denn ich wollte es hören, wollte wissen, was ihn dazu gebracht hatte, mich grundlos ans Messer zu liefern.

»Er würde ihn sonst töten, Josh. Mein Vater ist alles, was ich noch habe«, sagte er.

»Wer?«, wollte ich wissen.

»Der wahre Killer, derjenige, der all das getan hat, was ich dir vorgeworfen habe«, entgegnete Ben.

Es fühlte sich an, als würde eine riesige Last von mir abfallen. Diese Worte zu hören, erleichterte mich immens. Denn schlimmer, als hier festzusitzen, beschuldigt zu werden und vielleicht sogar verurteilt zu werden, war die Angst vor mir selbst gewesen. Die blinde Panik, dass Ben die Wahrheit gesagt haben könnte. Zu hören, dass es einen wahren Täter gab, gab mir neue Hoffnung.

Ich sackte auf die Knie und atmete erleichtert auf.

»Du hast geglaubt, es könnte stimmen«, stellte Ben fest.

»Ich habe Visionen, ich könnte wirklich verrückt sein«, entgegnete ich.

»Tut mir leid, Josh«, sagte Ben so ehrlich, dass es mir den Hals zuschnürte.

»Also hat er dich angestiftet. Der wahre Täter hat dir eingeredet, dass du nur durch Morde für Gerechtigkeit sorgen kannst«, stellte ich fest.

»Ich war am Boden nach dem Tod meiner Mutter. Niemand glaubte meinem Vater und mir. Niemand wollte helfen. Es sei alles tragisch und furchtbar, aber niemand sei schuld. Ich hasste das so sehr. Das ganze

System, die Ungerechtigkeit, die Menschen, die meinten, über allem zu stehen, nur weil sie mehr Einfluss und Geld besaßen. Ich war so wütend«, gab Ben zu.

»Und dann traf ich ihn. Ich betrank mich in einer Bar und schüttete mein Herz der süßen Kellnerin aus, ich bemerkte gar nicht, dass jemand neben mir saß und mithörte. Irgendwann sagte ich einfach so daher, dass ich die Ärztin am liebsten ihre eigene Medizin würde schmecken lassen.«

Ben sah mich an. »Da sagte der Typ neben mir plötzlich ›Warum nicht?‹.«

Ben hob die Schultern und ließ sie wieder herabsinken. »Und ich dachte mir, ja, warum nicht? Ich habe alles versucht, was rechtens ist, ich habe gekämpft. Warum sollte die Ärztin leben dürfen, aber meine Mutter nicht? Ich wollte Gerechtigkeit … Und so erweckte er meine Aufmerksamkeit. Wir kamen ins Gespräch und tauschten Nummern aus.«

»Das musst du den Polizisten erzählen«, sagte ich.

Ben schüttelte den Kopf. »Er kommt aus einer einflussreichen Familie und ist gefährlich. Josh, er bringt meinen Vater um, wenn ich ihn verrate.«

Er hatte Tränen in den Augen. »Ich wünschte, ich könnte sagen, dass ich die Morde bereue, aber ganz ehrlich, das tue ich nicht. Ich hatte endlich das Gefühl, bedeutend zu sein. Ich hatte das Gefühl, etwas verändern zu können. Und wäre ich nicht erwischt worden, ich hätte weitergemacht.«

»Das glaube ich nicht …«, entkam es mir.

»Ich wusste, was er tut, Josh. Ich wusste, dass er ganze Familien ermordete. Trotzdem verriet ich ihn nicht. Er lieferte mir die Medikamente, ermöglichte mir meine Version von Gerechtigkeit. Und ich war bereit, hinzunehmen, dass seine Gerechtigkeit sich von meiner unterschied. Ich hinterfragte nicht mal, warum er all diese Leute tötete. Die Sache mit der Gabe erfuhr ich erst bei Leon, von dir. Sein Motiv war mir nicht bekannt.«

Ben starrte die Wand neben mir an.

»Nach dem zufälligen Treffen in der Bar schrieben wir. Und dann verabredeten wir uns. Er sagte all diese Dinge, die ich so gerne hören wollte. Er war auf meiner Seite. Als Einziger stand er mir in dieser schwierigen Zeit bei und er zeigte mir einen Ausweg.«

Ben rieb sich die rechte Hand und erzählte weiter: »Natürlich war ich nicht gleich Feuer und Flamme, jemanden umzubringen. Ich war drauf und dran, den Kontakt abzubrechen. Aber ich konnte nicht. Weil ein Teil von mir glaubt, dass er recht hat.«

Wieder suchte er Blickkontakt. »Er hatte einen konkreten Plan, schlug vor, dass wir unsere Gerechtigkeit mit denselben Methoden umsetzen und so für Verwirrung sorgen würden. Die Polizei würde von einem Täter ausgehen. Und es wäre schwerer, uns zu fassen.«

»Er hat das alles geplant. Von vornherein wollte er dich zum alleinigen Sündenbock machen«, stellte ich fest.

Ben atmete hörbar aus. »Ja, das habe ich mittlerweile auch verstanden«, gab er zu.

»Die Krawatten zu sammeln, war ebenfalls seine Idee, aber ich sollte sie alle aufbewahren, selbst die seiner Opfer. Ich war echt dämlich, es war ziemlich offensichtlich, dass ich nur sein Sündenbock sein sollte.«

Das erklärte die unterschiedlichen Texte, als Geschenk hatte Ben wohl die Krawatten bezeichnet, die zu seinen eigenen Opfern gehörten, als Andenken, die von den Opfern des wahren Blutlinien-Killers.

»Bei Leons Vater konntest du die Krawatte nicht mitnehmen, oder? Aber sie war trotzdem in deiner Sammlung«, fiel mir plötzlich ein Detail ein, das zwar im Endeffekt keine Relevanz hatte, aber mich trotzdem wunderte. Leon und Herr Morris hatten die Krawatte entfernt, somit hatte Ben sie offensichtlich nicht mitnehmen können.

Ben nickte. »Ja, ich hatte keine Zeit, ich hörte jemanden auf der Treppe, was mich dazu zwang, vorzeitig zu verschwinden. Vermutlich waren es Leandra und Herr Morris, immerhin waren sie bei Herr Wald, als wir reingingen. In der Eile ließ ich auch den Pinsel zurück. Aber zum Glück trug ich Handschuhe, darauf hat der Blutlinien-Killer immer bestanden. Ich habe mich kurz im Bad versteckt und bin dann wieder runtergeschlichen, nachdem ich Leandra schreien gehört hatte. Mir war klar, sie hatte die Leiche gefunden. Unten im Flur hörte ich dann dich und Tom und hielt es für unauffälliger, mitzumischen.«

Er sah mich mit einem leicht schiefen Grinsen an. »Die Krawatte in meiner Sammlung sieht aus wie die, die Herr Wald getragen hat, ich habe sie online bestellt, war ganz schön teuer, aber bei solchen Dingen bin ich pedantisch. Ich wollte nicht, dass etwas in meiner Sammlung fehlt.«

Seine Worte waren gruselig, ich hatte keine Ahnung gehabt, was im Kopf meines ehemaligen Freundes vorging.

»Das klingt vermutlich ziemlich krank«, stellte er selbst fest.

Ich schwieg, was sollte ich schon sagen? Ja, das klang verdammt krank.

Ich beschloss, das Gespräch in andere Bahnen zu lenken. »Ich verstehe nicht, warum du den Killer noch immer deckst, trotz allem«, sagte ich.

»Weil er mir trotz allem geholfen hat, in einer Zeit, in der sich niemand sonst für mich interessierte«, entgegnete Ben traurig. »Und vor allem, weil ich begriffen habe, dass er ein Psychopath ist. Hier im Gefängnis sind wir sicherer, du, weil er es auf dich abgesehen hat, und ich, weil ich zu viel weiß.«

»Hast du deshalb behauptet, ich sei dein Komplize?«, wollte ich resigniert wissen.

Doch Ben schüttelte den Kopf. »Er hat es so gewollt. Als ich behauptete, meinem Vater zu schreiben, schrieb ich mit ihm. Ich musste ihm sagen, dass ich ihn nicht verraten würde, ich hatte Angst, dass er meinen Vater sonst tötet, wenn er erfährt, dass ich verhaftet wurde.«

Er riss die Augen auf und sah mich an. »Aber vielleicht tut er das trotzdem. Er will nicht ins Gefängnis, er ist ambitioniert, skrupellos und sehr intelligent. Ich habe ihn gefragt, ob er all diese Morde tatsächlich wegen einer verrückten Geistergeschichte verübt hat. Es ging ein wenig hin und her, und als er erfuhr, dass du derjenige mit der Gabe bist, verlangte er, dass ich dich als meinen Komplizen ausgebe.«

Ben schüttelte den Kopf. »Er wollte, dass du verhaftet wirst. Warum weiß ich nicht. Aber ich weiß, dass du vorsichtig sein musst, Josh. Bleib hier, plädiere auf schuldig und lass dich einsperren. Dann überlebst du vermutlich länger.«

Das musste ich erst mal sacken lassen. Ben und der wahre Täter hatten miteinander geschrieben und nun wusste der Blutlinien-Killer, dass ich die Gabe besaß, nach der er strebte. Damit hatte ich eine gewaltige Zielscheibe auf meinem Rücken. Ins Bild passte für mich nur nicht, dass er explizit von Ben verlangt hatte, mich zu beschuldigen. In meinen Augen hatte Ben recht, hier, umgeben von Polizeibeamten und Gitterstäben wäre es doch nahezu unmöglich für den Mörder, an mich heranzukommen, warum also sorgte er dafür, dass ich genau hier landete?

»Das ergibt keinen Sinn«, murmelte ich.

»Für mich auch nicht«, stimmte Ben mir zu. »Aber er hat definitiv einen Plan, und wenn er ihn ausführen kann, überlebst du das nicht.«

Ich schloss die Augen und versuchte, das Chaos in meinem Kopf zu ordnen. Panik würde mir jetzt nicht weiterhelfen. Im Endeffekt konnte ich gerade gar nichts tun, außer abzuwarten, egal wiesehr ich das hasste.

Urplötzlich sah ich Amy vor mir, ihr Lächeln und ihre süße Stupsnase. Ich hoffte, sie war in Sicherheit, aber eigentlich hatte der Killer keinen Grund, sie ins Visier zu nehmen. Alle Morde, die nichts mit den Nachfahren der Familie Finkenwald zu tun hatten, hatte Ben verübt. Der Einzige, den der Blutlinien-Killer jetzt noch töten wollte, war ich. Und offenbar war ich genau dort, wo dieses Monster mich haben wollte.

EINFLUSS

Der Blutlinien-Killer

»Er ist ein guter Freund und definitiv unschuldig«, plädierte er vor seinem Onkel.

Ein Glück hatte Ben ihm geschrieben, als sich die Lage zugespitzt hatte. So hatte er einen nahezu unfehlbaren Plan schmieden können, dessen erster Schritt darin bestanden hatte, seinem Onkel von der ungerechtfertigten Festnahme seines ach so wichtigen Freundes zu erzählen. Dass er Joshua Benton nicht kannte und Ben Hagen immer nur benutzt hatte, musste sein Onkel nicht wissen.

»Es gibt wohl einige Umstände, die aufs Gegenteil hindeuten«, entgegnete sein Onkel kühl, der auf das Drängen seines Neffen hin mit der örtlichen Polizeiwache telefoniert hatte. Sein Onkel hatte dort einen befreundeten Polizisten, der ihm gern etwas mehr anvertraute, als es erlaubt war.

Der Blutlinien-Killer gab sich Mühe, in der Rolle zu

bleiben, und betrachtete seinen Onkel gespielt verzweifelt. »Du bist der beste Anwalt der Stadt, bitte, du musst ihm helfen!«

Der viel zu durchschaubare Mann lächelte. »Du schmeichelst mir, Samuel.«

Er stand auf und legte seinem Neffen die Hand auf die Schulter. »Ich werde sehen, was ich tun kann, morgen früh fahre ich zur Polizeiwache, bis dahin erbitte ich mir schon mal ein paar zusätzliche Informationen.«

»Danke, ich wusste, du würdest mich nicht hängen lassen«, sagte er mit gespielter Emotion.

Innerlich würgte er. Er hasste seinen Onkel. So selbstherrlich und leicht zu beeinflussen. Schwach, wie alle in seiner Familie.

Bald ist es geschafft, Großvater, nur noch ein weiterer Mord, und die Gabe ist mein.

Er konnte das Grinsen nicht zurückhalten, das sein Gesicht mit Macht eroberte. Endlich, sein Ziel war zum Greifen nah.

FREI?

Josh

Der Schmerz in meinem Rücken war das Erste, was ich wahrnahm, als ich erwachte. Der Untergrund war so hart, dass ich mich fühlte, als hätte ich die Nacht auf dem Fußboden verbracht. Keine Ahnung, wie ich es überhaupt geschafft hatte, einzuschlafen, vielleicht war ich irgendwann vor Erschöpfung ohnmächtig geworden.

Einem Impuls folgend, beugte ich mich über das Bett und blickte auf die Pritsche unter mir. Leer.

War Ben also schon beim Ermittlungsrichter? Ich musste echt weggetreten gewesen sein, wenn ich das quietschende Öffnen der Zellentür nicht mitbekommen hatte. Das Knurren meines Magens unterbrach weitere Gedanken zum Verbleib meines mörderischen Zellenkameraden.

Ich sank in mir zusammen und betrachtete die weiß gestrichene Zellenwand.

Eingesperrt, verleumdet und von einem Killer gejagt, viel schlimmer konnte es nicht mehr kommen.

Aus irgendeinem Grund fühlte ich mich taub, ich hätte wohl Angst haben sollen oder Wut empfinden müssen, aber da war nur Leere. Oder vielleicht traf Unglaube es eher. Noch immer erschien mir die Situation abstrus, so als müsste ich jeden Moment erwachen.

Seufzend kletterte ich aus dem Bett und schlurfte ins kleine Bad. Eine Zahnbürste hatte ich nicht, daher konnte ich mir nur den Mund ausspülen. Das half nur bedingt gegen den fahlen Geschmack auf meiner Zunge, aber es war besser als nichts.

Komischerweise musste ich darüber nachdenken, dass ich hoffte, mir wenigstens ein paar Sachen von zu Hause holen zu dürfen, falls ich hierbleiben müsste.

Nachdem ich mich erleichtert und so gut es ging Katzenwäsche betrieben hatte, tigerte ich in meiner Zelle auf und ab. Meine Gedanken kreisten – um Ben, um Amy, um meine Mum und auch um meine Zukunft.

Irgendwann legte ich mich wieder auf die unbequeme Pritsche und schloss noch einmal die Augen. Von draußen hörte ich eine Stimme und schreckte auf. Wie viel Zeit vergangen war, konnte ich nicht sagen, vielleicht war ich eingeschlafen.

»Joshua Benton, Sie werden jetzt dem Ermittlungsrichter vorgeführt«, verkündete ein Mann, vermutlich einer der Polizeibeamten.

Hastig richtete ich mich auf, kletterte aus dem Bett und sah mich einem breiten Wärter gegenüber.

»Sie haben Glück, üblicherweise zieht sich so etwas deutlich länger hin. Aber Ihr Fall hat Priorität. Sogar der Ermittlungsrichter ist extra hergekommen.«

Ich nickte schlicht, denn ich hatte keine Ahnung von

diesen Dingen und konnte nicht sagen, ob es nun *Glück* war, dass der Fall des Blutlinien-Killers die Polizei in Aufruhr versetzte und so schnell wie möglich abgewickelt werden sollte. Ich schluckte und ließ mich von dem Mann durch ein paar Gänge zu einem quadratischen Raum dirigieren. Mir wurde bedeutet, auf dem Stuhl in der Mitte Platz zu nehmen. Natürlich leistete ich dem folge.

Vor mir saß ein älterer Mann mit grauen Haaren und einem Blick, der mir eine Gänsehaut verpasste. Ein Block lag vor ihm auf dem Tisch. Ich vermutete, dass der Mann der sogenannte Ermittlungsrichter war.

»Ihr Name ist Joshua Benton, korrekt?«, fragte er mich.

Ich nickte.

»Ihnen ist bekannt, warum Sie verhaftet wurden und die Nacht in einer Zelle verbringen mussten?«, wollte er wissen.

»Ja, aber ich habe nichts verbrochen«, relativierte ich dieses Zugeständnis sofort.

Der Ermittlungsrichter zog die Brauen hoch.

»Ihr Komplize war deutlich zugänglicher, er hat seine Taten zugegeben.«

»Ich habe keinen Komplizen, weil ich nichts getan habe«, sagte ich, ein wenig lauter als zuvor.

Ein Klopfen an der Tür lenkte uns ab. Der Mann vor mir sagte: »Herein.«

Der Wärter, der mich hierhergeführt hatte, trat ein und neben ihm tauchte ein Fremder auf. Wenn ich schätzen müsste, würde ich vermuten, dass der Mann zwischen 40 und 50 Jahre alt war. Er hatte zwar braunes Haar, vermutlich gefärbt, aber tiefe Falten umrahmten seine Augen und die Mundwinkel.

»Ich bin Joshua Bentons Anwalt. Alle weiteren Fragen sind an mich zu richten«, stellte er klar.

Er positionierte sich neben mir und stellte sich vor: »Mein Name ist Florian Londres, bitte sagen Sie nichts mehr, außer ich fordere Sie dazu auf«, bat er mich.

Londres … irgendwie kam der Name mir bekannt vor, aber ich kam nicht darauf woher. Wer war er und warum wollte er mich verteidigen?

Der Ermittlungsrichter fixierte den Mann neben mir. »In Ordnung. Dann machen wir weiter.«

Er schrieb etwas auf den Zettel vor sich und fragte dann: »Herr Benton wird vorgeworfen, elf Menschen ermordet zu haben. Sein Komplize hat gegen ihn ausgesagt und er kannte die Mordmethode, welche der Öffentlichkeit nie offenbart wurde. Was haben Sie dazu zu sagen?«

»Der wahre Täter, Ben Hagen, ist ein Freund von Herr Benton«, begann Herr Londres. »Vermutlich hat er ihm von der Mordmethode erzählt, unbedacht.«

»Das ist nur eine Vermutung«, beharrte der Ermittlungsrichter.

»Genauso wie Ihre Annahme, Herr Benton hätte Kenntnis über diese Tatsache, weil er die Morde verübt hat.«

Der Mann vor uns nickte. Meine Hände schwitzten und ich starrte meinen Verteidiger skeptisch an. Woher wusste er so viel? Hatte er vielleicht mit Ben geredet? Und warum half er mir? Ich hatte kein Geld und hatte niemanden kontaktieren können. Keiner außer Amy und der Studienarbeitsgruppe wusste, dass ich im Gefängnis festsaß. Na ja, und der Aufklärer, Herr Morris. War der Anwalt vielleicht ein alter Freund von ihm? Ich hatte das Gefühl gehabt, dass der Hausangestellte der

Familie Wald mir geglaubt hatte. Vielleicht hatte er verhindern wollen, dass ich unschuldig im Gefängnis saß.

»Dennoch ändert das nichts an der Aussage von Herr Hagen«, setzte der Ermittlungsrichter nach.

Doch Herr Londres neben mir lächelte. »Hat er diese Aussage denn heute wiederholt?«, wollte er wissen.

Ich konnte sehen, wie unzufrieden der Mann vor uns war. Er kritzelte etwas auf seinen Block und zog die Brauen zusammen.

»Sie sind gut vorbereitet«, gab er zu.

»Nun ja, ich habe mir erlaubt, im Vorfeld mit Herr Hagen zu sprechen, in Vertretung seines Pflichtverteidigers, der heute leider unpässlich war.«

Der Ermittlungsrichter seufzte. »Nun gut, Herr Benton, welches ist Ihre dominante Hand?«, wollte er von mir wissen.

Irritiert sah ich meinen unverhofften Verteidiger an. Dieser nickte mir zu.

»Ich bin Linkshänder«, entgegnete ich.

Der Ermittlungsrichter schrieb etwas auf seinen Block.

»Warum ist das wichtig?«, fragte ich.

Der Mann vor mir zog die Brauen zusammen. »Nicht Sie stellen hier die Fragen«, entgegnete er.

Er notierte sich noch ein paar Dinge, bevor er weitermachte. »Ist es korrekt, dass Henry Eberhard Finken, der ermordete Bürgermeister, Ihr Vater ist?«

Mein Anwalt antwortete mit einer Gegenfrage: »Inwiefern ist das relevant?«

»Insofern, dass es ein mögliches Motiv darstellen könnte«, sagte der Mann vor uns im strengen Tonfall.

»Beantworten Sie seine Frage«, forderte mein Verteidiger mich auf.

Ich biss mir auf die Lippe. »Ja, das ist korrekt.«

Wieder schrieb der Beamte etwas auf, ich hasste das. Das Kratzen des Stiftes auf dem Papier machte mich verrückt, weil ich nicht wusste, was er da schriftlich festhielt. Ich hatte das Gefühl, dass ich in den Augen des Ermittlungsrichters definitiv schuldig war.

»Ist es ebenfalls korrekt, dass Sie die Mordmethode in einer Vision gesehen haben?«, wollte er dann wissen.

Mein Anwalt sah mich plötzlich mit aufgerissenen Augen an, kurz wirkte er wie erstarrt, dann fing er sich wieder und antwortete an meiner statt: »Unzulässig, Sie implizieren meinem Mandanten die Antwort bereits in Ihrer Frage. Das ist Beeinflussung.«

»Ich würde gerne seine Antwort hören«, sagte der Mann.

Mein Verteidiger machte unter dem Tisch neben mir eine wegwerfende Bewegung mit seiner Hand, bevor er sagte: »Antworten Sie, Herr Benton.«

Ich zog die Brauen zusammen, ich fasste seine Geste so auf, dass er unabhängig von der Wahrheit erwartete, dass ich meine Visionen leugnete. Auch ich hielt das für das klügste Vorgehen.

Trotzdem hallten plötzlich Bens Worte in meinen Ohren wider:

Er wollte, dass du verhaftet wirst. Warum weiß ich nicht. Aber ich weiß, dass du vorsichtig sein musst, Josh. Bleib hier, plädiere auf schuldig und lass dich einsperren. Dann überlebst du vermutlich länger.

Eine Möglichkeit, die mir bisher gar nicht in den Sinn gekommen war, kreuzte meinen Geist. Was, wenn der Killer mir den Verteidiger geschickt hatte? Was, wenn er mich hierausholen wollte, um mich dann direkt in seine Fänge zu kriegen?

Ich schwitzte.

»Macht die Frage Sie nervös, Herr Benton?«, hakte der Beamte nach.

»Nein«, entgegnete ich wahrheitsgemäß, denn nicht die Frage war das Problem, sondern die gesamte Situation. Aber egal was hier gespielt wurde, ich wollte nicht ins Gefängnis gehen.

»Ich weiß nicht, was Sie meinen. Ich habe keine Visionen«, antwortete ich so ruhig ich es vermochte.

Lügen fiel mir nicht leicht und ich konnte weder das Zittern meiner Hand noch das meiner Stimme unterdrücken.

»Woher wussten Sie dann von den Krawatten?«

»Von Herr Hagen«, wiederholte mein Verteidiger.

Der Ermittlungsrichter sah mich mit hochgezogenen Brauen an.

Ohne seinen Blick zu erwidern, nickte ich zur Bestätigung der Lüge.

»Und Sie hatten keine Ahnung, dass Ihr Freund der Mörder ist? Er hat Ihnen die Mordmethode offenbart und das erschien Ihnen nicht verdächtig?«

Ich wiederholte die lahme Ausrede, die ich damals auch Marie Laute aufgetischt hatte: »Ich hatte mich nicht groß mit den Mordfällen befasst und dachte, das Detail wäre ohnehin in den Nachrichten erwähnt worden.«

Das war nur teilweise eine Lüge, denn erst meine Visionen hatten dafür gesorgt, dass ich mich verstärkt mit den Morden auseinandergesetzt hatte. Nun, und der Tod meines Erzeugers. Ich hatte tatsächlich geglaubt, dass die Mordmethode öffentlich bekannt war.

Mein Verteidiger sprang ein: »Fassen wir das Ganze einmal zusammen. Herr Benton wurde durch seine unglückliche Verbindung zu Herr Hagen in eine missliche

Lage befördert. Er erhielt Wissen über die Morde, das nicht allgemein bekannt war, war sich darüber aber nicht im Klaren. Sein Freund verleumdete ihn, zog die Aussage heute jedoch zurück. Mal abgesehen von einem schwammigen Motiv und fraglichen Aussagen über vermeintliche Visionen haben Sie nichts gegen meinen Mandanten in der Hand. Es handelt sich um reine Indizien, die gewiss keine Untersuchungshaft rechtfertigen würden.«

Der Ermittlungsrichter wirkte sichtlich unzufrieden, er schrieb noch ein paar Dinge auf, bevor er sagte: »Nun gut, es ist korrekt, dass keine konkreten Beweise zur Schuld von Herr Benton vorliegen. Dennoch sind die Indizien belastend und die Umstände rund um die Freundschaft mit Herr Hagen fraglich. Dementsprechend werden wir Herr Benton zwar nicht weiter hier festhalten, aber ich muss darauf bestehen, seine Personalien einzubehalten, um eine Flucht auszuschließen.«

Der Beamte sah mich eindringlich an. »Sie dürfen Ihr Smartphone behalten, Herr Benton. Lassen Sie mich Ihnen eindrücklich ans Herz legen, es stets aufgeladen zu halten, nicht auszuschalten und jeden Anruf der Polizeiwache unverzüglich anzunehmen. Ansonsten steht diese schneller auf Ihrer Matte, als es Ihnen lieb ist.«

Ein paar Stunden später saß ich neben Herr Londres in seinem Auto. Er hatte darauf bestanden, mich mitzunehmen, und in Anbetracht der Tatsache, dass er derjenige war, dem ich meine Freilassung zu verdanken hatte, hatte ich mich nicht unbedingt gegen seinen Vorschlag gesträubt.

Auch wenn die Gefahr bestand, dass er mit dem Blutlinien-Killer unter einer Decke stecken könnte. Vermutlich war das sogar sehr wahrscheinlich. Seine Reaktion auf die Aussage des Ermittlungsrichters zu meinen Visionen war merkwürdig gewesen, er wusste etwas über die Gabe. Was bedeuten könnte, dass er einer der Nachfahren der Familie Finkenwald war. Aber vielleicht interpretierte ich auch zu viel in sein Verhalten hinein.

»Warum haben Sie mir geholfen?«, wollte ich wissen.

Er blickte auf die Straße, aber antwortete – nun, außerhalb des Polizeireviers – nicht länger in der Höflichkeitsform. »Es war eine Bitte meines Neffen. Er hält große Stücke auf dich und war sich sicher, dass du unschuldig bist.«

Ich atmete tief durch. Sein Neffe, damit fiel Herr Morris, aufgrund seines Alters, als mein geheimer Gönner schon mal raus, und auch Amy war sehr unwahrscheinlich meine geheime Retterin. Denn er hatte nicht von einer Nichte gesprochen.

Was die Theorie, dass es der Mörder war, der meine Befreiung erwirkt hatte, wahrscheinlicher machte. Aber warum machte der Killer so einen Umweg? Er brachte mich ins Gefängnis, nur um mich dann wieder rausholen zu lassen. Wäre es nicht viel einfacher gewesen, mich zu Hause zu überfallen?

Ich hatte wieder mal Kopfschmerzen und rieb mir die Schläfen, um das dumpfe Pochen in meinem Schädel ein wenig zu lindern.

»Er möchte dich gerne sehen und mit dir reden. Habt ihr euch beim Studium kennengelernt?«

Ich nickte nur, da ich es für das Beste hielt, erst mal

mitzuspielen. Jedenfalls bis ich wusste, was los war. Mir war klar, er brachte mich zu seinem Neffen und damit vermutlich zum Blutlinien-Killer, das war zwar beängstigend, aber vielleicht war das für mich eine Chance. Somit müsste ich meinen Verfolger nicht mehr suchen.

»Du kannst dankbar sein, dass du in ihm so einen guten Freund hast, nicht viele hätten sich so für einen Mordverdächtigen eingesetzt«, setzte er nach. »Ich habe heute eigentlich frei und wollte einen Ausflug mit meiner Frau machen, aber er hat mich stundenlang bekniet, damit ich dir stattdessen helfe.«

»Das bin ich«, entgegnete ich und das war nicht mal gänzlich gelogen. Denn ich war verdammt froh, nicht mehr im Gefängnis festzusitzen. Auch wenn die Polizei mich noch immer verdächtigte und sowohl meinen Personalausweis als auch meinen Reisepass und Führerschein einbehalten hatte. Nur mein Handy hatte ich mitnehmen dürfen, mit der sehr deutlichen Ansage, jeden Anruf unversehens anzunehmen und jeder Aufforderung der Polizei Folge zu leisten.

»Joshua, was meinte der Ermittlungsbeamte damit, dass du die Mordmethode in einer Vision gesehen hast?«, wollte Herr Londres plötzlich wissen.

Ich sah ihn überrascht an, wusste er das nicht?

»Ben hat das vor meiner Verhaftung behauptet«, erklärte ich einen Teil der Wahrheit.

»Und wie kam er darauf?«, wollte der Mann wissen.

»Ich weiß nicht«, log ich, denn obwohl er mir geholfen hatte, vertrauen konnte ich dem Anwalt nicht. Vielleicht wollte er verifizieren, dass er den Richtigen aus dem Gefängnis geholt hatte. Eventuell war er ein weiterer Komplize, der vom Blutlinien-Killer beeinflusst worden war.

»Wer weiß schon, was im Geist eines Killers vorgeht, nicht wahr?«, sagte er, wobei er plötzlich sehr nachdenklich klang.

Ich antwortete nicht auf die rhetorische Frage, ich hätte auch nicht gewusst, was ich dazu sagen sollte. Eine drückende Stille senkte sich über das Innere des Wagens, die Herr Londres mit Radiomusik übertönte.

Mir war nicht klar, was ich tun sollte. Ich könnte Amy oder meiner Mutter schreiben, damit sie wüssten, wo und bei wem ich war. Doch wenn ich gerade tatsächlich zum Killer chauffiert wurde, sollte ich meine Liebsten dann wirklich mit reinziehen?

Der Blutlinien-Killer wollte mich, meine Gabe, nichts anderes. Er hatte keinen Grund, meine Freundin oder meine Mutter anzugreifen, außer ich lieferte ihm einen. Andererseits war es vielleicht das Dämlichste, was ich tun könnte, mich bereitwillig und ohne Rückendeckung in sein Reich bringen zu lassen. Trotzdem verharrte ich reglos auf meinem Sitz und war dabei, genau diese Torheit zu begehen.

HINDERNIS

Der Blutlinien-Killer

Ungeduldig blickte er aus dem Fenster. Er wartete darauf, dass das schwarze Auto seines Onkels vorfuhr. Von seinem Zimmer aus konnte er die Einfahrt perfekt beobachten.

»Bring ihn her, denjenigen, der mir gestohlen hat, was mein ist«, murmelte er.

Er war zufrieden mit sich und seinem Plan. Auf den ersten Blick erschien es den meisten wohl dumm, dass er dafür gesorgt hatte, dass Joshua verhaftet worden war, und er deshalb seinen Onkel in das Ganze hatte verwickeln müssen. Doch mit Ben saß seine Marionette im Gefängnis, sein Sündenbock, wer könnte also für seine weiteren Taten herhalten?

Richtig, der ohnehin verdächtige Wahnsinnige, der von Visionen geplagt wurde. Dieser war durch einen guten Anwalt auf freien Fuß gekommen, doch hatte das nur genutzt, um sich sein nächstes Opfer vorzunehmen, ihn, Samuel Londres. Aber er hatte sich retten können, in Notwehr musste er den Killer töten.

Er grinste. Eine schöne Geschichte. Ben würde aussagen, dass er Angst gehabt und seine Vorwürfe deshalb zurückgezogen hatte. Und alles wäre perfekt. Sein letzter Mord würde den Fall abschließen und ihn als Sieger aus der ganzen Geschichte hervorgehen lassen.

»Na endlich«, wisperte er, als er das Auto seines Onkels sah.

Er sprintete die Treppe zum großzügigen Eingangsbereich des Einfamilienhauses seines Ersatzvaters hinunter und fing seinen Onkel bereits an der Tür ab. Leider war der Mann allein.

Samuel kämpfte mit sich, um seine Gesichtszüge nicht entgleisen zu lassen.

Florian betrachtete ihn mit einem merkwürdigen Ausdruck. Seine Stirn lag in Falten und seine Brauen waren zusammengezogen.

»Warum wolltest du Joshua aus dem Gefängnis holen, Sam?«, fragte sein Onkel plötzlich.

»Geht es Joshua gut? Hast du es geschafft?«, antwortete Sam mit einer Gegenfrage.

»Joshua bleibt erst mal draußen. Ich möchte eine Antwort von dir, eine ehrliche«, verlangte Florian kühl.

Der Blutlinien-Killer verschränkte die Arme vor der Brust. Immerhin wusste er nun, dass sein Vormund Joshua mitgebracht hatte, das war das Wichtigste. »Weil er mein Freund ist«, entgegnete er.

Sein Onkel schüttelte den Kopf. »Joshua ist der uneheliche Sohn von Henry Eberhard Finken, er wird von Visionen von Verstorbenen geplagt, die ihm geheime Details über die Morde offenbart haben. Und

irgendjemand tötet gezielt die Menschen unserer Blutlinie. Vermutlich wegen der Geschichten, die mein Vater
stets erzählte, Geschichten von einer Gabe, wie Joshua
sie zu besitzen scheint. Geschichten, denen du als Kind
immer voller Begeisterung gelauscht hast.«

Sam ballte die Hände zu Fäusten und starrte seinen
Onkel abwartend an. Jedes weitere Wort würde über Leben und Tod entscheiden, darüber, ob er die Maske des
braven Neffen ablegen müsste.

»Joshua hat dich nie besucht, vor seiner Verhaftung
hast du ihn nie erwähnt. Und plötzlich ist er dir so
wichtig, dass du mich um einen Gefallen bittest. Etwas
stimmt hier nicht, Sam.«

»Was meinst du, Florian?«, fragte er gespielt unschuldig.

Er konnte den Schmerz im Gesicht seines Vormunds
sehen und genoss es in vollen Zügen.

»Muss ich es aussprechen?«, fragte der Mann vor
ihm.

Sam grinste. »Das solltest du, dann kann ich endlich
aufhören«, sagte er.

Sein Onkel wich sichtlich erschrocken einen Schritt
zurück. Der Blutlinien-Killer fühlte Genugtuung, er
glaubte, etwas im Blick seines Vormunds zu erkennen,
war sich sicher, dass dieser endlich seine wahre Natur
erkannte.

»Womit aufhören?«, fragte Florian dennoch.

»Was glaubst du? Ich will es von dir hören«, verlangte er.

Heute war ein perfekter Tag für den Tod seines Onkels. Frau und Teenager waren für einen Tagesausflug
allein am Meer, ein Kurztrip, als Ausgleich für die ein-
samen Stunden, weil der Ehemann zu viel arbeitete. Ein

Ausflug auf den Florian sie begleitet hätte, wenn Sam ihn nicht angefleht hätte, ihm mit Joshua zu helfen. Es gäbe also keine Zeugen und keine unnötigen Todesfälle. Die Gelegenheit, auf die Sam schon lange gewartet hatte. Nun, natürlich, eigentlich bestand kein Grund mehr, seinen Vormund zu töten, aber wenn dieser ihn verdächtigte, musste er sterben, egal ob das zum Erlangen der Gabe relevant war oder nicht. Und im Endeffekt konnte er nicht einmal mit Gewissheit sagen, ob sein Onkel in der Erbfolge nicht doch vor ihm an der Reihe wäre, somit wäre es ohnehin sicherer, ihn aus dem Weg zu räumen. Da sein Sündenbock, Joshua, draußen vorm Haus wartete, hatte er keinen Grund mehr, zu zögern.

»Hast du Nicole und den Bürgermeister getötet?«, fragte Florian.

Sam tippte sich mit dem Finger gegen die Stirn, als müsste er über die Frage nachdenken.

»Mmh ... Vielleicht«, entgegnete er seelenruhig.

Sein Onkel schüttelte den Kopf und presste die Lippen aufeinander.

»Tante Nicole hat mich ganz freundlich hereingebeten, sehr nett von ihr. Niemals hätte sie damit gerechnet, dass ich sie töten würde. Du hättest ihr Gesicht sehen müssen, Florian, unfassbar, wie naiv sie war. Keiner von euch hat je mein wahres Ich erkannt.«

»Es ist noch nicht zu spät, Sam, du weißt doch selbst, dass es nur dumme Geschichten sind. Sie haben einen Schuldigen, du kannst neu anfangen ...«

Er sah genau, wie sein Onkel in seine Tasche griff und versuchte, unauffällig, immer nur kurz nach unten blickend, auf seinem Handy zu tippen, während er Sam mit seinen Worten ablenkte. Tja, unterschätzt zu werden, war ein Vorteil. Sam stürmte vor und schlug nach

dem Gesicht seines Onkels. Aus Reflex hob der Über-
rumpelte beide Arme und schrie auf. Sam zog die Faust
kurz vor dem Aufprall zurück. Eine Finte. Er vollführte
einen Ausfallschritt und stach mit der anderen Hand die
Spritze, welche er in seiner Hosentasche verborgen und
nun hervorgeholt hatte, in den Oberschenkel seines
Onkels.

Ein Betäubungsmittel. Nicht sein übliches Vorgehen,
aber er wollte kein Risiko eingehen.

Onkel Florian taumelte zurück und umfasste sein
Bein. »Was hast du mir da gespritzt?«, wollte er wissen.

Sam lächelte nur. »Lebwohl, Onkel.«

Die Spannung im Körper seines Vormunds ließ bereits nach, er sackte in sich zusammen. Der Ausdruck
von Schock, Unglauben und nackter Angst gab Samuel
das unvergleichliche Gefühl von Genugtuung, das er
über alles liebte. Das Einzige, was er wahrlich spüren
konnte. Er beugte sich zu seinem Onkel hinunter, der auf
Knien vor ihm hockte und gegen das Betäubungsmittel
in seinem Blut ankämpfte.

»Danke für deine Hilfe, sieh es als Ehre an, bei
meinem letzten Coup als Komplize agiert zu haben.«

Florian kippte zur Seite, eine Träne rann sein Gesicht
hinab, bevor er das Bewusstsein endgültig verlor.
Samuel schnalzte mit der Zunge, griff sich eine der teuren und schweren Steinvasen aus dem Eingangsbereich,
hob diese an und ließ sie auf den Schädel seines Onkels
hinabsausen.

Beim ersten Mal ertönte ein ekliges Knacken, Blut
spritzte und vermutlich brach die Nase des hilflosen
Mannes. Doch das reichte Samuel nicht. Wieder und
wieder schlug er auf den Kopf seines Onkels ein, bis

nichts als ein armseliges, kümmerliches Etwas von dessen Gesicht zurückblieb.

»Tut mir leid, Joshua hatte es eilig, er konnte nicht so wie sonst vorgehen. Immerhin habe ich ihn gestört und er musste dich rasch töten«, erklärte er seinem Onkel.

Handschuhe hatte er diesmal nicht getragen, aber das musste er auch nicht. Er lebte hier, natürlich waren seine Fingerabdrücke überall, fehlte nur das entscheidende Puzzleteil, Joshua musste die Vase ebenfalls berühren. Wie gut, dass das Grundstück in einer Sackgasse lag und von der Straße aus nicht einsehbar war. Grinsend und blutbefleckt wandte er sich der Tür zu und trat nach draußen.

VERDAMMT

Josh

Unruhig wippte ich mit den Füßen auf und ab und starrte nervös zur Eingangstür des Hauses. Herr Londres hatte gesagt, dass er zunächst allein reingehen wolle, um noch etwas zu überprüfen, aber desto länger er fort war, desto mehr zweifelte ich an meinem heroischen – oder dämlichen – Entschluss, niemanden über meine Situation in Kenntnis zu setzen.

Meine Hand schwebte über meiner Hosentasche, gefangen zwischen dem Wunsch, meine Lieben zu beschützen, und der Vernunft, die mein eigenes Leben in Gefahr sah.

Ich entschied mich für eine Art Kompromiss. Meine Mutter wusste nichts von meinem Gefängnisaufenthalt, da ich volljährig war, war sie vermutlich nicht informiert worden, jedenfalls hoffte ich das. Sie würde komplett durchdrehen, wenn sie davon erfuhr.

Amy jedoch war sicher besorgt und verdiente eine Nachricht von mir.

Ich presste die Lippen zusammen und überlegte, was ich schreiben sollte. Der Name meines unverhofften Anwalts wäre eventuell hilfreich, falls etwas passierte.

Amy, ich bin aus dem Gefängnis entlassen worden. Ben hat seine Aussage gegen mich zurückgezogen und ein Anwalt hat meine Verteidigung übernommen. Sein Name ist Florian Londres. Ich weiß nicht, wer ihn geschickt hat, aber falls ich mich in den nächsten 24 Stunden plötzlich nicht mehr melden sollte, ruf bitte die Polizei und informiere sie. In diesem Fall ist der Neffe von Herr Londres mit hoher Wahrscheinlichkeit der wahre Blutlinien-Killer. Ich wurde an folgenden Ort gebracht …

Ich starrte noch eine Weile auf das Handy, bevor ich die Nachricht absandte. Anschließend gab ich meinen Standort für Amy frei, da ich die Hausnummer von hier zwar sehen konnte, aber nicht genau mitbekommen hatte, in welche Straße wir gefahren waren. Ich hasste mich für diese Nachricht, weil sie Amy in Panik versetzen würde, aber ich wusste mir nicht anders zu helfen, sie war die Einzige, der ich vertraute. Ich wusste, sie war stark genug, um Ruhe zu bewahren und mir zu helfen. Trotzdem tippte ich noch eine weitere Nachricht.

Es tut mir leid, Amy. Ich hoffe, ich mache mich umsonst verrückt und es ist alles gut. Es ist nur ein Notfallplan.

Ich biss mir auf die Lippe, mein Herz schlug mir bis zum Hals. Es war klischeehaft und unfair, aber ich wollte ihr sagen, was ich fühlte.

Ich freue mich auf unser Date, Amy, du bist mein Licht.

Eine Weile starrte ich das Handydisplay an, hoffte auf eine Antwort von Amy, doch es passierte nichts.

Gedämpfte Geräusche aus dem Inneren des Hauses erklangen und ich zuckte zusammen. Ich konnte nichts verstehen oder zuordnen. Vielleicht knallte etwas auf den Boden, doch die Autotür und die Hauswand verschluckten einen Großteil des Schalls.

Fahrig fuhr ich mit den Fingern durch meine Haare, versuchte verzweifelt, einen klaren Gedanken zu fassen. War ich in Gefahr? War das wirklich das Haus des wahren Killers oder ging meine Fantasie mit mir durch?

Ich atmete tief durch und wog meine Optionen ab.

Eine Möglichkeit wäre es, zu verschwinden, ich war in Großburgwedel, was hieß, ich könnte zum Bahnhof gehen und zurück nach Celle fahren.

Meine Finger umfassten den Griff der Autotür und tatsächlich ließ dieser sich hinunterdrücken, ich war nicht eingeschlossen worden.

Aber hätte der Killer mir eine so einfache Flucht ermöglicht?

Ist doch völlig egal, durchfuhr es mich.

Zu bleiben und abzuwarten, wäre dumm. Ich hatte eine Adresse und einen Namen zu einem potenziellen Verdächtigen, das reichte doch erst mal. Ich würde nach Hause gehen und alles in Ruhe mit Amy besprechen.

Um mir selbst Mut zu machen, nickte ich, umfasste den Griff der Autotür und stieß diese auf. Hastig stürzte ich aus dem Wagen und stolperte dabei beinahe über meine eigenen Füße.

Mein Blick erfasste das weitläufige Grundstück und den hohen Zaun. Ich wandte mich diesem zu und wollte bereits lossprinten, als das Geräusch einer sich öffnenden Tür mich herumfahren ließ.

Im Eingang stand ein junger Mann, vermutlich in meinem Alter, er grinste. Ich verstand es nicht sofort, mein Gehirn wollte mir zunächst weismachen, es wäre ein exzentrisches Muster auf seinem weißen Hemd, aber er war eindeutig blutbefleckt. Überall.

Erschrocken taumelte ich ein paar Schritte rückwärts, bevor ich mich umdrehte und losrannte.

Aus dem Augenwinkel konnte ich noch sehen, dass auch er sich in Bewegung setzte.

Ich war nicht gerade der beste Läufer, aber ich blickte nicht zurück, das würde mich nur verlangsamen. So schnell ich konnte, preschte ich vorwärts.

Plötzlich packte mich jemand am Arm und zog mich mit viel Kraft zurück. Ich spürte einen stechenden Schmerz, den ich durch das Adrenalin in meinen Adern nur gedämpft wahrnahm.

Fast sofort verschwamm meine Sicht, ich fühlte mich etwas wackelig auf den Beinen und wandte mich nun doch meinem Peiniger zu. Ungeachtet der bedrohlichen Situation war mein erster Gedanke, dass ich den jungen Mann vor mir irgendwoher kannte.

»Hallo, Joshua, keine Sorge, wir lernen uns schon bald besser kennen«, versprach er mir.

Seine weißen Zähne, sein blondes Haar und all das Blut vermengten sich zu einem wilden Farbenspiel, das mich gleich eines Strudels mit sich riss. Mitten hinein in die tiefste Finsternis.

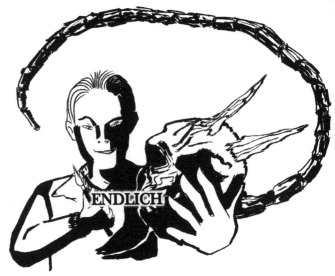

Der Blutlinien-Killer

Reglos und hilflos lag sein Opfer vor ihm. Samuels Finger kribbelten, er wollte Joshua töten, sofort, endlich würde er bekommen, wonach er sich schon so lange sehnte. Die Gabe, das Kommunizieren mit Toten, Macht und Wissen.

Er mahnte sich zur Ruhe, übereilen durfte er sein Vorhaben nicht.

Um Beherrschung ringend, ballte er seine Hände zu Fäusten, das Adrenalin, welches aufgrund der Jagd und des Mordes an seinem Onkel durch seine Adern zirkulierte, trieb ihn an und machte ruhige Überlegungen schwerer.

Nur noch ein wenig Geduld, beschwichtigte er sich gedanklich.

Mit beiden Händen packte er Joshua unter den Armen und zog ihn in das Haus. Zimperlich war er dabei nicht, ihm war egal, ob sein Opfer Schürfwunden oder Kratzer davontragen würde.

Joshuas Kopf knallte unsanft auf die Türschwelle, als

er ihn darüberzerrte.

Drinnen nahm er als Erstes die schwere Vase, die er benutzt hatte, um den Schädel seines Ziehvaters zu zertrümmern, stellte sie neben seinem Opfer ab und presste Joshuas Hände mehrfach dagegen.

Er grinste, zufrieden mit sich und seinem Plan. Für die Polizei würde die Situation sich mehr als eindeutig darstellen, während er selbst mit 13 Morden ungeschoren davonkäme.

Als Nächstes holte er sich ein paar Einmalhandschuhe aus der Küche und zog sie über, da seine Fingerabdrücke auf dem Telefon desjenigen, den er der Polizei als Täter präsentieren wollte, ungünstig wären. Dann durchsuchte er Joshuas Taschen und fand das Smartphone seines Opfers.

Er betrachtete das Gerät und drehte es um, bereit, den Akku herauszunehmen, als ihm plötzlich ein Gedanke kam.

Die Polizei verdächtigt Joshua bereits, sie könnten ihn überwachen, vielleicht sogar orten, durchfuhr es ihn.

Und wenn das der Fall wäre, würde es die Beamten unverzüglich auf den Plan rufen, wenn das Signal des Smartphones plötzlich verschwand.

Generell warf dieser Umstand Probleme auf. Die Polizisten könnten so oder so hier auftauchen und wäre es nur, um zu überprüfen, was Joshua nach seiner Freilassung tat. Vielleicht hofften sie darauf, den Blutlinien-Killer auf frischer Tat zu ertappen.

»Aber dann dürften sie den wahren Täter bei seinem Werk bewundern«, murmelte Samuel.

Das durfte nicht passieren. Sein Kopf arbeitete, spielte Szenarien durch und entwarf einen Plan.

Als Erstes legte er das Telefon von Joshua neben der

Leiche seines Onkels ab, falls die Beamten es orteten, wäre es das Beste, wenn sie hierher, zum Haus seines Ziehvaters kämen.

Ein paar Sachen fehlten noch. Sam zog den Pinsel aus seiner Tasche, tunkte ihn in das Blut seines Onkels und bespritzte Joshua damit. Diese Prozedur wiederholte er mehrfach, solange bis Joshua überall mit Blut bespritzt war. Dann zog er das Malwerkzeug wie bei jedem seiner Morde an der Wand entlang und zeichnete die charakteristische Blutlinie. Zum Abschluss seines Werkes packte er erneut Joshuas Hand und drückte die Finger gegen den Pinselstiel, nur um das Beweisstück dann ebenfalls neben der Leiche zu platzieren.

Er grinste zufrieden und zog sich selbst die blutbefleckten Sachen aus. Diese stopfte er direkt in die Waschmaschine und schaltete das Gerät ein.

Anschließend ging er ins Bad, wusch sich eilig und zog neue Kleidung an. Für Details musste man sich Zeit nehmen, kleine Ungenauigkeiten waren es, die viele Serienkiller zu Fall gebracht hatten. Aber nicht ihn.

Und selbst, wenn er doch etwas übersehen hätte, mit Joshuas Tod und den fingierten Beweisen, die er platziert hatte, wäre die Beweislage zunächst so eindeutig, dass er sicherlich genug Zeit hatte sich abzusetzen. Das war ohnehin sein Plan. Sobald er hatte, was er begehrte, hielt ihn nichts mehr an diesem Ort.

»Na dann los, Joshua«, sagte er.

Erneut packte er sein Opfer unter den Armen und zog es hinaus zum Auto. Er öffnete den Kofferraum, hievte den Bewusstlosen hoch und ließ ihn achtlos in die Gepäckablage fallen.

Sie würden einen kleinen Ausflug machen. Die Apotheke seines Vaters hatte bereits geschlossen, hatte einen

Hintereingang, der von der Straße aus nicht einsehbar war, und war nur fünf Minuten entfernt.

»In spätestens 30 Minuten sind wir zurück«, versprach er Joshua, der seine Worte natürlich nicht hören konnte.

In der Apotheke wären sie ungestört, er könnte Joshua töten, vielleicht sogar noch ein paar Informationen bezüglich der Gabe erlangen, und anschließend zurückfahren und Joshuas Leiche im Haus seines Onkels platzieren, nur um dann als verzweifelter Neffe, der einem Kampf zwischen dem Blutlinien-Killer und seinem Ziehvater beigewohnt hatte, aufgelöst bei der Polizei anzurufen.

Und falls die Beamten zwischenzeitlich doch schon aufgetaucht wären, könnte er Joshuas Leiche einfach im Kofferraum lassen und später entsorgen.

Es würde ihn ohnehin niemand verdächtigen und alle würden Joshua suchen. So oder so, sein Plan war perfekt.

GEFANGEN

Josh

Ich blinzelte, wollte mir über die Augen reiben, doch etwas blockierte meine Hände, scheuerte an den Gelenken. Meine Lider waren schwer, aber mit viel Willenskraft schaffte ich es, sie anzuheben. Es gab kaum etwas an meinem Körper, das nicht wehtat. Mein Kopf dröhnte, mir war übel und ich glaubte verprügelt worden zu sein.

Meine Umgebung war in helles künstliches Licht getaucht, ich befand mich zwischen zwei Regalreihen, die mit Kartons und Medikamentenschachteln gefüllt waren. Am Ende des Ganges sah ich eine Eisentür.

Ein Krankenhaus?, dachte ich.

Ich blickte an mir hinab und schrie auf. Meine Kleidung war blutbefleckt. Zusätzlich sah ich ein Seil und Stuhlbeine. Dieses verdammte Monster hatte mich entführt, mich mit Blut besudelt und an einen Stuhl gefesselt. Ich konnte weder Hände noch Beine bewegen.

»Was soll das?«, fluchte ich.

Wieder zerrte ich an den Fesseln, die mich an Ort und Stelle hielten. Recht schnell gab ich frustriert auf, da mir meine Bemühungen außer noch mehr Schmerzen nichts einbrachten. In Filmen warfen die Helden sich auf den Boden und befreiten sich, indem sie die Stühle zerstörten, an die sie gefesselt waren, aber ich hielt das für wenig vielversprechend.

Ich horchte auf, als ich glaubte, einen Schlüssel zu hören, der im Schloss herumgedreht wurde. Tatsächlich öffnete sich die Tür und mein Entführer trat ein.

»Endlich wach, hm?«, stellte er fest und näherte sich mir.

Er hatte blonde zurückgegelte Haare, trug neue saubere Kleidung und hatte sich offenbar das Blut vom Leib gewaschen.

»Was hast du mit mir vor?«, wollte ich wissen. Ich wünschte, ich wäre besser darin, meine Panik zu verbergen.

Er nickte, mit großzügigem Abstand hielt er vor mir inne. Er wollte mir wohl keine Gelegenheit zur Gegenwehr geben.

»Das ist die Frage, nicht wahr?«

Er legte sich die Finger ans Kinn und zog die Brauen hoch, so als müsste er selbst erst noch darüber nachdenken. Dann hob er die Hand an, so als wäre ihm plötzlich etwas eingefallen. »Ah, stimmt ja, du bist Joshua Benton, der letzte verbliebene Nachfahre der Familie Finken. Du hast die Gabe.«

»Nein«, sagte ich, in einem schwachen Versuch, ihn zu täuschen.

Er hob seine linke Hand an und bewegte den Zeigefinger hin und her. »Na, na, na … Diese Unterhaltung sollte besser auf Ehrlichkeit beruhen, sonst ändere ich meine Meinung und töte dich einfach sofort«, ließ er mich wissen.

Ich biss die Zähne zusammen, wieder mal lauerte ein dumpfes Pochen hinter meinen Schläfen. Wenn ich sie wenigstens ein wenig massieren könnte, doch so blieb mir nichts, als auszuharren und den Verrückten vor mir bei seiner abstrusen Show zu beobachten.

»Wer bist du? Du bist der Neffe von Florian Londres, oder? Ist er dein Komplize?«, wollte ich wissen. Das nagende Gefühl, ihn irgendwo schon einmal gesehen zu haben, ließ mich nicht los, aber ich konnte die Erinnerung nicht greifen.

Er lachte auf. »Komplize?«, fragte er. »Nein, er ist ein Haufen Matsch im Flur seines teuren Eigenheims.«

Ekel flutete mich, da ich begriff, dass das Blut auf meinem T-Shirt, mit hoher Wahrscheinlichkeit, dem Verteidiger gehörte, der mich aus dem Gefängnis geholt hatte.

»Sein Neffe bin ich aber in der Tat. Mein Name ist Samuel Londres, doch du darfst mich Blutlinien-Killer nennen.«

Samuel, so hieß er also, urplötzlich streifte eine Erinnerung meinen Geist, eine flüchtige Begegnung und Worte von Ben.

Da drüben ist ein Kommilitone, Sam, ich müsste mit ihm noch was besprechen. Er hat bei einem Projekt Mist gebaut.

Ben war damals auf die andere Straßenseite zu einem blonden, jungen Mann geeilt, der schicke, teuer aussehende Klamotten getragen hatte.

»Du warst der Kommilitone, den Ben in Hannover

getroffen hat. Derjenige, der Mist bei einem Projekt gebaut hat«, entkam es mir, die Worte waren mehr an mich selbst gerichtet als an meinen Entführer.

Samuel betrachtete mich mit hochgezogenen Brauen. »Keine Ahnung, wovon du sprichst. Aber ja, Ben und ich haben uns ein paarmal getroffen. Gemeinsame Projekte hatten wir jedoch nicht«, sagte er. Dann grinste er und ergänzte: »Also abgesehen von unserem Mord-Projekt.«

Ich bekam eine Gänsehaut und presste meine Augen für einen Moment zusammen. Vermutlich war es genau darum gegangen. Wahrscheinlich hatte Ben den Blutlinien-Killer zur Rede gestellt, weil dieser nicht nur den Bürgermeister, sondern auch dessen Frau und die jugendlichen Kinder getötet hatte.

»Unfassbar«, murmelte ich. »Ein Mord-Projekt? Und wofür? Nur, um diese vermaledeite Gabe zu erlangen?«, entkam es mir. »Dir ist schon bewusst, dass diese sogenannte *Gabe* ein Fluch ist?«, fragte ich ihn.

In seinen grünlichen Augen glaubte ich, ein Funkeln zu erkennen. Ich hatte sein Interesse geweckt, also sprach ich weiter: »Es tut weh, verdammt weh, bei jeder Vision brennt mir Essigsäure beinahe den Mund weg, ich muss mich übergeben und sehe grauenhafte Dinge.«

»Rede weiter, jetzt sind wir endlich bei dem Thema, das mich interessiert«, ermunterte er mich.

Resigniert stoppte ich und schluckte. Er war krank, Ben hatte recht, vor mir stand ein Psychopath. Ein Zittern durchlief meinen Körper.

Samuel riss die Augen auf, Ehrfurcht schwang in seiner Stimme mit, als er sprach: »Die Toten offenbaren dir all ihre Geheimnisse, das ist eine Gabe, Joshua, doch offenbar bist du ihrer nicht würdig.«

»Ich wollte diese Gabe nie«, wisperte ich.

Er strahlte und hob die Hände an. »Dann wollen wir doch das Gleiche! Ich befreie dich von diesem Fluch, Joshua, versprochen, du musst mir vorher nur einen winzigen Gefallen tun.«

Was auch immer er wollte, dieser Gefallen war vermutlich der einzige Grund, warum er mich verschleppt und nicht sofort getötet hatte.

»Wenn ich tue, was du verlangst, bringst du mich anschließend um«, stellte ich fest.

»Korrekt, entweder danach oder sofort, die Entscheidung liegt bei dir«, ließ er mich wissen.

»Was willst du?«, fragte ich, schlicht, um Zeit zu schinden.

Ich wusste, die ganze Situation sah für mich übel aus. Ganz langsam sickerte die Gewissheit in meinen Verstand, dass ich diesen Tag nicht überleben würde. Ich war diesem Verrückten ausgeliefert. Der Gefallen, den ich ihm tun sollte, wäre vielleicht meine einzige Chance.

»Ich werde offen zu dir sein, Joshua. Alles, was ich über die Gabe weiß, erzählte mir mein Großvater. Gespräche mit den Toten offenbaren Geheimnisse, die der Familie Finken zu Macht und Ansehen verhalfen, durch Erpressungen, den Verkauf von Informationen und dem schlichten Ausnutzen der Trauer der Hinterbliebenen«, begann er, im Plauderton zu erzählen. »Aber wie genau funktioniert die Gabe?«, fragte er.

Er beugte sich ein Stück zu mir vor. »Ursprünglich wollte ich einfach so lange Familienmitglieder töten, bis die Gabe mein wäre, doch jetzt bin ich in der glücklichen Lage, genau zu wissen, wer sie besitzt.«

Samuel tippte sich mit dem Finger an die Stirn. »Da dachte ich mir, warum sollte ich nicht erst ein paar Informationen sammeln, bevor ich mein Erbe antrete.«

Ich biss mir auf die Zunge, weil ich beinahe schnippisch erwidert hätte, dass die Informationen, die ich ihm vorhin gegeben hatte, so ziemlich alles waren, was es über diese verfluchte Gabe zu berichten gab.

Mein Hirn ratterte, suchte nach einer Möglichkeit, nach einem Plan. Mit aller Macht bemühte ich mich, die Angst in den hintersten Winkel meines Geistes zu verbannen, um klar zu bleiben.

»Also, Joshua, was meinst du? Wollen wir vor deinem Tod ein wenig plaudern? Oder lieber nicht?«, fragte er.

»Klar, plaudern wir«, entgegnete ich, so ruhig ich es vermochte, während ich noch immer verzweifelt nach einem Ausweg suchte.

»Wie funktioniert es? Wie genau sprichst du mit den Toten?«, wollte er wissen.

Ich konnte den Wahn in seinen Augen erkennen, die schiere Gier, mit der er nach der Fähigkeit lechzte, die ich besaß, und ich erkannte, dass genau darin meine Chance liegen könnte.

»Mmh … Das ist nicht so einfach zu erklären«, begann ich.

»Versuche es«, forderte er mit eindeutig wütender Stimme.

Ich runzelte die Stirn, so als müsste ich nachdenken, dann sah ich ihn direkt an. »Es wäre einfacher, es dir zu zeigen«, behauptete ich.

Todesangst war eine gute Motivation, die eigene Fähigkeit zu lügen auszubauen. Meine Stimme zitterte nicht.

»Zeigen? Wie meinst du das?«, hakte er nach.

Seine Augen schienen in meinen nach einer Antwort zu suchen, dann verschränkte er die Arme vor der Brust.

»Glaube nicht, dass ich dich befreie, so dumm bin ich nicht«, ließ er mich wissen.

»Ich bräuchte nur meine Hände frei«, erklärte ich. Das wäre zwar nicht optimal, aber besser als nichts.

»Und dann?«, wollte er wissen.

Mist, das war schwerer als gedacht, er war misstrauisch und vorsichtig. Ich hatte gehofft, dass sein Wahn ihn blenden würde, damit er vorschnell handelte und mich befreite.

»Nun ja, wir müssten zu einem Tatort oder zu einem Grab«, versuchte ich es trotzdem weiter.

Er runzelte die Stirn. »Du musst also dort sein, wo jemand gestorben ist, oder dort, wo seine Überreste liegen, um die Vision auszulösen?«

Das hatte er schnell begriffen, ich musste aufpassen, was ich sagte.

»Nur ist das nicht alles«, setzte ich nach.

»Wie löst man die Vision dann aus? Du sagtest, du bräuchtest deine Hände dafür, also musst du etwas berühren?«, hakte er nach.

Er versuchte, alle Informationen aus meinen Worten zu erschließen, das begriff ich. Sobald er glaubte, zu haben, was er wollte, würde er nicht zögern und mich töten. Ich wappnete mich für meine letzte verzweifelte Lüge und hoffte inständig, dass er mir abkaufen würde, was ich behauptete. »Schon, aber nicht nur. Ich muss mit den Fingern ein bestimmtes Muster formen, es wäre schwer, das mit Worten zu beschreiben.«

Samuel sah mich nachdenklich an, urplötzlich raufte er sich die Haare und fluchte. »Du hältst dich für clever, was?«, wisperte er.

Dann sah er mich mit zu Schlitzen verengten Augen an. »Jetzt stellst du mich vor die Wahl, deine Aussage als

Lüge abzutun und dich zu töten, auf die Gefahr hin, dass du doch die Wahrheit sagst und es mir ohne deine Information unmöglich wäre, die Gabe zu nutzen. Oder dir zu glauben und deine Fesseln törichterweise zu lösen.«

»Ich lüge nicht«, behauptete ich, darauf hoffend, dass er das Zittern in meiner Stimme auf meine Angst schob, und tatsächlich spielte die Panik in mir gerade eine viel größere Rolle dabei als die übliche Nervosität beim Flunkern.

Ich konnte hören, wie er die Luft scharf einzog, er kämpfte mit sich, überlegte und wog ab, und ich hoffte inständig, dass dieser innere Kampf zu meinen Gunsten ausgehen würde.

»Wir gehen nirgendwohin«, ließ er mich mit eiskalter Stimme wissen.

Eine Gänsehaut überzog meinen Körper, ich schwitzte und presste meine Zähne fast schmerzhaft aufeinander. Seine Worte klangen nach meinem Todesurteil. Aber ich hatte noch einen Funken Hoffnung. Vielleicht hatte Amy die Polizei gerufen. Eventuell würden sie uns finden. Doch was, wenn nicht? Ich wollte nicht sterben. Betteln wollte ich aber auch nicht, das würde bei einem Serienkiller, der selbst Familienangehörige skrupellos meuchelte, wohl auch nichts bringen.

Ich beobachtete, wie er sich umwandte und um das Regal links von mir herumschritt. Was er tat, konnte ich nun nicht mehr sehen, aber ich hörte ein Geräusch wie von einem Schlüssel und anschließend wieder Schritte. Hatte er eine Waffe geholt?

Ich zerrte an meinen Fesseln, doch es brachte gar nichts. Das Gefühl, diesem Monster ausgeliefert zu sein, wurde plötzlich so übermächtig, dass ich mit den Tränen zu kämpfen hatte.

Er kam zurück und hielt etwas in den Händen.

Ich erkannte den Gegenstand erst, als er ihn vor mir in die Höhe streckte. Eine Urne.

»Das ist mein Großvater, er wählte die Feuerbestattung«, erklärte er mir seelenruhig. »Meinst du, seine Urne könnte man als sein Grab betrachten?«, fragte er.

Ich starrte ihn nur an, so langsam war mein Mut aufgebraucht und der Schreck saß tief. Jede Minute in dieser Hölle verdeutlichte mir meine Situation. Dieser Mann hatte zwölf Menschen getötet. Er sah kräftig aus, trainiert, und selbst wenn ich im Kampf eine Chance hätte, war ich gefesselt.

»Hallo? Bist du noch da?«, wollte er wissen und schnipste mit den Fingern seiner freien rechten Hand vor meinem Gesicht herum.

Ich nickte schlicht.

»Weißt du, in Niedersachsen ist es verboten, die Asche eines Verstorbenen mit nach Hause zu nehmen. Mein lieber Großvater sollte auf dem Friedhof in einem winzigen Urnengrab liegen. Nicht gerade angemessen, also dachte ich mir, ich grabe ihn lieber aus.«

Grabschändung, ein weiteres Verbrechen auf seiner langen Liste von erstrebenswerten Erfolgen. Ein leichtes Kichern stieg in mir auf, es war eher verzweifelt als belustigt und linderte meine Panik kein Stück.

»Du findest das lustig?«, knurrte er.

Hastig schüttelte ich den Kopf, ihn wütend zu machen, war das Letzte, was ich gerade wollte. Ich hasste es, so defensiv und hilflos zu sein, aber ich war Informatik-Student, kein kampferprobter Actionheld.

»Also, Joshua? Falls du noch nicht völlig den Verstand verloren hast, kannst du durch die Urne mit meinem Großvater sprechen?«

»Ja«, entgegnete ich, entschlossener, als ich es war.

Es war noch nicht alles verloren, ich musste mich zusammenreißen, er glaubte meiner kleinen Scharade, was hieß, dass er die Fesseln an meinen Händen lösen würde. Das war meine einzige Chance.

HERR ÜBER DEN TOD

Josh

Der Blutlinien-Killer stand vor mir, mit den Überresten seines Großvaters in den Händen. Ein Grinsen breitete sich auf seinem Gesicht aus. »Dann finden wir doch heraus, ob eine Berührung nicht doch ausreicht.«

Langsam kam er näher, schritt um mich herum. Mich beschlich das ungute Gefühl, dass er vorhatte, mir die Urne einfach gegen die Hände zu drücken. Tatsächlich spürte ich die kalte und glatte Oberfläche des Gefäßes an meinen Handflächen. Zunächst passierte gar nichts, Erleichterung flutete mich, ich hoffte, dass sein Großvater vielleicht schlichtweg nicht in der Totenwelt festsaß, doch leider lag ich falsch.

Ich fühlte die typische Berührung der eiskalten Hand, die eine Vision im Totenreich einleitete.

»Nein«, wisperte ich. Wenn ich jetzt ins Totenreich abdriftete, wäre ich ihm erneut gänzlich wehrlos ausgeliefert.

Mit aller Macht versuchte ich, mich im Hier und Jetzt zu halten. Ich wand mich in den Fesseln und blinzelte, die Umgebung verlor an Kontur. Die Totenwelt zerrte an mir, wollte mich hinfort reißen.

Ich konnte ihn kaum erkennen, doch Samuel stand nun wieder vor mir, sein Gesicht war direkt vor meinem. »Lügner, deine Augen sind ganz trüb, du hast eine Vision, nicht wahr?«, stellte er fest.

Meine Gedanken drifteten ab, genauso wie mein Geist, mir war übel, aber ich kämpfte um die Kontrolle und erkannte, dass dies meine letzte Chance war. Ich spannte meine Beine an und warf mich mit aller Kraft nach vorn, direkt gegen meinen Peiniger. Mein Kopf krachte gegen seinen und anschließend gegen noch etwas anderes Unnachgiebiges, heftiger Schmerz flutete mich, doch gleichzeitig wurde ich von den Füßen gerissen und stürzte, hoffend, dass meine Kopfnuss ausreichte, um Samuel für ein paar Minuten in Schach zu halten.

Meine Welt wurde auf den Kopf gestellt. Obwohl ich gefallen war, stand ich plötzlich aufrecht. Mitten in einem Krankenzimmer. Ein einzelnes Bett stand in dem weißen, sterilen Raum, darauf saß ein alter Mann.

Wie immer schmeckte ich Essig und das übliche Brennen in meinem Rachen ließ mich würgen. Doch ich zwang mich zur Ruhe, blendete das Unbehagen und die Schmerzen aus.

»Schade, du bist nicht Samuel«, stellte der alte Mann mit rauer Stimme fest.

»Sie sind wohl sehr stolz auf Ihren Enkel«, sagte ich voller Sarkasmus.

Er strahlte. »Ja, er ist wahrlich einzigartig«, bestätigte er.

»Wissen Sie, dass er Ihren Sohn getötet hat? Und unzählige weitere Familienangehörige? Aus reiner Gier, diese Fähigkeit zu erlangen«, warf ich ihm entgegen.

Samuels Großvater kniff die Augen zusammen, ein röchelndes Husten schüttelte ihn, doch als seine Qualen nachließen, strahlte er. »Er beansprucht die Gabe also für uns«, stellte er fest. »Endlich«, murmelte er fast schon liebevoll.

»Endlich?«, wiederholte ich ungläubig.

Der alte Mann lachte. »Noch ein naiver Dummkopf. Was glaubst du? Dass ich weine, weil meine Nachfahren tot sind? Diese Bälger, die mich nie zu schätzen wussten?«

Mir wurde plötzlich klar, warum Samuel so wertschätzend von seinem Großvater gesprochen hatte, der Mann war genauso ein Psychopath wie sein mörderischer Enkelsohn.

»Hat Samuel Sie ebenfalls getötet?«, sprach ich etwas aus, das mir spontan in den Sinn kam.

Er schüttelte den Kopf. »Nein, das hat der Lungenkrebs ganz allein geschafft«, entgegnete er. »Jahrelang war ich im Krankenhaus und selbst im Tod kann ich diesen Ort nicht verlassen.«

»Sie wurden nicht ermordet, aber hängen trotzdem hier fest«, murmelte ich.

Er zuckte mit den Schultern. »Ich wollte nicht gehen, ich wollte nicht sterben, aber meine Sturheit brachte mir nur diese ewige Hölle ein«, sagte er, wieder hustete er, noch heftiger als zuvor. »Bis in alle Ewigkeit sterbe ich an meiner Krankheit. Ohne Erlösung, aber das ist vermutlich besser als die wahre Hölle oder das Nichts. Wer weiß schon, wo wir hingehen, wenn wir loslassen.«

Mir fiel auf, dass ich darüber bisher gar nicht nachgedacht hatte. Vor all diesen Erlebnissen, vor dieser neuen Fähigkeit, hatte ich mich nie groß mit dem Tod beschäftigt, ich hatte geglaubt, dass ich noch viel Zeit hatte. Doch vielleicht strangulierte mich der Blutlinien-Killer genau in diesem Moment, noch während ich mit seinem Großvater redete. Was würde passieren, wenn mein Körper während einer Vision starb? Saß ich dann hier fest?

Panik drohte mich zu übermannen, die Luft brannte bei jedem Atemzug in meinem Hals und ich keuchte.

»Oh, du bist nicht geübt mit deiner Gabe, oder?«, fragte Samuels Großvater.

Ich zwang mich dazu, bewusst ein- und auszuatmen. Jeden Gedanken daran, was Samuel vielleicht mit meinem realen Körper anstellte, schob ich beiseite. Ich musste diese Vision beenden, so schnell wie möglich.

Allerdings war dieser Mann nicht getötet worden, gab es also überhaupt eine Todesschleife, an deren Ende ich in die Wirklichkeit zurückkehrte? Mein Erzeuger hatte mich beim letzten Mal mehr oder minder rausgeworfen, aber gesagt, wie ich das selbst bewerkstelligen könnte, hatte er mir nicht.

»Geübt genug«, presste ich schließlich mühsam hervor.

»Wie geht es Samuel? Ist er bei dir?«, fragte der Todkranke vor mir.

»Ich hoffe, es geht ihm schlecht, bevor ich hierherkam, habe ich ihm eine Kopfnuss verpasst«, sagte ich.

Der Mann schlug mit beiden Händen auf seine Bettdecke und fluchte. »Dreist«, spie er hervor. »Die Jugend ist immer wieder frech. Nur Samuel wusste sich zu benehmen. Er wusste, wer die Wahrheit sagte, er erkannte mein Genie. Ich hoffe, er tötet dich qualvoll.«

»Sie sind wahnsinnig!«, schrie ich aufgebracht. Wie verblendet konnte ein Mensch nur sein? »Sie könnten mir helfen, all das zu beenden. Wenigstens im Tod könnten Sie das Richtige tun! Samuel hat doch sicher eine Schwäche? Irgendetwas, das mir helfen könnte, ihn aufzuhalten.«

Er lachte, laut und schallend. »Wirklich? Du begreifst es nicht, oder? Ich liebe Samuel, er ist der Einzige, der mich stolz macht. Niemals verrate ich ihn.«

Wut flutete mich, Verzweiflung und Hass. Diese beiden waren krank, wahnsinnig. Diese Gabe war ein Fluch, zu morden, um sie zu erlangen, war so bescheuert, dass ich, wenn es nicht so tragisch gewesen wäre, darüber gelacht hätte.

»Sie haben Ihren Enkelsohn also dazu animiert, seine eigene Familie zu töten? Damit er Visionen von Toten haben kann?«

»Nicht direkt, aber ich sagte ihm, dass wir unser Erbe nur antreten können, wenn all der Müll beseitigt wird«, entgegnete er.

Ich schüttelte den Kopf, meine Hände ballten sich zu Fäusten, mit diesem Mann hatte ich keinerlei Mitgefühl. Alles, was ihm hier widerfuhr, verdiente er und noch viel mehr.

Etwas durchflutete mich, eine Kraft, die ich bisher in der Totenwelt nie wahrgenommen hatte. Plötzlich erschien mir die Umgebung nicht mehr feindlich, vielmehr glaubte ich, der Herr über diesen Ort zu sein, der Herr über den Tod.

Der Geschmack von Essig schwand, ich fühlte mich nicht mehr schwach, sondern stärker denn je.

In wilder Wut näherte ich mich dem Mann auf dem Bett und sprach einen Befehl aus, von dem ich wusste, dass er ihm würde Folge leisten müssen: »Nenne mir Samuels Schwäche!«

Er öffnete den Mund, wollte vermutlich eine schnippische oder feindliche Antwort geben, doch alles, was seinen Rachen verließ, war ein abstoßendes Röcheln. Samuels Großvater zitterte am ganzen Leib und fasste sich an den Hals.

In wabernde Schatten gehüllte Ketten fielen von der Decke herab, schlangen sich um die Hände und den Nacken des Mannes und zogen ihn hinauf. Das Eisen quetschte sein Fleisch, vor Schmerzen wimmerte er.

»Je mehr du dich wehrst, desto mehr musst du leiden«, verriet ich ihm.

Woher ich das wusste, war mir nicht klar, es war ähnlich wie bei der Erkenntnis über diesen Ort, die Totenwelt, in meinem Blut waren all die Antworten, die ich so verzweifelt suchte. Das Erbe, das ich erhalten hatte, brachte mehr mit sich, als ich bisher für möglich gehalten hatte.

Die Kraft und die Kontrolle zu haben, fühlte sich gut an, der Mann litt, aber in diesem Moment genoss ich es in vollen Zügen.

Samuels Großvater verdrehte die Augen und keuchte. Blut lief von seinen Handgelenken hinab.

»Samuel hat eine Allergie, eine schwere Allergie gegen Nüsse«, brachte er hervor.

Die Ketten lösten sich und er stürzte zurück auf sein Bett. Weitere Worte waren unnötig, in meinem jetzigen Zustand konnte ich es sehen, einen Ausgang, die Tür zum Krankenzimmer war in helles Licht getaucht.

Als ich die Klinke hinabdrückte und hindurchschritt, fiel ich erneut, nur um vor den Regalen voller Medikamente wieder zu mir zu kommen.

Die Schwäche, die mich sonst nach Visionen heimsuchte, wurde durch ein Hochgefühl ersetzt. Die Macht, die ich in der Totenwelt gefühlt hatte, pulsierte noch immer durch meine Adern.

Ich lag am Stuhl gefesselt auf dem Boden, Samuel war nicht weit von mir entfernt ebenfalls zusammengebrochen, vermutlich war er erst noch benommen ein paar Schritte zurückgetaumelt. Eines der Regale war ebenfalls umgestürzt, ein schwer aussehendes Holzbrett lag in der Nähe von Samuel. Ich hatte anscheinend viel Glück gehabt und bei meinem verzweifelten Angriff mehr Schaden angerichtet, als ich zu hoffen gewagt hatte.

Meine Hand hatte ein wenig Spielraum gewonnen, die Fesseln waren beim Sturz wohl verrutscht. Nahezu wahnhaft begann ich, meinen Arm so zu bewegen, dass das Seil zwischen Stuhllehne und Boden gerieben wurde. Es tat weh, mit jeder Bewegung reizte ich meine Haut mehr, warmes Blut rann meinen Handrücken hinab, aber ich dachte nicht daran, aufzuhören, ich musste mich befreien, bevor der Killer wieder aufwachte.

Ich hörte Samuel stöhnen und rieb noch energischer. Es dauerte gefühlte Ewigkeiten, doch irgendwann gab das Seil nach. Ich konnte meine Hände befreien, meine Rechte, die ich für die tollkühne Aktion malträtiert hatte, war komplett aufgescheuert und blutete stark, aber darum könnte ich mich später kümmern.

Mit zittrigen Fingern beugte ich mich vor und befreite meine Beine.

So langsam schwand die Euphorie, die die neue Macht in der Totenwelt mit sich gebracht hatte. Mir wurde klar, was ich getan hatte. Ich hatte jemanden gefoltert, um Informationen zu erlangen.

Säure stieg in meinem Hals auf, ich hustete.

»Das ist jetzt egal«, tadelte ich mich selbst.

Ich könnte mich später dafür verfluchen, jetzt musste ich handeln.

Samuel begann, sich zu regen. Er kam wieder zu sich.

Ich war mir nicht sicher, was ich tun sollte. Soweit ich wusste, hatte er die eiserne Tür nicht wieder verschlossen, nachdem er eingetreten war, ich könnte also verschwinden. Aber ich war mir sicher, dass er mich verfolgen würde, und es könnte jederzeit passieren, dass die Schwäche mich übermannen und ich zusammenbrechen würde. Ich wusste nicht, wo ich war, und ich wusste nicht, ob er Komplizen hatte.

Aber ich kenne seine Schwäche, dachte ich. *Und ich bin in einem Raum voller Medikamente.*

Statt zur Tür bewegte ich mich zu einem der Regale. Ich überflog die Bezeichnungen auf den Etiketten und suchte nach irgendetwas, das Nüsse beinhaltete.

»Du …«, hörte ich Samuel knurren. Er war aufgestanden und kam auf mich zu.

Mein Blick erfasste eine Kiste mit Bio-Shampoos. Vermeintlich unnützes Wissen, das meine Mum mir ungefragt mitgeteilt hatte, tauchte urplötzlich in meinem Kopf auf. Sie hatte davon geschwärmt, dass die Shampoos von dieser Bio-Marke aus der Apotheke nicht mit Zusatzstoffen und Aromen vollgestopft waren, sondern echte Nüsse enthielten.

Kurzerhand kippte ich mehrere der Kartons Duschzeug aus, ergriff eine der am Boden liegenden Shampoo-Flaschen und goss sie über mich, dann noch eine und noch eine. Meine Finger waren glitschig und rutschten beinahe von den Deckeln ab, aber ich machte weiter, um sicherzugehen, dass ich eine Sorte mit Nüssen erwischte.

Samuel verharrte ein Stück von mir entfernt und blickte mich mit zusammengezogenen Brauen an. »Im Ernst? Das ist dein Plan?«, fragte er.

Ich hob die Fäuste an, grinste und bluffte: »Ganz genau, versuch doch, mich zu fangen. Aber so glitschig wie ich jetzt bin, kannst du mich niemals packen!«

Er lachte so heftig, dass er sich an den Bauch fasste. »Du bist echt amüsant«, sagte er, doch dann veränderte sich der Ausdruck in seinem Gesicht, er stellte das linke Bein nach vorn, seine Hände brachte er auf die Höhe seines Kinns, während er sie gekonnt zu Fäusten ballte. »Aber so langsam habe ich genug von dir«, ließ er mich wissen.

Der Blutlinien-Killer kam näher und stoppte direkt vor mir, ich tänzelte hin und her und hob die Fäuste an.

Schlag mich, dachte ich.

»Na los! Dann kämpf doch wie ein Mann!«, forderte ich ihn auf.

»Kein Problem, glaub mir, ich muss dich nicht packen, um dich auszuschalten«, versprach er mir, bevor er die Faust anhob und sie mir in die Magengrube rammte.

Ich keuchte und sackte zusammen, er wartete nicht darauf, dass ich mich erholte, sondern schlug mir mit Wucht gegen den Kopf. Ich geriet ins Taumeln, Schwindel und Übelkeit erfassten mich und kurz glaubte ich, das Bewusstsein zu verlieren.

Samuel packte mich grob an den Haaren und starrte mich an. »Noch irgendwelche letzten Worte, Joshua?«, wollte er wissen.

Wegen all des Duschgels entglitt ich ihm und stürzte hart auf den Rücken. Er lachte und trat mehrfach in meinen Bauch. Ich kauerte mich zusammen und hoffte, dass sein Großvater nicht gelogen hatte. Vielleicht hatte ich mich getäuscht und nur geglaubt, die Kontrolle zu haben.

Samuel wandte sich plötzlich von mir ab, beugte sich hinunter und griff nach der Urne. Fast liebevoll streichelte er sie.

»Der Einzige, der mich verstand, war mein Großvater. Ich denke, es ist passend, dass er dir dein Ende bereiten darf«, sagte er mit rauer Stimme.

Er stand über mir. Mit beiden Armen hob er die Urne an, direkt über meinen Kopf. Ich hatte keine Kraft, um mich wegzurollen oder mich zu wehren. Alles, woran ich dachte, waren meine Mum und Amy. Ich wollte sie wiedersehen, unbeschwert mit ihnen lachen und leben. Das waren meine letzten Gedanken, bevor alles in Bedeutungslosigkeit versank.

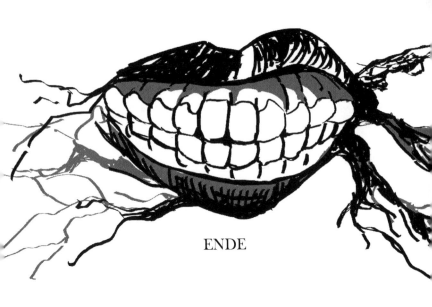

ENDE

Der Blutlinien-Killer

Joshua lag vor ihm, bewusstlos und ihm ausgeliefert. Dieses Aas hatte es gewagt, mit Samuel zu spielen, ihn hereinzulegen und ihn anzugreifen. Es war Zeit, all das zu beenden.

Er wusste, was er wissen musste, in wenigen Sekunden würde die Gabe ihm gehören.

Mit Wucht ließ er die Urne hinabsausen, direkt auf Joshuas Kopf, jedenfalls wollte er das, doch seine Kräfte schwanden, er taumelte und verfehlte sein Ziel.

Sein Hals schnürte sich zu, er bekam keine Luft.

Wütend und panisch zuckte sein Blick zu dem Shampoo, mit dem Joshua sich begossen hatte. Er griff danach und las den Werbeslogan darauf: *Wohltuende Mischung aus Haselnuss, Walnuss und Pekannuss.*

»Nein«, presste er hervor.

Seine Atemwege waren bereits angeschwollen, genau wie seine Hände. Ein allergischer Schock.

Wie konnte er das wissen? Wie zum Teufel?, fluchte er innerlich, während er sich mühselig voranschleppte, weg von Joshua, hin zu den rettenden Medikamenten, die er brauchte, um seinen eigenen Erstickungstod zu verhindern.

Doch bevor er das richtige Regal oder seine Tasche erreichen konnte, brach er zusammen.

Er keuchte und rang nach Luft.

In Todesangst traf er eine Entscheidung. Er tastete zitternd nach dem Handy in seiner Tasche und tippte eine Nachricht.

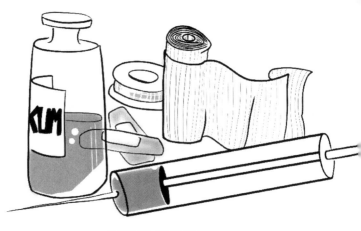

ERWACHEN

Josh

Erneut begrüßten mich künstliches weißes Licht und Kopfschmerzen. Ich glaubte noch immer, in der Hölle zu sein, in die der Blutlinien-Killer mich verschleppt hatte, und schrie auf.

»Es ist alles gut, Josh.«

Die Stimme erschien mir fern, nahezu imaginär.

»Beruhige dich, mein Schatz. Bitte, komm zu dir.«

»Mum?«, murmelte ich.

»Ja, ich bin hier«, bestätigte sie.

Ich fühlte Tränen auf meinen Wangen, die Erleichterung, die mich durchflutete, war stärker als alles, was ich je zuvor gefühlt hatte.

»Ich hab dich lieb, Mum«, sagte ich, etwas, das ich ihr viel zu selten sagte, aber in diesem Moment fühlte ich es so intensiv, dass die Worte meinen Mund wie von selbst verließen.

»Ich dich auch«, entgegnete sie, ich fühlte, dass sie

mich umarmte. Ganz langsam nahm die Umgebung um mich herum schärfere Konturen an, ich erkannte das Krankenbett, in dem ich lag, ebenso wie das Zimmer. Ich war im Krankenhaus. Meine Mum löste sich von mir und gab mir einen Kuss auf die Wange, so wie sie es früher immer getan hatte.

»Unfassbar, mein Baby wurde von einem Killer entführt«, sagte sie.

»Also ein Baby bin ich ja nun wirklich nicht mehr«, ließ ich sie wissen.

Sie lächelte und strich über meine Stirn. »Du kannst dich beschweren, das heißt, es geht dir besser.«

Auch meine Mundwinkel hoben sich. Doch so langsam tauchten Fragen in meinem Geist auf. Ich sah Samuels hasserfülltes Gesicht vor mir, er hatte über mir gestanden, bereit, mir den Todesstoß zu versetzen. Was war danach geschehen?

»Was ist passiert? Wie kam ich hierher?«, fragte ich.

»Das ist eine ziemlich lange Geschichte und ich selbst steige noch nicht ganz durch. Aber zu großen Teilen kannst du Amy danken, die einen kühlen Kopf bewahrt und die Polizei gerufen hat.«

Ich strahlte. »Sie ist großartig«, sagte ich, einfach, weil ich es fühlte.

Das Lächeln meiner Mutter vertiefte sich noch. »Meinen Segen habt ihr.«

»Jetzt wird schon ungefragt der mütterliche Segen verteilt«, stichelte ich.

Sie prustete. »Ich bin nicht blind, du bist so was von verliebt«, meinte sie.

Ich sah verschmitzt zur Seite, protestierte aber nicht und offenbar reichte ihr das, denn sie hakte nicht weiter nach.

»Ruh dich noch etwas aus, mit deinen Verletzungen ist nicht zu spaßen«, sagte sie schließlich deutlich besorgt.

Ich nickte. Fast als hätten ihre Worte es heraufbeschworen, fühlte ich den Schmerz in meinem Brustkorb, vermutlich hatte der Blutlinien-Killer mir mehrere Rippen gebrochen. Auch mein Kopf fühlte sich schwer an und pochte unangenehm, mal ganz abgesehen von dem fiesen Brennen an meinem rechten Handrücken.

»Danke, Mum«, murmelte ich, bevor ich langsam wegdriftete.

Als ich wieder aufwachte, fühlte ich eine warme Berührung an meiner Hand.

Ich öffnete die Augen und sah Amy auf einem Stuhl neben meinem Bett sitzen. Ihr Kopf hing unbequem herab, sie war wohl eingeschlafen.

Lächelnd hob ich meine freie linke Hand und strich über ihre Finger, die auf meinen ruhten.

Sofort hob sie ihren Kopf an, ihre blauen Augen hinter der großen Brille waren geweitet und glasig. Sie öffnete den Mund, aber schloss ihn unverrichteter Dinge wieder, ein Schluchzen entrang sich ihrer Kehle.

»Mir geht es gut, Amy«, ließ ich sie wissen.

Sie presste die Lippen aufeinander und warf sich regelrecht auf mich. Meine schmerzenden Rippen protestierten, aber ich würde sie gewiss nicht aufhalten. Ich streichelte ihr über Kopf und Rücken und wartete darauf, dass sie sich beruhigte. »Alles gut«, wisperte ich.

Amy wimmerte: »Der Herr wurde fast getötet, aber

tröstet mich.«

Ich strahlte so sehr, dass es fast wehtat. »Der Herr ist einfach froh, bei dir sein zu können«, gab ich zu. Ihre Stimme zu hören, ihre Wärme zu spüren, das war wunderschön und erschien mir nach dem Horror, der hinter mir lag, wie das größte Geschenk.

Amy löste sich von mir, ihr Gesicht war von Tränen gerötet und ihre Lippen zitterten, aber selbst so, von Trauer gepeinigt, war sie der bezauberndste Anblick, den ich mir nur vorstellen konnte.

Meine Mundwinkel hoben sich.

Amy zog einen Schmollmund. »Witzig ist das alles wirklich nicht«, beschwerte sie sich.

»Stimmt, ich musste nur an etwas denken«, entgegnete ich kryptisch.

»Woran?«, wollte sie wissen.

Ich sah ihr direkt in die Augen und gestand: »Daran, dass ich so was von verliebt bin.«

Amy presste sich die Hand vor den Mund.

»Ich bin verliebt in dich, Amy«, setzte ich nach.

Sie lächelte mit Tränen in den Augen. »Der Herr ist wieder viel zu früh dran, unser Date steht noch immer aus«, tadelte sie mich.

Ich ahmte ihren Schmollmund nach und fragte: »Kann die Dame mir diesen Fauxpas verzeihen?«

Amy zog die Brauen zusammen, so als müsste sie darüber nachdenken, dann nickte sie. »Aber als Strafe gibt es meine Antwort erst bei unserem Date«, verkündete sie.

»Dann werde ich geduldig warten«, entgegnete ich. Sie hatte mir ihre Gefühle zwar nicht gestanden, aber ihre Taten sprachen für sich, damit konnte ich sicherlich noch ein paar Tage leben.

Beim Gedanken an meine Entlassung und ein Date, drängten sich gänzlich andere Fragen in mein Bewusstsein. Die erste Erleichterung wich Verwirrung und einem leichten Unbehagen.

»Amy, was genau ist passiert? Die Polizei hatte mich bereits im Verdacht und ich war voller Blut. Ich glaube, er wollte mich als Sündenbock hinstellen. Werde ich eingesperrt, sobald ich wieder gesund bin?«, wollte ich wissen.

»Nein! Auf keinen Fall!«, entgegnete sie sofort.

Ich sah sie fragend an, da ich verzweifelt auf eine Erklärung wartete, ihre Antwort wirkte wie eine panische Entwarnung, beruhigte mich aber nur bedingt.

»Puh, das wird jetzt eine recht lange Geschichte. Bereit?«, fragte sie.

»Definitiv«, ließ ich sie wissen.

»Na ja, vielleicht erinnerst du dich nicht, aber du hast am Nachmittag nach deiner Entlassung aus dem Gefängnis deinen Standort mit mir geteilt. Und diese Freigabe hattest du nicht zeitlich begrenzt«, begann sie.

»So konnte die Polizei mich und Samuel finden«, erkannte ich.

»Nicht ganz«, entgegnete Amy. »Aber dein Handy hat dabei geholfen, dich zu entlasten«, erklärte sie.

»Was?«, entkam es mir, ich verstand überhaupt nichts mehr.

»Nun, Samuel hat dich mit dem Blut seines Onkels bespritzt, um dich als Sündenbock hinstellen zu können. Außerdem hat er dir das Handy abgenommen und es blieb im Haus seines Onkels. Dort fuhr die Polizei nach meinem Anruf zuerst hin«, setzte Amy ihre Erzählung fort. »Sie fanden die Leiche von Florian Londres und dessen verzweifelte Frau, die wegen einer unvollständigen und schockierenden Text-Nachricht ihres Mannes früher von einem Tagesausflug zurückgekommen war. Aus Sorge, was sie zu Hause erwarten würde, hatte sie die Kinder zuvor anderweitig untergebracht.«

»Der Anwalt ist also wirklich tot«, sagte ich. Der Mann tat mir leid, er war ein Opfer, genauso wie alle, die durch die Hand von Samuel Londres gestorben waren.

»Leider ja«, entgegnete Amy.

Nach einer kurzen Pause fuhr sie mit ihrer Erzählung fort: »Das Auto von Florian Londres war verschwunden und alles, was die Polizisten ansonsten fanden, waren dein Handy, ein Pinsel voller Blut und eine Blutlinie an der Wand.«

»Wie kannst du all diese Details wissen?«, fragte ich.

Amy hob ihren Zeigefinger. »Eine dramaturgische Geschichte darf nicht unterbrochen werden! Alles zu seiner Zeit«, bestimmte sie.

Obwohl es für das ernste Thema unpassend war, musste ich schmunzeln.

»Sie suchten nach Hinweisen, befragten Sarah Londres, die Frau des Anwalts und tappten im Dunkeln«, führte Amy ihre Geschichte weiter aus. »Bis Sarah am frühen Abend eine Textnachricht von ihrem Neffen, Samuel, erhielt, deren Inhalt in etwa folgendermaßen lautete: *Apotheke meines Vaters, Allergischer Schock, Hilfe.*«

Eine Apotheke, dahin hatte er mich also verschleppt. Das ergab deutlich mehr Sinn als ein Krankenhaus, besonders wenn die Apotheke Samuels Vater gehörte, deshalb hatte er vermutlich die Schlüssel und nach Ladenschluss hätte uns dort niemand vermutet. Doch die Angst vor dem eigenen Tod hatte ihn dazu gebracht, unvorsichtig zu sein und seinen Standort preiszugeben. So langsam ergab alles immer mehr Sinn.

»Das ist jetzt ein wenig Spekulation. Aber vermutlich hat Samuel dich, als du betäubt warst, in den Kofferraum des Autos seines Onkels verfrachtet und zur Apotheke in der Stadt gefahren. Um nicht gesehen zu werden, hat er den Privatparkplatz für Mitarbeiter im Hinterhof genutzt und hat dich durch die Hintertür hineingetragen.«

Amy war völlig in ihrem Element, sie erzählte, was mir widerfahren war so, als berichtete sie von einem spannenden Thriller, den sie im Fernsehen gesehen hatte. Wäre ich nicht so unter Anspannung, dann hätte mich das vermutlich amüsiert.

»Warum er dich entführt und nicht direkt getötet hat wie die anderen Opfer, ist mir ein Rätsel, aber ich bin unendlich froh darüber«, gestand sie.

»Er wollte die Gelegenheit nutzen, um mehr über die Gabe zu erfahren. Offenbar basierte alles, was er wusste, nur auf Gerüchten und Hörensagen«, erklärte ich.

Amy riss die Augen auf. »Sein ganzes Motiv basierte nur auf Gerüchten?«

Ich nickte. Wegen eines Stichs in meiner Bauchgegend kniff ich kurz die Augen zusammen.

»Geht es dir gut?«, fragte Amy.

»Ja, erzähl bitte weiter«, forderte ich sie auf. Ich wollte die ganze Geschichte hören.

Amy biss sich auf die Lippe. »Die Polizei fuhr zusammen mit Sarah Londres zur Apotheke. Natürlich riefen sie auch einen Notarzt, vorsorglich, wegen Samuels Nachricht.«

Sie schob ihre Brille zurecht und fuhr fort: »Dort angekommen, fanden sie Samuel am Boden, tot.«

Ich richtete mich blitzartig im Bett auf, bereute es

wegen der Schmerzen in meinem Oberkörper aber sofort und fiel zurück in eine liegende Position.

»Vorsicht!«, tadelte mich Amy.

»Ja«, stimmte ich ihr zu. »Er ist tot?«, wollte ich wissen.

Meine Freundin schüttelte den Kopf. »Der Notarzt traf ein und es gelang ihnen, ihn wiederzubeleben«, erklärte sie.

Ich atmete die unbewusst angehaltene Luft aus. Sein Tod wäre eine Erleichterung gewesen, so grausam dieser Gedanke auch sein mochte. Nach allem, was er mir und so vielen anderen Menschen angetan hatte, schämte ich mich nicht dafür. Doch andererseits bedeutete sein Überleben auch, dass ich nicht selbst zum Mörder geworden war, das wiederum erleichterte mich.

»Du warst bewusstlos und verletzt, es war offensichtlich, dass ein Kampf stattgefunden hatte«, fuhr Amy fort.

Ich nickte. Obwohl man wohl eher sagen müsste, dass Samuel mich verprügelt hatte.

»Als Samuel wieder aufwachte, schrie er, dass du der Blutlinien-Killer wärst. Er machte eine Szene und suchte bei seiner Tante Mitleid und Hilfe«, sagte sie.

»Dieses Aas«, spie ich hervor.

Amy jedoch lächelte. »Na ja, seine Tante schlug ihn mitten ins Gesicht.«

Mir klappte der Mund auf.

»Die Nachricht, die Florian Londres vor seinem Tod an seine Frau schickte, lautete wie folgt: *Flieht! Samuel ist der Killer. Kommt nicht …*«, fuhr sie fort.

»Er wollte seine Familie warnen«, stellte ich fest.

»Ja, Sarah wurde zwar von den Polizeibeamten zurückgehalten, ihren Neffen noch mehr anzugreifen, doch sie schrie Samuel an und beschuldigte ihn. Sie ließ alle wissen, dass er der wahre Täter ist«, erklärte Amy.

Sie hob ihre Hand an und streckte den Zeigefinger in die Höhe. »Sarah konnte bezeugen, dass ihr Neffe sich des Öfteren aus dem Haus geschlichen hatte und manchmal sogar über Nacht fortgeblieben war. Wie sich herausstellte, passend zu den festgestellten Todeszeitpunkten vieler Opfer. Zusätzlich hatte sie die Nachricht ihres verstorbenen Mannes.«

»Das ist echt viel«, sagte ich.

»Da ist noch mehr«, verkündete Amy. »Die Apotheke, in die Samuel dich verschleppt hat, gehörte seinem verstorbenen Vater. Eine Frau hatte das Geschäft nach dessen Tod übernommen, aber Samuel, der Pharmazie studierte, weiterhin dort arbeiten lassen. Diese Frau stellte nach einem Tipp der Polizei fest, dass mehrere Medikamente gegen Migräne, die Botulinumtoxin beinhalteten, fehlten. Passende Rezepte, Krankenhaus-, Arztpraxen- oder Patientenbestellungen gab es zu diesen Medikamentenentnahmen aber nicht. Dasselbe galt für einige Betäubungsmittel, die oft von Zoos oder Tierarztpraxen genutzt werden.«

»So kam er an die nötigen Mittel, um seine Opfer zu betäuben und zu vergiften«, stellte ich erstaunt fest. »Und so konnte er auch Ben mit allem versorgen«, setzte ich nach.

»Unfassbar, oder?«, meinte Amy.

Unfassbar traf es nicht ganz, für mich würde sich wohl kein Wort stark genug anfühlen für das, was Samuel getan hatte. Nicht nur dass er selbst unzählige Familienmitglieder ermordet hatte, nein, er hatte auch noch Ben dazu angestachelt, ebenfalls zu töten, damit er sich selbst notfalls aus der Schlinge ziehen könnte.

»Samuel wurde verhaftet und er wird definitiv verurteilt werden«, sagte Amy.

»Bei all diesen Beweisen würde es mich wundern, wenn nicht«, entgegnete ich.

»Zwar waren auch deine Fingerabdrücke am Tatort und dein Handy, aber Letzteres sprach, wie anfangs erwähnt, eher für dich.«

Ich zog die Brauen hoch und sah sie fragend an.

»Wärst du der Killer, hättest du dann dein Handy bei deinem Opfer liegen lassen? Eher nicht. Noch dazu hattest du deinen Standort mit mir geteilt und darum gebeten, dass ich die Polizei rufen solle, wenn du dich nicht mehr melden würdest. Ich hatte der Polizei auch von deinem Verdacht bezüglich des Neffen von Herr Londres erzählt. Außerdem fanden sie Spuren des Betäubungsmittels in deinem Blut. All das zusammengenommen, plus die Aussage von Sarah Londres, bestätigte, dass du nicht der Täter, sondern das Opfer warst.«

Ich seufzte und schloss für einen kurzen Moment die Augen. Irgendwie wurde mir erst jetzt bewusst, dass der Albtraum vorbei war. Der Killer war gefasst, würde verurteilt und hoffentlich eingesperrt werden. Somit war ich nicht länger ein Gejagter oder Geächteter. Ich war frei.

Trotzdem war eine Frage noch immer offen.

»Was du noch immer nicht erzählt hast, ist, wie du das alles wissen kannst«, hakte ich noch einmal nach.

»Stimmt, fast vergessen«, meinte Amy. »Nun, Sarah Londres war hier, um sich zu entschuldigen und nach dir zu sehen. Du hast geschlafen, die letzten Tage warst du zwar immer mal kurz wach, aber du hast eine Gehirnerschütterung und bist heute das erste Mal wieder richtig klar.« Ich hörte die Sorge in ihrer Stimme und streichelte ihre Hand. »Jedenfalls hat Sarah Londres mir fast alles erzählt, was ich dir gerade berichtet habe. Ein bisschen habe ich vielleicht mit Fantasie ausgeschmückt.« Sie hielt Daumen und Zeigefinger dicht aneinander und schmunzelte. »Die Sache mit den Medikamenten, die in der Apotheke fehlten, hat Sarah von der Apothekerin erfahren. Sie war sehr offen zu mir, sie wollte, dass du dir keine Sorgen machen musst und weißt, dass derjenige, der hinter dir her ist, definitiv im Gefängnis landen wird. Ich glaube, sie fühlt sich schuldig, weil er ihr Neffe ist, und weil sie so lange nicht erkannt hat, wozu er fähig ist.«

Amy runzelte die Stirn. »Du musst zwar noch einmal zur Polizei, für eine letzte Befragung, aber ich glaube nicht, dass du noch irgendetwas zu befürchten hast.«

»Ja, das hoffe ich«, murmelte ich. Plötzlich fühlte ich mich wieder unendlich müde.

Amy streichelte meine Hand und ich lächelte sie an. Es war vorbei, nun, mal abgesehen davon, dass ich wohl weiterhin die letzten Momente von Verstorbenen sehen würde, mit dieser Fähigkeit musste ich nun lernen, zu leben. Aber gerade erschien mir das wie eine stemmbare Aufgabe, auf jeden Fall leichter, als ums eigene Überleben zu kämpfen.

Joshua Benton
21 Jahre
1,76 m

Student
Eisverkäufer

Ce...

CLOSED

GERADE SO

Josh

E twa eine Woche später saß ich demselben Ermittlungsrichter gegenüber wie bei meinem ersten Verhör auf der Polizeiwache. Diesmal befanden wir uns jedoch im Amtsgericht, in einem anderen Befragungsraum. Nachdem beide Killer hinter Gittern saßen, war die Dringlichkeit für meine Befragung nicht mehr so immens und es konnte alles in geregelten Bahnen ablaufen. Immerhin musste ich diesmal nicht um meine Freiheit bangen.

»Ihre Aussage untermauert alles, was auch Amy Carpendale, Sarah Londres und Ben Hagen erzählt haben«, sagte der Mann vor mir.

Ich hatte ihm noch einmal alles aus meiner Sicht berichtet, mal abgesehen von meinen Visionen, dieses Detail wollte ich mit mir selbst und Amy ausmachen.

»All die Aufregung für Sie tut mir leid, Herr Benton. Es gab eine Menge Indizien, die Sie in ein verdächtiges

Licht rückten. Ich weiß nicht, ob Sie das bereits wussten, aber uns war schon vor Ben Hagens Festnahme bekannt, dass es wohl zwei Täter gibt.«

Ich riss die Augen auf und starrte ihn ungläubig an.

»Die Pinselstriche an den Wänden, die meisten wurden von rechts nach links gezogen, mit stärkerem Druck am Ansatzpunkt. Nur die drei Morde, die Herr Hagen verübte, zeigten eine andere Blutlinie, eine, die von links nach rechts gezeichnet wurde. Dass Sie Linkshänder sind, wie Herr Londres, war ein unglückseliger Zufall, der Sie als Täter wahrscheinlicher machte.«

Mir klappte der Mund auf. »Das wusste ich nicht. Erst durch Ben erfuhr ich, dass es mehr als einen Täter gibt«, gab ich zu.

»Das dachte ich mir«, sagte der Beamte.

Er nickte und schrieb ein paar Dinge auf. »Ist alles nur für die Akten«, ließ er mich wissen.

Diesmal war er viel freundlicher als beim letzten Mal. Nach einem kurzen Moment stillen Schreibens fuhr er fort: »Sie haben Alibis für nahezu alle Todeszeitpunkte, die von Ihrer Mutter und Amy Carpendale bestätigt wurden. Und Ben Hagen gab zu, nur gegen Sie ausgesagt zu haben, weil Samuel Londres ihn bedroht hatte. Wie es scheint, haben wir beide Täter, und ich bin ziemlich sicher, dass sie lebenslänglich ins Gefängnis wandern werden.«

»Das ist gut«, entgegnete ich.

»Sie sind ein freier Mann, Joshua Benton.«

Zum ersten Mal lächelte der Ermittlungsrichter mich an. Ich verließ den Besprechungsraum nach ein paar letzten Abschiedsfloskeln mit gemischten Gefühlen. Am Empfang wurden mir all meine Personalien zurückgegeben.

Aber Ben tat mir trotz allem leid, ein Teil von mir hielt ihn ungeachtet seiner eigenen falschen Entscheidungen für ein Opfer von Samuel. Vielleicht war das aber auch mein schlechtes Gewissen. Ich glaubte, dass ich seine Taten hätte verhindern können, wenn ich ihm ein besserer Freund gewesen wäre. Doch ändern konnte ich nun nichts mehr, und egal wieso, er hatte getötet, das ließ sich nicht mehr ändern.

Zwei Tage später traf ich mich vor der Universität in Hannover mit Amy, Leon, Liam und Tom.

Nach allem, was passiert war, war es merkwürdig, in dieser Konstellation aufeinanderzutreffen, aber die Präsentation unseres Gruppenprojekts stand an.

Tom hatte die Hände in seinen Hosentaschen vergraben und starrte uns missmutig an. Liam kratzte sich am Kopf und schien unschlüssig, wie er sich verhalten sollte. Leon hingegen stand erhobenen Hauptes und voller Selbstbewusstsein dort, so als hätte er uns nicht alle bedroht und zu einem kranken Spiel nach seinen ganz eigenen Regeln gezwungen.

Letzterer brach das Schweigen zuerst. »Unser Produkt ist unfertig und mittelmäßig, aber wir werden es verkaufen, als wäre es das Beste der Welt«, ließ er uns wissen.

Ich prustete los und kassierte dafür einen Blick der mich erschaudern ließ von unserem selbsternannten Projektleiter.

»Du lässt dich wirklich nie beirren«, sagte ich schlicht.

Leon reckte das Kinn. »Ich habe nichts Verächtliches getan, ohne mich wäre der Täter noch immer nicht gefasst.«

Liam hustete und Tom schüttelte den Kopf, doch keiner wagte es, zu widersprechen.

Amy und ich tauschten einen Blick, ich hatte das Gefühl, dass sie das Gleiche dachte wie ich. Ganz unrecht hatte Leon nicht, ohne sein skrupelloses Vorgehen wäre ich vielleicht nie im Arbeitszimmer von Leons Vater gelandet und der entscheidende Hinweis, um Ben zu entlarven, wäre mir verborgen geblieben.

»Mit zwei Tätern hätte ich nicht gerechnet«, murmelte Tom.

Liam nickte bestätigend.

»Bereit für die Projektpräsentation?«, wollte Leon wissen und lenkte damit zurück auf das eigentliche, vor uns liegende Problem.

Tom zuckte mit den Schultern, eine Geste, die es für mich ganz gut traf. Das Projekt war in den letzten Tagen ungefähr die letzte Sorge auf meiner Liste gewesen, wenn nicht sogar gänzlich aus meinem Geist verschwunden. Aber egal was das Leben einem antat, die Verpflichtungen verschwanden nicht.

Die Präsentation verlief ein wenig chaotisch und unkoordiniert, das meiste riss Leon an sich, der für die anderen Studenten und unseren Professor allerdings noch immer Leandra Wald war. Ein öffentliches Outing stand noch aus.

Amy und ich hatten den kleinen Roboter am Ende

vorgeführt und eine kurze Unterhaltung mit der KI präsentiert, Liam hatte die Design-Skizzen vorgestellt und Tom die ethischen Probleme bei einer KI erläutert. Den Rest hatte Leon gestemmt, inklusive Kostenrechnung und wirtschaftlicher Faktoren.

Unser Professor blätterte in dem Ordner herum, den er vorab von Leon erhalten hatte. »Nun ja, Sie alle können verdammt froh sein, dass Frau Wald einen so erstklassigen Projektbericht verfasst hat. Diese Präsentation war anscheinend improvisiert und zutiefst chaotisch. Der Roboter, das eigentliche Produkt, ist zwar niedlich, aber kaum komplex genug, um das Thema KI zulänglich zu bedienen.«

Er hob den Ordner an und verkündete: »Schriftliche Note: 1! Note für die Präsentation und das Produkt: 4, zusammengenommen lasse ich Sie mit einer 3 davonkommen.«

Professor Thale warf uns sichtbar strenge Blicke zu. »Lernen Sie etwas daraus. Nehmen Sie Projekte ernst. Und lassen Sie sich nicht von einer Person hindurchschleifen.«

Wir nickten artig, doch innerlich war ich einfach froh, bestanden zu haben. Wenn er wüsste, unter was für Umständen dieses Produkt entstanden war, würde er das ganze sicher anders sehen. Oder vielleicht auch nicht, vermutlich wusste er es sogar, immerhin fehlte Ben, und die Nachrichten berichteten von der Festnahme der zwei Blutlinien-Killer. Herr Thale war schon immer streng und gnadenlos gewesen.

Ich jedenfalls verließ die Universität grinsend und erleichtert. Es war geschafft. Mein Leben würde weitergehen, ohne Todesangst, und jetzt, nachdem das Projekt hinter uns lag, auch ohne eine weltliche Deadline.

AMY

Josh

Gemeinsam mit Amy näherte ich mich dem Grab meines Erzeugers. »Willst du endlich mit ihm reden?«, fragte sie mich.

Ich biss mir auf die Lippe, ein leicht schlechtes Gewissen plagte mich, weil ich die lange ausstehende *Aussprache* mit diesem Mann allein angegangen war. Wobei *Aussprache*, bei dem was er so von sich gegeben hatte, kaum die richtige Bezeichnung war.

»Ehrlich gesagt habe ich kurz vor dem zweiten Wahrheit-oder-Pflicht-Spiel bei Leon mit ihm geredet«, gab ich zu.

Amy sah mich spürbar interessiert an, nicht wütend oder enttäuscht.

Ich seufzte erleichtert. »Tut mir leid, dass ich es allein gemacht habe«, sagte ich.

Sie schüttelte sofort den Kopf. »Hauptsache, du konntest mit ihm sprechen, wenn du das Gefühl hattest, das allein tun zu müssen, dann war es sicher das Beste so.«

Ich drückte ihre Hand. »Ohne dich hätte ich das nie geschafft«, gestand ich.

Sie strahlte. »Der Herr ist ohne mich eben aufgeschmissen.«

Schmunzelnd verstärkte ich kurzzeitig den Druck auf ihre Hand.

»Willst du darüber reden, was er gesagt hat?«, fragte Amy.

»Na ja, du hattest recht, es war eigentlich egal, wie seine Antwort lautet, ich musste sie einfach hören«, gab ich zu. »Ganz ehrlich gesagt, war es wohl so ziemlich die schlimmste Antwort, die er hätte geben können. Kurz gesagt, er hat es nie bereut, sich gegen meine Mutter und mich entschieden zu haben.«

Meine Freundin streichelte meine Hand mit ihrem Daumen und hörte einfach nur zu.

»Ich war für ihn nie ein Sohn, er sagte, im Leben war er mir kein Vater und im Tod wolle er nicht damit anfangen.«

Ich sah Amy nicht an, da ich spürte, wie meine Augen glasig wurden. Nach einem Räuspern fuhr ich fort: »Es war nicht schön, aber ich akzeptiere es und mache weiter.«

»Du bist stark«, sagte Amy.

Kurz schwiegen wir, bis sie mich forschend ansah. »Warum wolltest du noch einmal hierher?«

»Er sagte, er säße fest, bis sein Mörder gefasst würde. Trotz allem möchte ich wissen, ob er fort ist«, gab ich zu. »Und ... na ja ... Das Gespräch mit ihm habe ich damals allein gesucht. Ich glaube, deshalb hielt ich es für wichtig, vor unserem ersten richtigen Date herzukommen, damit es keine Geheimnisse zwischen uns gibt«, erklärte ich meine etwas wirren Gefühle.

Amy lächelte. »Na dann ... Ist der Herr bereit?«, wollte sie wissen.

Ich strahlte sie an. »Ja!«

Wieder einmal, diesmal hoffentlich zum letzten Mal, balancierte ich auf den dekadentem Steinrand, der das großzügige Grab des Bürgermeisters umgab, bis zum weltlichen Symbol seines Todes. Ich atmete einmal tief durch und legte meine linke Hand auf den Stein. Mit geschlossenen Augen wartete ich auf die übliche eiskalte Berührung. Doch es passierte gar nichts. Ein paar Minuten verharrte ich dort, ohne die Augen zu öffnen, ich lauschte dem Zwitschern der Vögel, dem Rauschen des Windes und nahm Abschied von der Vaterfigur, die ich nie hatte, mir aber im tiefsten Inneren so sehr gewünscht hätte.

»Lebwohl, Vater«, murmelte ich, bevor ich meine Hand zurückzog.

Amy erwartete mich bereits, sie streckte mir ihre Hand entgegen und ich ergriff sie sofort.

»Er ist fort«, ließ ich sie wissen.

»Wie geht es dir damit?«

Ich lächelte, ehrlich, denn ich fühlte mich erleichtert, als hätte ich endlich eine Last von mir abwerfen können, die ich unbewusst jahrelang geschultert hatte.

»Gut«, entgegnete ich. »Nicht weil er tot oder fort ist«, spezifizierte ich. »Sondern weil ich mich diesem Teil meines Selbst gestellt habe«, gestand ich.

Amy erwiderte mein Lächeln. »Der Herr hatte ein Level-up«, witzelte sie.

Ich grinste frech. »Da zocke ich einmal mit dir und schon habe ich dich verdorben?«

»Hey!«, schimpfte Amy und piekte mich in die Seite.

Sofort umfasste ich auch ihre zweite Hand und sah sie gespielt ernst an. »Das ist kein Benehmen für eine junge Dame. Witzeln bei ernsten Themen, Gamer-

Sprache und dann noch tätlicher Angriff.«

Amy senkte ihren Schopf und sah mich mit großen Augen von unten an. »Kann der Herr mir verzeihen?«, fragte sie.

O Gott, wie konnte man nur so süß sein?

Ich konnte nicht verhindern, dass sich ein Lächeln auf mein Gesicht schlich. »Immer«, gab ich zu.

Es geschah fast wie von selbst, ich beugte mich zu ihr vor und küsste sie. Ich liebte ihre weichen Lippen, ihre verrückte Art, diese knuffige Sprechweise und einfach alles, was sie ausmachte. Am liebsten hätte ich mich nie wieder von ihr gelöst, doch ein Räuspern brachte uns dazu, auseinanderzufahren.

Eine alte Dame lief an uns vorbei, die etwas davon zeterte, dass die Jugend von heute sich nicht einmal auf Friedhöfen benehmen könne. Amy und ich sahen uns an, lachten, fassten uns an den Händen und hasteten davon. Es war Zeit, diese ganze Konfrontation mit dem Tod hinter uns zu lassen und Spaß zu haben.

Wenig später schlenderten wir durch die Innenstadt von Celle. Wir hatten in unserer Eisdiele, dem Ort, wo ich Amy zum ersten Mal gesehen hatte, zusammen ein Eis gegessen und bestimmt zwei Stunden geredet. Mit Amy war es einfach, die Gesprächsthemen gingen uns nie aus, alles fühlte sich entspannt und gleichzeitig aufregend an.

Hand in Hand bogen wir in die kleine Seitengasse ein, die uns zum Celler Kino führen würde. Als wir näher kamen, hörten wir Livemusik. Erstaunt sahen wir uns an und beschleunigten unsere Schritte. Der große Platz vor dem Kino, der mit beleuchteten Bodenplatten, Laternen voller üppiger Blumen und Bäumen dekoriert war, war voller Menschen. Am vorderen Ende stand eine junge Frau, die in ein Mikrofon sang. Sie hatte eine schöne Stimme und sang eine deutsche Ballade. Ich kannte das Lied nicht, aber ich mochte den Text, denn sie sang darüber, endlich das Licht in der Dunkelheit gefunden zu haben, das für sie eine ganz bestimmte Person sei.

Wir lauschten dem Gesang. Da die Plätze vor der improvisierten Bühne belegt waren, setzten wir uns auf eine Treppe vor einem bereits geschlossenen Geschäft.

»Wunderschön«, murmelte Amy.

Als das Lied endete, sah sie mich mit glasigen Augen an. »Bevor du mich nach diesem Date gefragt hast, sagtest du, ich sei dein Licht in der Dunkelheit, und als du Angst hattest, vielleicht zu sterben, hast du mir das Gleiche geschrieben«, erinnerte sie sich.

»Ich wollte dir keine Angst machen«, sagte ich entschuldigend.

Sie schüttelte den Kopf. »Ich habe mich gefreut«, gab sie zu. Amy sah mir direkt in die Augen. »Ich bin auch in dich verliebt.«

Glück flutete mich, vermutlich strahlte ich, ich war mir nicht sicher, ich sah nur Amy, ihre blauen Augen, ihre Sommersprossen, ihre geröteten Wangen. Sanft streichelte ich ihr Gesicht, beugte mich zu ihr vor und küsste sie. Bei ihr zu sein, mit ihr zu reden, sie zu spüren, das war alles, was ich gerade wollte. Am liebsten für immer.

EPILOG

Josh

Ben durch die Trennscheibe zu betrachten, fühlte sich furchtbar an. Aufgrund unserer Vorgeschichte war nur ein Trennscheibenbesuch genehmigt worden, da die Polizei nicht ausschloss, dass Ben noch immer als Komplize des Blutlinien-Killers agierte und mich angreifen könnte.

Ich glaubte das nicht, musste mich aber der Justiz beugen.

Wir saßen uns in einem kleinen Besucherraum, an einem Holztisch, gegenüber. In der Mitte zwischen uns prangte die Trennscheibe, wie man sie aus manchen öffentlichen Büros in Rathäusern oder dergleichen kannte.

Besuche im Gefängnis waren viel komplizierter, als ich es gedacht hätte, nur weil Ben ein Treffen mit mir beantragt hatte, war dieses Gespräch überhaupt möglich. Und bevor ich den Raum hatte betreten dürfen, war ich nach Waffen durchsucht worden.

»Wie geht es dir?«, fragte ich ein wenig unbeholfen.

Ben zuckte mit den Schultern. »Na ja, soweit okay«, entgegnete er.

Ich biss mir auf die Lippe. »Warum wolltest du mich sehen?«, fragte ich. Ich kratzte mich am Kopf. »Ehrlich gesagt dachte ich, dass du sauer auf mich bist«, gestand ich.

»Das war ich«, gab er zu. »Ein wenig, aber nicht wegen meiner Verhaftung«, stellte er klar.

»Sondern weil ich als Freund versagt habe«, erkannte ich.

Er nickte. »Ich denke, ich wollte gern ein letztes Gespräch mit dir«, sagte er. »Weißt du, Josh, ich wollte wirklich gern dein bester Freund sein, ich habe es echt versucht, aber irgendwie kam ich nie an dich ran.«

»Ja, ich weiß«, entgegnete ich. Ich musste schlucken, weil mir diese Gedanken in letzter Zeit selbst so oft durch den Kopf gegangen waren.

»Sam und ich wurden beide zu einer lebenslangen Freiheitsstrafe verurteilt, ich sitze also hier fest«, ließ Ben mich wissen.

Ich presste die Lippen zusammen, zu sagen, dass es mir leidtäte, wäre zwar teilweise wahr, fühlte sich aber nach einer hohlen Phrase an, die ich Ben nicht zumuten wollte.

»Deshalb wollte ich dir Lebwohl sagen«, schloss Ben.

»Verstehe«, antwortete ich mit belegter Stimme.

Wieso war ich so schlecht darin, meine Gefühle zu äußern? Was Amy oft spielend leicht aus mir herauslockte, fiel mir bei anderen so schwer.

»Ben, ich habe dich immer als Freund gesehen«, versicherte ich ihm.

Er lächelte. »Tja, du bist eben ein komischer und verschlossener Kauz.«

Sein Blick erfasste meinen und fast fühlte es sich so an wie früher. »Nichts ist eine Einbahnstraße, ich hätte dir ja auch einfach von meinen Problemen erzählen können. Genauso wie du danach hättest fragen können.«

»Tut mir leid«, sagte ich. Hierfür musste ich mich wirklich entschuldigen, sich ›Freund‹ zu schimpfen, aber den Tod eines Familienangehörigen nicht mitzubekommen, war unfassbar ignorant.

»Danke«, sagte Ben.

Kurz schwiegen wir, jeder in seine eigenen Gedanken versunken. Bis Ben sich plötzlich ein Stück vorbeugte und die Brauen hochzog. »Amy sagte doch, ihr hättet durch deine Vision erfahren, dass ich der Killer bin. Was hat mich verraten? Du hast nicht direkt mich in deiner Vision gesehen, oder?«, fragte er.

»Nein, es war dein Asthmaspray, die Gestalt in meiner Vision bekam schlecht Luft und hatte eine Art Atemmaske«, erklärte ich, ihm von Darth Vader zu erzählen erschien mir pietätlos.

Ben prustete. »Als ob mein Asthma mich nicht schon genug quält«, stieß er hervor.

Er sah mich offen an, fast schon neugierig. »Was hast du jetzt vor?«, wollte er wissen. »Willst du deine Fähigkeit nutzen, um noch mehr Mörder hinter Gitter zu bringen?«, witzelte er.

Damit hatte er genau das angesprochen, was ich mich selbst fragte. Ben und Samuel saßen hinter Gittern, der Blutlinien-Killer war Geschichte, aber meine Gabe blieb. Dieser Familienfluch, der viel mehr mit sich brachte, als ich je gedacht hätte, würde erst an meinem Todestag von mir ablassen.

Bis dahin blieb mir hoffentlich eine Menge Zeit, herauszufinden, wie ich damit umgehen wollte.

Ich hatte nicht vergessen, was mit Samuels Großvater geschehen war, die Macht, die ich gefühlt hatte, als ich ihn meinem Willen unterworfen hatte, erfüllte mich mit Angst, aber auch mit Faszination.

Vermutlich war mir mithilfe dieser Gabe viel mehr möglich, als ich je gedacht hätte, vielleicht könnte ich Verstorbenen helfen oder diese Fähigkeit tatsächlich nutzen, um Verbrechen aufzuklären.

Aber wollte ich das?

»Erst mal will ich einfach nur ein bisschen Frieden«, antwortete ich schließlich.

Denn das war genau das, was ich fühlte. Ich brauchte eine Pause. Ich wollte ein normaler Student sein, mit normalen Problemen und einer wundervollen Beziehung zu Amy. Alles andere hatte Zeit.

ENDE

NACHWORT

Zunächst möchte ich jedem danken, der bis hierhin gelesen hat. Diese Geschichte zu schreiben, hat mir viel Freude bereitet.
Josh und Amy sind mir richtig ans Herz gewachsen, ihre Chemie, ihre Unterhaltungen, ich habe es sehr genossen, sie begleiten zu dürfen.
Der Blutlinien-Killer, so grausam er ist, ist für mich ein faszinierender Charakter. Die Kapitel aus seiner Sicht waren eine Herausforderung, aber sehr spannend zu schreiben.
Ich werde oft gefragt, warum ich Horror, Dark Fantasy und Thriller schreibe.
Nun, für mich bieten diese Genres Adrenalin ohne reale Gefahr. Ich kann mich der Angst stellen und die Finsternis der menschlichen Seele erkunden, ohne negative Konsequenzen.
Ich liebe diese Tänze mit der Dunkelheit und freue mich auf viele weitere.

Über die Autorin

Fotograf: Stefan Schmidt, Hannover

Isabell Gubenko wurde 1991 in Deutschland geboren und lebt heute mit ihrem Mann Wasilij, ihrer Tochter Alice und drei Katzen in der Nähe von Hannover. Ihre Kindheit verbrachte sie in einem Spukhaus. Diese frühe Konfrontation mit dem Übersinnlichen dient ihr auch heute noch als Inspiration und spiegelt sich in der ein oder anderen Form in all ihren Geschichten wider.

Sie ist ausgebildete Fachinformatikerin für Anwendungsentwicklung und liebt die Genres Fantasy, Horror und Thriller.

Ihr Debütroman »Das Unvermächtnis – Enthüllung« bildet den Auftakt einer Dark-Fantasy-Trilogie und ist das Gemeinschaftswerk ihres Ehemannes und ihr. Mittlerweile ist die gesamte Trilogie erhältlich.

Wenn Ihnen die Geschichte gefallen hat und Sie uns unterstützen wollen, dann hinterlassen Sie uns doch eine nette Bewertung auf den gängigen Plattformen wie Amazon, Thalia und Lovelybooks.

Weitere Informationen über mich, meinen Mann und unseren Verlag können Sie unter www.gubenko-verlag.de finden.

Oder bei Instagram:

@autorin_isabellgubenko
@gubenkoverlag
@isabellgubenkoauthor